U0498920

海外散文
随笔丛书

桃花流水杳然去

王鼎钧散文别集

王鼎钧

著

商务印书馆
The Commercial Press

2018 年·北京

图书在版编目(CIP)数据

桃花流水杳然去：王鼎钧散文别集/王鼎钧著.—
北京：商务印书馆，2014(2018.4 重印)
（海外散文随笔丛书）
ISBN 978－7－100－10349－7

Ⅰ.① 桃⋯　Ⅱ.① 王⋯　Ⅲ.① 散文集—中国—当代
② 随笔—作品集—中国—当代　Ⅳ.① I267

中国版本图书馆 CIP 数据核字(2014)第 242779 号

桃花流水杳然去：王鼎钧散文别集
王鼎钧　著

商　务　印　书　馆　出　版
（北京王府井大街 36 号　邮政编码 100710）
商　务　印　书　馆　发　行
北　京　冠　中　印　刷　厂　印　刷
ISBN 978－7－100－10349－7

2014 年 2 月第 1 版　　　开本 889×1194　1/32
2018 年 4 月北京第 3 次印刷　　印张 10⅜
定价：38.00 元

王鼎钧"工作服"照

王鼎钧在书画家联展中致词

王鼎钧夫妇拜访圣严法师

王鼎钧东初禅寺讲话

简洁以旺神

——序《桃花流水杳然去》[①]

在台湾，像我这样三十岁逼近四十，也就是一九七〇到一九八〇年代的人，再往前推十年，往后延十年，整整三十年的时间，都是笼罩在王鼎钧的散文中成长的。他的哲理、生活、机智、幽默小品及怀乡散文、写作指导之书，几乎席卷台湾书市。社会大众争相传阅，学校学生人手一册，蔚为风潮，堪称传奇。

当年我就读中学，初次读到王鼎钧《开放的人生》，即受感动，那里头有一种特殊的文气，并且多年以来不曾稍变，一路贯穿至今日。这股文气是什么呢？从王鼎钧近几年扛鼎四巨作回忆录来看，最后一册《文学江湖》曾提到过去他在台湾担任广播编撰时，"一向注意长句之害"。对照书中《天使何曾走过》最后一段："我们向往简洁的语言，倘若可能，加上隽永，倘再可能，再加上机智。至少要保持简洁，文化修养的表现在乎简洁，思路清晰的表现在乎简洁，语言简洁的人敬爱公众，也得到公众敬爱。"再观诸王氏其他作品，就能发现他特别爱用短句——名词之前多不加臃肿的形容词，不去描述过多无谓的细节、不让西化的子句出现在句子当中——他用短句让文章节

奏显得轻快如歌、面目变得清爽如少年；他又喜欢在行文布局时博采例证，例证得到短句相助，立即畅然明快，条理分明。他用匕首一般的短句，切情讲理、析事论道，像庖丁解牛一般，以无厚入有间，事事物物霍然得解。

他以此写小品固然精悍，写起长篇大文竟也轻快如驭骏马长征，丝毫无累赘之感，挥洒长篇一如点染小品轻松，不可谓不奇。之所以如此，其源皆出于王氏的美学考虑——简洁。从短句出发，进而遣字、叙述、议论一并追求。此等简洁风格，王氏甚至认为还能反映作家思路清晰与否、文化修养良莠……换言之，化繁为简，正是王氏写作最首要的考虑。

然而读者不免追问：王氏所指的"繁"究竟是什么？此书恰好可让读者略窥一斑。其一，一生颠沛流离的遭遇。王氏历经一九四九年之前大陆时期的战乱、一九四九年至台湾时期的辛苦求生与文学生涯的开展、一九七八年之后移居美国时期的生活甘苦。前两者大多已经在回忆四部曲写完，但有时文章为了某些观点不得不再重述一次，或者四书之中遗漏而加以补述，又或者针对成书之后的访问、感想而加以补充。而写移居美国的生活甘苦，就很能体会到王氏的用心，虽说移居美国，体验到了东西不同文化的生活差异，但是王氏着墨更多的却是移民生活的艰困，如种族歧视、亚裔教养、资本主义社会样貌等，还有他对资本与商业社会的偏差观念颇多批评，对美国社会中的中国传统伦理观念、做法亦颇多坚持，还有对东西文化之优劣长短所做客观而温和的评断。这些，都很能察见王氏关怀所在。

其二，对现实社会的种种观想。此书着实可见王氏读书之广博，掌故随手拈来，故事层出不穷。同时也很可见王氏重视时代变化、重视自身与时代之关联（试想，当今社会哪个人到了七十三岁，还去报名学计算机，用计算机写文章？王鼎钧就是这种人），对时事、时闻格外关注，不断调整自己的心态与生活去适应新时代。王氏在此书表达了许多他对现实事件的看法（从同性恋、杀人事件、受刑人、一胎化、艺术表演、书评、中文教材等等），这些看法大多入情入理，既不故作高调，亦不落俗套。他对现实之于个人的、群体的、异邦的、故土的处境尤表关心，如对传统教养、伦理观念、两岸关系、台湾现况、大陆问题表达他的忧虑与期许。正所谓人在异邦，心系故土。

其三，关于文学与信仰。这是此书笔墨最多、分量最重的部分。关于文学部分，王氏言简意赅地分析了文学与政治、色情与道德的关系，说理井然，论述清晰，并且佐以实例，理事相济，情理相发，不会让人觉得好像大发空论。其中印象特别深刻的，他自言"与文学是结发之妻"，是"乱世夫妻"，今生今世不会和文学离婚，也不会始乱终弃，对照王氏数十年来坚持不懈的写作态度与成就，真是言之无愧、当之亦无愧。王氏即用此等对待文学的态度去信教，王氏受洗为基督徒，但他并不偏执、亦不疯迷，他信主宗经之余，也坦然打开心胸去理解其他宗教、接触其他经典，他用宗教的情怀与眼光省识了人间的不幸、灾难与人祸，也用宗教家的胸襟去探讨人的狭窄、仇恨与迷惘。王氏之可爱，在于他没有动不动就引《圣经》，动不动就呼主之名，动不动就称神迹，他信教是深刻思维判断之后所得的结果，因深刻思索而成就深刻信念，不是人云亦云，也不是人信己信。正因为如此，他的信仰就很有自己风格。宗教、经典、信仰皆为我用，他可以大胆地将《圣经》化繁为简地描述为"创造、犯罪、替死、忏悔、救赎"大经大法，也能讨论其他宗教及经典的得失优劣，当然也就能将信仰化为文学，让信仰与文学并行不悖，相辅相成。这在当代作家，如此投入信仰还能保有自我原来面貌的，实属罕见。

这些头绪繁乱的事件，王氏皆化繁为简，分篇论之。若此处总而"简洁"说之，即是王氏以慈悲心，重铸漂泊史；以宽容心，正视现实，通权达变却不随波逐流（如尊重中国传统却不墨守成规）；以坚定心，面对文学创作与基督信仰。

然而此书真正动人之处，恐怕尚不在于简洁之风而已，或是随时闪现的隽永妙趣，而是一个写了六七十年的老辈作家，用他的人生风浪，以及风浪中得来的睿智与洞见，加上他的豁达、机智、幽默、谦虚与正直，亲身示范了何谓勤勉，何谓毅力，何谓老而弥坚，何谓与时俱进，还有何谓对文学深切的热爱。这些都让读者感觉——三十多年前写下"人生三书"的王鼎钧，其实一直都年轻，仍旧精神奕奕、虎虎生风，振笔可以引风，作文足以生雷。正谓桃花流水依旧在，人老神旺犹少年。

目 录

辑一 寂寞的不朽

辑二　名言与微言

辑三　听，听！别忘记你有耳朵

辑四　海上生明月

辑一　寂寞的不朽

　　文学作品能使大众相信尚未发生之事，秦朝直到始皇帝死亡，并未将阿房宫建成，可是唐朝的杜牧写了一篇《阿房宫赋》，天下后世多少人都"知道"秦始皇在这座庞大奢华的建筑里住了三十六年。

　　文学作品能使人乐意去做某些事情，"读了《诗经》会说话，读了《易经》会占卦，读了《水浒》会打架"，"读了《红楼》会吃穿，读了《三国》会做官，读了《水浒》想招安"，诗歌小说都制造欲望和情感，而欲望和情感是行为的动力。

　　文学有这样的功能，宗教家、资本家、政治家都为之倾心，这三种人物都希望大众相信他描述的尚未发生之事，因而改变了行为。文学家与这三种人合作由来已久，他们跟政治家合作的经验最不愉快，宗教家、资本家手中只有软性的权力，对作家只能动之以利或动之以义，政治家手中有硬性的权力，对作家可以胁之以势，继之以迫害。

　　还有，资本家比较老实，他摆明了为的是自己的利益，他对消费者"只能夸大，不可欺骗"。宗教信誓旦旦为了别人的利益，如果欺骗，他的骗局在世界末日来临之前不会被揭穿。政治呢，他实际上也许是资本家，文学把他化装成宗教家，既夸大又欺骗，要命的是真相"立即"大白，作家陷于尴尬之境，既难自解，又难自拔。上世纪三十年代，中国作家与政治是天作之合，到了五十年代就演为家庭暴力，作家硬说孟姜女来到长城之下没哭，她唱歌，连作家自己也不相信。

有些作家誓言与政治绝缘，这又如何办得到？文学表现人生、批判人生，而政治管理人生、规划人生，这就难分难解。日出而作，你要坐地铁；日入而息，你要找停车位；凿井而饮，你要自来水中没有大肠菌；耕田而食，你要青菜没有农药；帝力何有于我哉，经济海啸来了，你得靠政府发失业补助金。你表现人生就看见了政治，你批判人生就褒贬了政治。

还有，你需要创作自由，你的版权需要保护，你的销路、你的读者的购买力需要经济政策成功。"独坐幽篁里，弹琴复长啸"，需要警察维持治安，没人闯进来搜你的口袋。莲花出淤泥而不染，那是莲花高洁，可是如果没有淤泥中的营养和水分？……作家应该厌弃的是独裁者而非政治，独裁者和政治并非同义。如果请他到相关部门领演出补助费，他欣然前往，如果劝他投票，他断然说我讨厌政治，这是很奇怪的思维。当然，故意混淆可以规避社会责任，那是聪明过人。

再说政府应该了解，"文章华国"并非说它是政权的装饰，而是说它是国家的光环，能在世界上增加国家的知名度和吸引力，引世人尊敬和向往。小小丹麦出了个安徒生，就在全世界儿童的精神领域成为泱泱大国。文学艺术使穷人变富人，使富人变贵人，使贵人变圣人，促进人民的精神生活，提高国民语言水平，即使骂人也骂得有风格。不要把文学看成海报标语，可以一夜贴满大街小巷，一夜又撕去。文学家是没有用的人，但"无用之用大矣哉"！优秀的文学作品是国家民族的文化资产，一个负责任的政权一定有心给后世留下这一类东西，你不能希望作家不分青红皂白一定附和政治，那样会损伤艺术性，真正的作家不为，你也可以放心，"不分青红皂白一定反对政治"亦然。

艺术和色情的恩怨纠葛说得清楚吗？

首先我得说，艺术品有商品的性格，艺术创作的规律和市场规律有局部叠合，市场投资讲求利润："杀头的生意有人做，赔本的生意没人做。"如所周知，追求利润就要追求更多的消费者，消费者的结构像金字塔，素质越高，人数越少，文艺作品上市要努力吸引大多数人，迁就他们的水平。

一位牧师说过，人生在世最喜欢三样东西：一是不合法的，二是不道德的，三是使人发胖的。文艺中的色情向法律和道德挑战，迅速占领金字塔的底层，多年奋斗，法律和道德尺度一再退缩，争议也缩小了范围，有商业做后盾，这些争议或许终归寂然，因为商人能修改一切道德标准。

这仅仅是其一。

文学艺术的最高要求是创新，画家大泽人称为"越雷池一步"、"无所不用其极"，剧作家魏明伦称之为"喜新厌旧，得寸进尺"。当代思潮所谓"颠覆"、"解构"，其精神大抵如此，有为者求突破，闯禁区，前有古人，后有来者。

两千年三千年以来，作家艺术家高度开发，四海已无闲田，惟有"性"尚有很大空间。文学表现人生，"性"是人生重要的一部分，如何禁止创新者染指？创作需要自由，而且需要完全的自由，作家得此护身符，可以恣意操弄性潮，冲入文学圣殿，包围文学奖，左右文学评论，甚至成为高行健得到诺贝尔奖的一个理由。

性是很大的卖点，"无性不成书"，商业需要与艺术需要混淆难以判断，非难者遭受假道学和开倒车的指责，渐渐丧失发言权。

这仅仅是其二。

接着出现如下的情势：人在市场，身不由己，"竞争"是他的宿命，消费者要求以同样价钱贾到更多的东西，或者更便利的工具，或者舒适的享受，顺我者昌，逆我者亡。商业导引作家竞争，作家配合商业竞争。本来商品可以竞争，艺术品不宜过分竞争，后来也顾不得了。

以我看电影的经验而论，最初女性穿着长裙，她站在路边，提高裙子，露出小腿，引诱驾驶人停下来载她一程，那是我看到的初期性感。后来"身不由己"，渐次要露出大腿，露出乳壕，上身赤裸，全身赤裸。"全裸"经过争论，初步协议是全裸，但是只照背影，不久就改成全裸，但是只显示正面，静立不动，据说这样像一尊铜像，不伤风化。没有一道闸门能拦住洪流，"裸像"动起来，由独动到男女互动，由女裸男不裸到男女全裸，全裸的男子不能露出生殖器，最后生殖器也赤裸裸。

以床戏而论，起初是男女衣履完整，男子把女子推倒在床，自己扑上去，镜头立即切断转场。后来男女只裸上身，仍然穿着裤子，然后女子全裸，男子半裸，床上拥抱翻滚，镜头轮流拍出上半身和下半身。上世纪五十年代之末，我在台湾做影评人，有一部片子的床戏引起争议，全裸的女子躺在床上张开双腿，全裸的男子由两腿中间跪下去，经过一再"会审"，检查机构还是把它剪掉。今天谁还在乎这个？

同步发展的是喉咙文学、哺乳文学、肚脐眼儿文学、鼠蹊部文学……

当年讨论文学中的色情描写，有人提出一个尺度："你在客厅里朗诵给十七岁的女儿听，你自己不会脸红"。现在的情势是女儿朗诵给你听，只有你脸红。

如此这般，究竟有多大成分出于艺术上的需要呢？道德步步后退，道德从来是后退的，艺术又究竟因此"进"了多少呢？题材大胆与艺术成就是否成正比呢？好像已经没有人愿意回答这些问题了。

文艺与道德

　　人与人的行为交叉互动，行为从人性出发，包括道德不道德，也包括表面道德其实不道德，或表面不道德其实道德。文学作品既然表现人生，作家就要考虑到人的复杂，不能以道德予以简化。

　　以短篇小说而论，文评家说它写的是"一个人，遇见一个问题，他想了一个办法来解决，得到结果"。进一步推演，它是"一个性格突出的人，遇见一个非常的问题，他想了一个独特的办法来解决，得到意料之外的结果"。从文学理论家的界说可以看出道德的局限，道德常常倾向于不作为，而且往往难以解决"不道德"的问题，看来"不甚道德"的人比较能干一些，军队作战的时候，往往是平时"调皮捣蛋"的分子有能力完成任务。一个单位里如果个个君子，难免单调沉闷，一旦进来一个"通权达变不拘细行"的新同事，马上古井生波，轶闻掌故陆续产生，人人眉宇间多了些朝气。

　　道德缺少戏剧性，戏剧性是文学作品的一个成分，它常由坏人产生，所以戏剧中不能全是好人。从前地方戏的口诀"戏不够神仙救"，时代戏的口诀"戏不够坏人救"；从前说"无女人不成戏"，现在说"无坏人不成戏"，两句话的意思其实差不多，前代编导歧视女性，常把女人塑成负面角色，利用她推动情节。

我们常说"百善"、"万恶"。善行大致类似，罪恶的行为则千奇百怪，匪夷所思。你想捐钱给红十字会吗？那很容易，技术上没什么挑战性，如果是向官员行贿就不同，你得够聪明机巧，有几分发明天才。捐款的经过平铺直叙，行贿的经过却可能很有趣或者很曲折，你愿意听一个行贿的故事还是听捐献的故事？

给歹角编戏难度高，编导先得自己"够坏"。好莱坞电影常常成为坏人作奸犯科的教材：香港一名大盗，开着挖土机挖掉银行门侧的自动取款机，那玩意儿的重量是七百五十公斤，他是看电影、学作案。纽约一名强盗坐在轮椅上，腿上盖着毯子，由一个女子推进银行，那男子突然掀开毯子，拔出手枪，这一对雌雄双盗也承认他们作案的手法由电影学来。

中国的京戏不外"忠孝节义"，那是大处着眼，但戏剧是由许多细节组成，京戏对人心的奸诈险恶做了"有情的揭露"，入木三分但不失忠厚，坏人竭尽聪明机巧，最后却成全了好人，这是京戏的风格。究竟是哪一部分叫看戏的人津津乐道呢？是坏人做了些什么，不是好人最后得到了什么。曹操欺负汉献帝，能使一个庄稼汉跳上戏台把曹操杀死，郭子仪勤王能有这样的效果吗？

作家常以"不道德"或"非道德"为创新的手段。例如"夫妇互相体谅"是道德典范，也是故事陈套，推陈出新的方法之一是反其道而行。有一个人在家中举行宴会，庆祝结婚二十周年，至亲好友来做长夜之饮，忽然发现男主人不见了，大家到处寻找，在后院的石凳上找到他，只见他丢掉领带，敞露前胸，手里提着空空的酒瓶发呆。朋友问他怎么了，他说："结婚后三个月我就发现无法跟她共同生活，她又坚决不肯离婚，我想杀了她。律师告诉我，你如果那样做了，法院会判你二十年徒刑，二十年太长了，我只好忍下来。你看，今天二十年了，如果我当初杀死她，今天我也自由了！我好后悔啊!"它显然不道德，然而很精彩，作家很难抵抗这种诱惑。

戏剧不允许好人做单调的表演，如果引入坏人，那歹角可能夺走观众的注意力。戏剧情节向高潮发展，可以把不道德推向极端，相形之下，道德的挥洒空间较小。例如那一部叫作"色·戒"的影片，献身抗战的美女爱上他们要暗杀的大汉奸，泄漏了机密，以致参与行动的爱国青年全体丧生。故事显然违背道德家的要求，但是戏"好看"，道德家能提出更好的设计吗?

文学的沧桑

华文作家协会发出通知，邀大家听朱大可教授演讲，通知里引了朱教授一句话，朱教授说，他跟文学离婚，无可挽回。这句话斩钉截铁，石破天惊。有些离过婚的人做了婚姻问题的顾问，朱教授来讲"中国文学的困境与出路"，咱们期待他是挽救婚姻的专家。现在作家和文学结成的美满婚姻好像不多，有人离婚，有人分居，有人貌合神离，现在新移民有"搭伙婚姻"，作家跟文学也有"搭伙婚姻"，为了吃饭，彼此凑合。

那天满座都是文学人口，都来听这位离过婚的专家教人家怎样解救婚姻的危机，看看咱们跟文学如何可以珠联璧合，花好月圆。他可真是苦口婆心，真是深入浅出，他可真是十年书化作一席话，名下无虚。人散曲未终，此后一连多日，成了文友茶余酒后的首要话题。

在我看来，热爱文学的人还是很多，但是文学有了外遇。多年以前，权势把她霸占了，一开始她有点不甘心，久而久之，她爱上有权的人了。后来权势老了，管不住她了，她又去爱有钱的人，商业引诱她，把她教坏了，一开始她有点不好意思，后来一想，"只要我喜欢，有什么不可以！"

依我看，朱教授"离婚"并未成功，至少是缘断情未了，他还是那样体贴叮咛，语重心长。我说我不跟文学离婚，我跟文学是结发夫妻，是乱世夫妻，乱世夫妻不能以常情常理看待。我举两个例子。

国共内战后期，解放军进展很快，国民政府这边有个人自己单独跑到台湾，太太留在大陆，她只好照本子办事，跟丈夫划清界限，嫁给工农兵阶级。三十五年以后，海峡两岸恢复交通，这个人在台湾一直没结婚，他从台湾回大陆去找太太，这时候，太太的第二个丈夫已经死了，他就再跟太太复合。

还有一个例子。国民党空军一个飞行员，由台湾开飞机去大陆侦察，解放军的飞弹把他的飞机打下来，把他捉住了。台湾方面告诉他太太说他阵亡了！这位太太再嫁，嫁给另一个飞行员，这前后两位飞行员是同学。后来两岸关系缓和，被捉的飞行员被放回来了，太太希望再回到原来的丈夫身边，丈夫也希望破镜重圆，那个男配角、另一个飞行员把妻子还给了他的老同学。

这是乱世夫妻的新伦理，双方当事人都坦坦荡荡，亲戚朋友也都接受他们的决定，并且传为美谈。在这两个故事里面，丈夫妻子都不仅是婚姻的男方女方，他们都成了某种宗教的信徒。文学之于我也是一种宗教，对我来说，文学本身就是出路，如果文学是井，我坐在里头观天，文学如果是茧，我坐在里头化蛾，文学如果是夕阳，我就是晚霞，文学如果行到水穷处，我就坐看云起时。

（一）

文学艺术的先贤先进常常提到三个术语，创作、批评、欣赏，这是文学艺术的三鼎足。谈创作可以帮助作家，谈批评可以培养批评家，谈欣赏是鼓励读者。创作、批评、欣赏，都不是孤立的，可以说它们相应、相通，它们的内部流着共同的血液。

虽然如此，有一种现象却分明摆在眼前，专心创作的人，文人相轻，同行是冤家，往往缩小了我们欣赏的范围。批评家给我们许多知识，许多理论，使我们陷入记问之学，忘了欣赏。所以欣赏还是需要自成一足。

作家、艺术家都很辛苦，大陆说他们也是劳动者。他们创作不是为了自己，也不能说是为了批评家，他们是为了读者。读者的欣赏能力也需要提醒，欣赏的习惯需要培养，欣赏的心得需要鼓励。现在对于培养作家鼓励作家，可以说尽心尽力，对于读者却相当冷淡，相当疏忽。这样下去，作家会越来越多，读者可能越来越少。我们都只能做自己的知音，都得藏之名山，传之后人，情况未免太凄惨了。

（二）

说到文学，先贤主张"文以载道"。文学是一辆宣传车，按照古圣先贤的设计改变人心，改善社会。到了近代，革命家、政治家都抬出"文以载道"的传统，把文学当作宣传工具，以文学鼓动风潮，创造时势。为了效果，便独尊一家。这个"文统"对读者的影响太大了，限制了他们的欣赏范围，削弱了他们的欣赏能力。

"文以载道"讲实用，"欣赏"和实用并不一致。有这么一首诗："枣花似小能成实，桑叶虽粗解作丝。惟有牡丹如斗大，不成一事又空枝。"枣花能结枣，桑叶能养蚕，都有用处，都很好。牡丹没有用处，不好。这是实用，不是欣赏，如此这般，梅兰都一无足取，实用的态度如此这般妨碍了欣赏的趣味，他看不见牡丹玫瑰"好"，无论如何这是他的损失，也是牡丹玫瑰的不幸。

出版家刘绍唐本是一名少校，他说，当年国家经济非常困难，一对情侣偷闲约会，女子指着天上一轮明月说："你看！"男子说："有什么好看？还不如一个烧饼！"烧饼好吃，这是实用，月亮好看，这是欣赏，因为月亮不能充饥，于是古今赏月的诗文变得可笑可恨？文学家希望读者既知道烧饼好吃，也知道月亮好看，而且能在没有烧饼可吃的时候仍然能够发现月亮好看。

名导演胡金铨也说过一个故事。劳动营里，一群接受改造的人干了一天的活儿，眼看日落西山，要收工了，某甲对那无限好的夕阳多看了几眼，某乙问他：你在想什么？他说：我想荷包蛋。这两个小故事的情节差不多，只看荷包蛋不看夕阳，固然不懂得欣赏，看见夕阳，心里想的是荷包蛋，也隔着欣赏有一段距离。欣赏是只见夕阳，只见明月，哪怕是刹那之间，心里没有烧饼也没有荷包蛋。

宋朝就有人提出一个说法：诗，好诗，应该是水中之月。天上的月尚且无用，水中之月岂非更没有用？南朝的陶弘景隐居山中，皇上派人传话，问他在山里看到什么，他写了一首诗回答："山中何所有，山中多白云，只可自怡悦，不堪持赠君。"徐志摩那句"我挥一挥衣袖，不带走一片云彩"，也许脱胎于此。在这首诗，便是欣赏。

（三）

欣赏，除了是"非实用"的，还得是"非利害"的。欣赏艺术的时候心里没有利害观念。

利害观念妨碍欣赏。石达开的诗写得好（有人说，那几首诗是别人冒名假托的，但诗总是好诗），清朝的遗老不能欣赏。辛稼轩的词写得好，但北方的少数民族不能欣赏。李后主的词写得好，但是明太祖不能欣赏。蒋介石爱读《唐诗三百首》，但是对"可怜无定河边骨，犹是深闺梦里人"不能欣赏。无他，作品越好，越对他不利。

孔夫子谈诗，他说诗"可以兴，可以观，可以群，可以怨"，说得挺好，接下去说"迩之事父，远之事君"。诗可以培养忠臣孝子，所以诗才有价值，这话就离欣赏很远了。欣赏文学艺术的人对于做忠臣孝子并没有意见，但是，"悠然见南山"的时候哪有事父事君，"小红低唱我吹箫"的时候哪有事父事君，"醉枕美人膝"的时候哪有事父事君。

这并非从此无父无君了，欣赏，只是暂时情趣饱满，陶然忘机，不能久驻。"醉枕美人膝"的后面还有一句"醒握天下权"，担子放下片刻，为的是再背起来。"欣赏"是一张多次入场券，你从一首诗、一幅画或一场音乐会得到的暂时解脱，以后还可以重温复现。这样的反复调剂是人生的一种幸福。只能"醉枕美人膝"，如李后主，当然糟糕；只知"醒握天下权"，如成吉思汗，也很遗憾。

苏东坡有一首诗："雨洗东坡月色清，市人行尽野人行。莫嫌荦确坡头路，自爱铿然曳杖声。"他下放黄州，生活水平急速下降，夜晚出门，手杖敲着乱石走路，发出来的声音有高有低，有轻有重，坡翁说，那声音很好听。对一个身体并不健康、拄着拐杖走路的人来说，路上全是乱七八糟的石块，当然有害无利，但是坡翁忘了利害，超出利害，他说他听见了音乐。

有一年，台湾有人写文章批评一首诗。这首诗写夜间看海，远处有点点渔火，很美。马上有人写文章质问，你知道出海捕鱼有多危险吗？你知道夜间捕鱼有多困难吗？渔家的生活那么苦，他们为生活奋斗那么艰难，你倒在这里赏心悦目啦！这样一想，渔火就不能成为海上的风景了，能够当风景看的东西恐怕也不多了。这场争论发生在上世纪六十年代，现在回想，本土和"非本土"，艺术品味的分歧，艺术见解的摩擦，那时候已经日渐明显，后来就发生了乡土文学的论战。

文学的创作和欣赏均受到社会的制约。单就审美来说，熊熊大火很好看，可是诗人多赞美晚霞。海啸也很好看，可是诗人多赞美钱塘江潮。但是，如果"九天阊阖开宫殿，万国衣冠拜冕旒"不准欣赏，说太封建；如果"西望瑶池降王母，东来紫气满函关"也要不得，是迷信；"细数落花因坐久，闲寻芳草得归迟"说浪费光阴，这就过分了。

（四）

欣赏与现实的判断、批评不同。很多人以批评判断的态度接近文艺作品，自己又没有受过批评训练，白白错过了欣赏的机会。

有两个成语，一个"买椟还珠"，一个"堕甑不顾"。"买椟还珠"的故事，说一个人买了一颗珍珠，珍珠盛在木头制作的盒子里，盒子很精巧，雕刻得很漂亮，买珠的人爱上了盒子，付过钱以后只带走盒子，不要珍珠。世人大多批判这个买主太笨了！如果换个角度来欣赏，这个人全神贯注地"欣赏"盒子，忘其所以，也算一则佳话。

另一个故事"堕甑不顾"。"甑"是一种陶器，可以蒸饭蒸菜。有人买了一个甑，自己背着走，甑掉在地上摔碎了也照样往前走，没有回头看一看，好像什么事情也没发生。他说，甑已跌碎了，回头看又有什么用？大家都称赞这个人洒脱，有决断，很欣赏他。如果换个角度呢，你怎么不好好背着，反让它摔碎了？太不爱惜物力了。既然摔碎了，也该把碎片收拾一下，免得妨碍别人走路，怎么可以不管不顾？这样一想，欣赏的趣味也就无影无踪了。

记得有人曾经反对把人分成好的坏的。他认为人只有两种，一种是有趣的，一种是乏味的。区分好坏，是批判；有趣或者无趣，是欣赏。《水浒传》讲道，鲁智深出家失败，佛门弟子衡量得失利害，认为他是一个坏和尚，一般读者看他倒是一个有趣的人物。在唐诗里面，"还君明珠双泪垂，恨不相逢未嫁时"我们很欣赏，若是做丈夫的看到了，可能别是一番滋味。贞妇烈女，对外来的诱惑应该断然拒绝，怎么可以这样不干脆？

有一个故事，我不知道出处。冬天，一场大雪之后，一个有钱人请朋友一起赏雪。看雪景要找视野开阔的地方，那地方当然很冷，主人要在四周安排火盆火炉，布置一个临时的暖房。主人客人一面喝酒一面作诗，称赞雪景很美，这样的好雪应该多下几场。他们饮酒作乐当然有人伺候，旁边那位听差的忍不住了。听差的是穷人，知道穷人吃不饱穿不暖，冬天的日子难过，每年三九寒冬都有人冻死，所谓"路有冻死骨"嘛！他大骂这一桌赏雪的人没心肝，"你们作的诗都是狗屁！"

听差的是个有趣的人物，所以这个故事能流传下来。故事到此为止，没有告诉我们后事如何。主人还要这样的人听差吗？一定是开除了。这个听差的以后怎么生活呢？他有这样的"前科"，还有哪个员外哪个老爷用他？来年冬天，他的孩子会不会成了冻死骨？这样一想就沉重了。贫富不均的现象，贫富对立的情绪，怎样才可以改变？批判来了，把欣赏赶走了。

（五）

最后说一句，欣赏，并不在乎他欣赏的对象是真是假，是合理还是荒谬，考据，求证，逻辑推理，对欣赏并不重要。有一位摄影家告诉我，他拍的月亮，其实都是太阳，他要经营的是美感经验，不是天文现象。

胡适之批评中国诗词，举了一个例子：写词的人先说他的窗子是明亮的，"锁窗明"，后来改成"锁窗幽"，窗子变成黑的了，到底他的窗子是明亮的还是黑暗的？胡先生有考据癖，以考据说诗，障碍就产生了。就欣赏而论，窗黑有黑的好处，窗明有明的好处，不必拘泥。

胡先生的这番议论，使我联想到谢家的咏絮之才。赏雪的时候，谢家老爷子要他的子侄描述雪景，他的侄子说下雪像空中撒下盐来，他的女儿说下雪像风把柳絮吹起来，谢老爷子立刻评定"飞絮"得胜，后世也没有异议，可是，撒盐和飘絮是两种不一样的雪，那天在谢府，外面下的究竟是哪一种雪呢？你认为重要还是不重要？

就欣赏而论，这些都不重要。欣赏的时候，浑然忘我，陶然忘机，心无挂碍，色不异空。可以纳万境，也可以无一物。这时候，谁管你的窗子到底是明的还是暗的，谁还管那天晚上和尚到底推门还是敲门？谁管你夜半打不打钟？谁管你阿房宫盖成了没有？谁管你周瑜有没有在这里打仗？谁管你比目鱼一只眼还是两只眼？谁管你鸳鸯到底是不是一块儿死？只要能得到美感，海可枯，石可烂，山可移，天可老。只要能得到美感，丁公可以化鹤，庄周可以化蝶，老子头上可以冒紫气。面对文学艺术，要亲近无可名之形，容纳不可能之事，体会不可说的话。你拥护薛宝钗，他拥护林黛玉，两个人争吵起来，还打了一架，何苦？你想，如果只有一个薛宝钗，或者只有一个林黛玉，如何成为《红楼梦》？

就欣赏而论，创作是为了欣赏，批评是为了帮助欣赏。作家是做菜的，读者是吃菜的，做菜的辛苦，吃菜的以逸待劳，受比施有福。有福要知道怎么享，美食家不偏食，中国五大菜系都是好菜。来到纽约，更知道各民族都有好菜。

（六）

所以，"接天莲叶无穷碧"，好！"留得残荷听雨声"，也很好。"万紫千红总是春"，很美，"一片花飞减却春"，也很有味道。"春到人间草木知"、"春花秋月何时了"，都说到我心里去了。"春风又绿江南岸"、"春风不度玉门关"，相反也相成。

这些年，由于种种原因，读者的审美能力退步了，读者的欣赏空间割裂了，所以文学的版图也缩小了。希望有心人从这些地方帮助读者，再由读者去享受文学，帮助文学。

作家常有的生活习惯

　　王岫先生介绍美国作家艾瑞克·拉森（Erik Larson）提出的"作家生活十个不可或缺的基本要素"，他的意见很好，不过我还可以列举几个项目加以补充，不敢称为作家"必备的要素"，却的确是作家常有的生活习惯。

　　作家常常陷入冥想之中，冥想是一种必要，可惜很少有人论及。谈写作的人强调读书思考很重要，此话诚然。但冥想与思考有别，思考是理性的，逻辑的，是既有经验知识之延长，冥想则身外无物，体内无尘，是既有经验知识之超脱，个中滋味，写诗写小说的人大都亲自体尝。

　　冥思也不等于我们常说的想象，而近于《文心雕龙》所说的"神思"，思上着一"神"字，就有了灵气。当年翻译基督教《圣经》的人，主张用"神"来指称那位造物者，反对译为上帝，正是因为"上帝"一词的"人味"太重。我们的"灵感"，也就有人称为"天启"。

　　冥思正是一种"神游"。杜甫说，他的诗"篇终接混茫"，冥思可能就是进入这个混茫的境界。作家冥想时还没有作品，怎可说"篇终接混茫"呢？我的解释是，我们读书写作，已知文学中有那些东西，我们猜想文学之中一定"还"有我们不知道的东西，对创作者来说，那些东西不能用寻觅和思虑得来。冥想脱离一切"有"，忽然得到"前所未有"，惟有来自混茫，最后才可以归于混茫，创新和自成一家，皆由此而出。

除了冥想的习惯以外，作家还有对语言文字的敏感。语言文字是一种符号，代表意义，符号简单，意义繁复，符号有限，意义无穷。所谓敏感，就是领会了有形的符号背后那许多无形，从字典能够解释的那一部分之外、之上，得到许多字典没有解释、不能解释的部分。作家读前人的作品，听今人的谈吐，有时一字一句使他突然怔住了，他受到撞击了，他像被蜜蜂蜇了一下，有细微到难以觉察的东西进入他的语言系统，产生难以确实描述的反应。

一个作家，他会像蜜蜂一样采集这些敏感，产生对语文的狂恋热爱，不断发现她的内在美外在美，增进自己的表现能力。这种敏感也像传染病一样，通过作品，引起读者对语言文字的敏感，提高一国家一民族的语言水平。语文是越来越精巧越丰富了，想想看，今天的小说语言，比《红楼梦》、《水浒传》高明多矣，今天新译的西方古典文学，也比七十年前的旧译更使人受用。

艾瑞克·拉森主张"至少要有一个值得信赖的朋友或亲人，做你草稿的第一个读者，当你文稿的评论者，又能公正、恰当地指出你作品中的缺失"。容我引申其说，这位良友，应该就是报刊或出版社的编辑。谁有能力提出意见改进你的作品？应该是一位同行，哪位同行愿意你能写出更好的作品呢？恐怕只有编辑，他的职业使他可以和你共存共荣。如果你能找到这样一位编辑，你就要死心塌地，同舟共济，祈求上天保佑他的公司百年基业，千年繁荣。

作家应该经常关切他的编辑，引为终身良友。如果两个约会时间冲突，一个主人是县长，一个主人是主编，他应该舍县长而就主编。一件礼物合乎两个人的需要，一个是表兄，一个是主编，他应该送给主编。他有两本书要看，一本总统写的，一本主编写的，先看哪一本？你说。

一个持久写作的人，他也希望编辑要专业，要内行，要在岗位上持久工作，双方相辅相成。看五四运动以后的文学史，一个有成就的作家，背后都有一个编辑做他的知音，他的推手。蜉蝣不能成事，寿命太短，蝴蝶不能立业，兴趣太多。媒体培养专业的编辑，编辑带领有恒的作家，可能是今后文学复苏的一个条件。

本文所称作家，指"狭义的作家"，诗人小说家之类，此外文学写作尚有广阔的天地，本文不能概括。

我多次被人问起怎样写出很好的散文，这些年我总是引用张春荣教授的话来回答：散文要"言之有物，言之有序，言之有趣，言之有味"。这是他在《修辞新思维》中指出的方向。大概是因为引用的次数很多，有人当作了我的主张，趁此机会声明：我每次引用都注明了出处。

言之有物，文章要有主题内容，言之有序，文章要有组织结构，这两条容易明白。"言之有趣，言之有味"，倒是有些费解，"趣味"连成一词，我们用熟了，用惯了，认为这是一件事物，"四有"之说一出，提醒我们"趣味"也和"行动""明白""清洁"一样，两件事物合成一个大范围，同中有异。

"趣"和"味"有什么分别呢，依我体会，趣在当时，味在事后。妙趣横生未必回味无穷，越想越有味的故事讲出来未必有哄堂的效应。研究喜剧的人介绍过来一个名词叫"笑点"，这个"点"就是刀口上，节骨眼儿，快一秒慢一秒，增一分减一分，都不能发生喜剧效果，"趣"就是这样一个"点"。

"味"是一条"线"，仅仅有趣也能流传众口，它有折旧率，能产生免疫力，所以有些笑话我们不想再听第二次，"味"则是一种秘密的得意，深藏心中，反复玩索，历久弥新。所以我为"四有"作注："言之无趣，行之不广，言之无味，行之不久。"

"趣"和"味"在四有之中占了两条，可见张教授情有独钟，力有专注，见有独到，也可见要想做到，难度很高。以我体会，"有物"和"有序"偏重功力，"有趣"和"有味"恐怕属于风格神韵的范围，偏重自然，作者他得先是一个有趣有味的人，而且他得能够分别什么是高级趣味，什么是恶趣、劣趣、肉麻当有趣，慎勿因追逐趣味堕落了文格。

　　欧阳修说文章成于"三上"：枕上，夜晚入睡以前和早晨醒来以后；马上，出门办事或长途旅行的路上；还有厕上。这三段时间和一切俗务暂时隔离，个人独处，可以安静思考或可灵感突现。

　　如果欧公只有"三上"的时间属于个人，他就寝时大概很疲劳或者很烦恼，所谓枕上是起床以前，他可能有赖床的习惯。欧公的"马上"之说甚为可疑，他在京为官，出门坐轿，即使贬谪外放，沿途应该坐车，有些诗文是在车轿中形成的。大概欧公为了凑足"三上"，便以"马上"代称车上轿上了。

　　"厕上"云云，应该是"幽大家一默"，除非欧公患有某种慢性疾病。倘若那样，厕上的时间很痛苦，难道他真能"怒向刀丛觅小诗"？不过欧公此说倒是给做研究的人出了个题目，可有人写一篇"厕所对中国文学的影响"？

　　我想咱们以文字为业的人都有自己的"三上"。我常吃安眠药，没有枕上；我晕车晕船，没有马上；医生要我用念力防止某种慢性疾病，我也没有厕上。我的三上是：

教堂的椅子上。牧师在上面讲什么，我多半没听，我只觉得屋顶下是一个庇护区，庄严肃穆，众神默然。我从压力下、从捆绑中、从冲突的夹缝里释放出来，对人生突然得到某种新的解释，或者素不相干的事件突然有了新的联结，或者在修辞上对某一老生常谈找到新的说法。归来振笔疾书，感谢天恩，第二天有颜面对《世界周刊》主编，不至断稿。

第二是散步的小径上。大都市行路易，散步难。公园里可能有人抢劫，人行道上常常有人骑自行车、滑飞轮，自家后院空间小，你在里头团团转，邻居以为你精神不正常。幸而多走几条街有个高级住宅区，树多、草坪大、鲜花品种好，草坪尽头安安静静一座房子，门虽设而常关，窗台上摆几件工艺品给你看。这些房屋的主人，自己要上班、出差、度假、露营，即使在家，也重帏深下，眼睛盯着计算机电视，耳朵朝着唱机唱片。花大力气赚钱，花大钱经营金窝银窝，没工夫享受。等到退休了，有闲暇了，又卖掉房子去住公寓。

我常到这里来散步，真的，这里的路像洗过，草地像绣过，大树一人合抱二人合围，像前生就种在这里。有树的地方就有鸟，有花的地方就有蝶，有草坪的地方就有松鼠。四顾无人，可能栏栅里面有只狗卧着，睁一只眼闭一只眼，偶尔站起来朝你摇尾巴。在这里散步，可以走到忘其所以，走到心性澄明，走到恍然大悟。这时候，文章你挡也挡不住。

还有一个是闹钟的秒针上。我的书桌上永远摆着一只闹钟，传统式的钟面，秒针走出一连串滴答。如何把自己赶到书桌前面的椅子，"上"乃是写作的第一步功夫。沙发枕头电视机都是我的敌人。面对闹钟，我想起"天地者，万物之逆旅，光阴者，百代之过客，而浮生若梦，为欢几何！"我背诵《春夜宴桃李园序》到此为止。下面的句子体味则和李太白完全不同。

"弃我去者，昨日之日不可留"，没错；"乱我心者，今日之日多烦忧"，那是因为你忘了工作可以抵抗烦恼。至少去做对自己有益的事情，如果可能，去做对别人有益的事情。虽不能至，心向往之，去做对人类有益的事情。秒针像一波一波眼神催促我，一声一声呼唤提醒我，一寸一寸凌迟威吓我。去日苦多，来日也还不少，来者可追，等于往者可谏。

这时我开始写文章，希望秒针看见我写文章，写自己可以写的文章，写编者可以登的文章，写大家可以看的文章。"三上"俱足。

闻蝉声，说诗人

读骆宾王的"在狱闻蝉"，想起往年夏天都听见蝉声，今年怎么没有？我并不喜欢听蝉，可是如果显示附近的生态发生了变化，那就值得关心探索了。

无可奈何，还是把生态环境交给奥巴马总统，蝉声还给骆宾王。他这首诗明写蝉，暗写他自己，写他的有志难申，负屈含冤。蝉在树上叫，怎会跟他在狱中盼望昭雪混为一谈？这就得介绍诗人的一项看家本领，他看世上任何一件东西都像另一件东西，眼波似海，海浪似山，山似眉黛，眉似柳，柳似长发，长发似瀑布。因此，诗人可以言在此而意在彼。东坡云："作诗必此诗，定知非诗人。"散文家和小说家，也得参透这个"万物大通分"的"文法"，才算入了本行。

前人对蝉已有多种说法。蝉声是噪音，本无可取，书上说它是昆虫音乐家。蝉声连绵迫切，不休不歇，好像有重要的诉求，有人说它是冤魂所化。蝉的种类多，有"十七年蝉"，昆虫中的寿星。一般幼虫要在地下三至七年长大成虫，只有雄性能发声，"艺术生命"短促，最短只有两星期，彗星式的天才。它们潜修时间长，放射光芒的时间短，就像运动员、流行歌星、时装模特儿。蝉在成长期间每年到地下褪掉身上的硬皮，以新蝉的姿态出土高飞，使人联想到重生不朽，于是金蝉玉蝉都是名贵的饰物，富贵之家营葬，在死者口中放一只玉蝉。另一些人则认为"蝉蜕"象征超出已有的成就，更一步精进。

还有别的说法，你我也可以在一切既有的说法之外另觅新的说法。骆宾王被政敌构陷入狱，他对蝉的联想倾向"冤魂说"，笔触没那么粗重，用"无人信高洁，谁为表予心"淡写了。骆宾王是清官，他入狱的罪名却是贪污，这个残酷的玩笑一定使他很痛苦。他高洁，蝉并不然，以吸取树身的汁液维生，对树木有害。这种"误会"是诗人的特权，乌鸦反哺，腐草化为萤，都属于这一类。

在文学史上骆宾王是初唐四杰，下笔了得！他七岁时写的一首咏鹅诗，曾经编进我读的小学课本，用来激励我们追慕前贤，可惜他未能一辈子做个诗人。他在官场中受排挤打击，最后参加了徐敬业的造反阵营，为推翻武则天的政权写了那篇不朽的宣言。徐敬业失败了，满门抄斩，骆宾王从此下落不明。

骆宾王的下场，有人说他自杀，有人说他被杀，有人说他做了和尚。人民大众舍不得他死，相信寺庙把他隐藏起来了，数据记载有出入，他那年大概五十岁，论创作尚在盛年。他有那么高的诗才，怎么能忍得住，从此再无声息，只要他再有一首诗对人吟出来，不，只要他再有一句诗流传在外，他的行迹立刻暴露，天下之大，再难有他的藏身之地。如果他尚在人间，以后二十年心中只有禅没有"蝉"，他必须是一个和尚才办得到，而且要断尽烦恼，修成正果。

骆宾王家世很好，后来衰落了，他从小就有压力，他必须有杰出的政治地位，光大门楣。他到了五十多岁还才高位卑，他跪拜侍奉的那些上司，给他做部下他也不要，他的诗文中有愤慨。徐敬业起兵，他居然附和，莫非想做个元勋，扬眉吐气？的确，在这条路上，他的时间不多了！哀哉骆公，他难道不读历史，文人参与政治运动很难有好下场，即使徐敬业成功了，朝臣的倾轧排挤依旧，人主的多疑信谗依旧，可与共患难者未可共安乐，您那两把刷子哪有胜算？

我一直猜想，骆宾王那个要命的一念之间是怎样决定的，如果他继续创作二十年，唐诗是何等模样。

北美作家黄美之女士，早年在台湾牵入孙立人案，一代风华，无情消磨，去年正式平反。她用冤狱赔偿金成立了"德维文学协会"，推广华文文学。首先，她邀请诗人心笛、秀陶、陈铭华、简捷四大家亮出玉尺，编成美国华文作家的新诗选集，书名《世纪在漂泊》。

据卷末介绍，"德维文学协会"之得名，由黄女士从父母的名字中各取一字而成，它的英文译名是"Way"。这个译名恰恰译出中文原名的叠韵，也进入"德之四维"的光圈，字典还说，"way"的意思包含了空间和自由，似乎隐含着庆祝黄氏姊妹否极泰来，祈愿华文文学前景开阔，一字多义，真是语重心长。

《世纪在漂泊》共收了北美华人29位作家的116首诗，台湾背景者18人，大陆背景者7人，其他海外背景者4人。出生于一九四〇年以前者15人，以后者14人。文杖诗囊，随缘漂泊，长啸低吟，留待知音，很能从每一个角度呈现中国人"漂泊"的样相，显现黄女士和四位编委共有的大关怀。

诗选产生的"远因"虽然有一个大冤狱，诗选产生的"近因"却是澄明的艺术欣赏。所选的作品，没有一首一句"借他人酒杯，浇自己块垒"，缺憾还诸天地以后，道路、空间、自由、还有艺术，都在我。如此境界，十分动人。

从某种意义上说，我们每个人都有自己的"冤狱"，而且从无平反和赔偿，如何沉淀、过滤、蒸馏、升华，"德维文学协会"是个成功的例证。诗人有他的way，有他的境界，不肯留在原地咒诅呼喊。道道相通，我们亦复如是。

　　书上说石曼卿多么出名，"我辈"许多人是读了欧阳修《祭石曼卿文》才知道这么一个人。欧阳修的祭文开头就说石曼卿"生而为英，死而为灵"。字典上说，智过万人为英，又说，灵者，神也。可以说是高度赞美。

　　如果人是由肉体和精神合成，灵魂就是肉体死亡后的精神那一部分。依基督教神学，人由"身、魂、灵"三者合成，一位基督徒曾用"一体身魂灵"对"三光日月星"，灵和魂是两个观念，人人俱备。欧阳修所说的"死而为灵"，显然另有意义，生而为英者始能死而为灵，"灵"有条件。范仲淹在哀悼的文字中也说石曼卿"希世之人，死为神明"，两人所见略同。

　　下面欧阳修接着说，人有"暂聚之形"，形体终要"归于无物"，这话好像受佛家影响。他又说，人另有一部分"不与万物共尽"，那是"后世之名"，他说的死而为灵，乃是身后令名为人称道，"死而为灵"，灵在世间。这个人是一个非凡的人，他把生而为英和死而为灵并举，这个"灵"就与宗教无关了。

　　这是儒家的看法吧？儒家以立德、立功、立言为三不朽，看轻今世得失，看重后世评价。追求高深的学问、显要的职位、充分的权力，也只是为立言、立功、立德找先决条件。"人生自古谁无死？留取丹心照汗青！"文天祥从容就义了；杨继盛一句"丹心照千古"，坦然走上刑场；于谦一句"要留清白在人间"，也就"粉身碎骨都不顾"了。可以说，这是儒家的宗教精神，以"三不朽"为救赎。

文章有起承转合，这话没骗人。欧阳修写到此处，笔锋一转，他说石曼卿的相貌"轩昂磊落，突兀峥嵘"，埋葬于地下之后，并未长出千尺松柏，九茎灵芝，只有荒草、荆棘、磷火、野兽，再过若干年，恐怕和一片荒冢为伍，成了狐狸和黄鼠狼的洞窟。他说多少古代圣贤的坟墓，到了今天，大都成了这个样子，谁又能担保你例外呢？

这一段话道出儒家思想的局限。大自然无情而公平，圣贤才智平庸愚劣同等对待，后世名虚浮短暂，黄土一堆几人见，青史几行几人读？于谦、杨继盛，还有文天祥在《正气歌》里列举的典型，今日几人知？即使知道了又有几人崇敬仿效？三峡水坝完工，多少名人的坟墓遗迹永远沉没湖底，有几人痛惜？儒家讲做人的道理举世无双，可是最后却把救赎放在人间，想在人事的框架中建构救赎。无法得到终极救赎，这是"圆满而不究竟"。

欧阳修最后说：他在理智上明白这是盛衰之理，但是在感情上很难接受。这叫"看得破，放不下"。欧阳修说他不能学太上之忘情，忘情并非无情，他是有情，但是忘了。情是某一阶段的享受，你最后若能不受它的伤害，"太上忘情"认为这是人生的最高境界。佛家也说，世间相本来就没有，最后也没有，所以它就是"没有"，不必挂怀。但是世人不能忘记中间那一段"曾有"。本来没有，我们不记得；将来没有，我们没经过。那一段"曾有"可是刻骨铭心，忘不了、忘不了。欧阳修做不到，我们又有几人能够？

石曼卿怀才不遇，四十八岁英年早逝，这是天地的缺憾，人民大众以自己的方式做出补救。据说石曼卿做了花神，在虚无缥缈的仙乡，有一个开满了木芙蓉的城，石曼卿是一城之主。元曲《牡丹亭》里提到这个地方，有人自称在那里遇见他。木芙蓉很美丽，四川、湖南一带较多，湖南因此称为芙蓉国，成都因此称为芙蓉城，木芙蓉现在是成都市的市花。石曼卿看遍世相的丑陋，到头来却是满眼美不胜收了。

死活读不下去？

广西师范大学出版社，以"死活读不下去的书"为题，向三千人发问调查，下列名著入选：

《红楼梦》、《水浒传》、《三国演义》、《西游记》、《尤里西斯》、《百年孤独》、《追忆似水年华》、《生命中不可承受之轻》、《瓦尔登湖》、《钢铁是怎样炼成的》。

中国经典名著《红楼梦》居然居首，想不到吧？译作难接受，容易理解，怎么中国四大名著都上了榜？据说消息公布之后，文坛受到强震，《红楼梦》居然无地自容，我那本仿制品往哪里摆？京戏《法门寺》里大太监刘瑾惊人一问："你眼里没有太后，还有咱家吗？"

我倒想问：调查"死活读不下去的书"，看标题并未限定书籍的种类，为何入选的都是文学作品？康德你能读得下去吗？爱因斯坦你能读得下去吗？《资治通鉴》你能读得下去吗？为何没人提及？

我来揣测一下，也许受访者以为专门的学术著作可以"枯涩"，文学作品应该"悦读"。也许他们认为读小说应该忘我，应该移情，应该不忍释手，读《资治通鉴》可以读得很痛苦，读小说应该读得很快乐，上面所列的赫赫经典并不能引起他们这样的兴味，所以他们把矛头指向文学。

如果这个揣测接近实情，当代作家不妨想一想，今天大师大匠经营的大河小说，有哪几本可以使人读来如顺风扬帆、轻舟直下？有没有教人"死活读不下去"，或者拼死拼活才可以读完的？古人的小说难读，因为有历史背景和人物思想隔阂，翻译的小说难读，因为有语言和风俗习惯隔阂，当前的小说难读，到底是为了什么？我们是否需要虚心检讨一下？

据我了解，我们的白话文学要仗古典名著撑腰，古典名著也有待白话文学增光，相互关系犹如"看父敬子"和"看子敬父"。今天多少读者因为喜欢张爱玲而喜欢曹雪芹，因为张爱玲是"红楼谱系"的作家。多少读者因为爱读莫言才去读《百年孤独》，因为莫言是魔幻写实在中国的发扬者。今天的作家可曾想一想，我们如何光大门庭？是否对先人余荫太依赖，有意无意做了啃老族？

新闻报道说，广西师范大学出版社向三千人发问调查，我上网查来查去，查不出这三千人是如何取样得来的。如果是在文学人口中点名，这三千人这个也不读，那个也不读，他们读的是什么？今天的文学人口究竟由哪方水土哺养？他们爱读的作品，如果是《红楼梦》、《三国演义》之现代化，《追忆似水年华》之中国化，自己不能直接消化原典，倒也是很正常的现象。

如果访问者并未考虑受访人的文学背景，只是随机抽选呢，咱们的文章就更容易做了。想想看，你随意找了三千个名字，他们居然不但读过曹雪芹、施耐庵，还读过马尔克斯、乔伊斯，虽然"死活读不下去"，毕竟知道这个作家，摸过这本书，试读、初读、似读未读都是读，都沾边，都有缘，堪称文学的盛世！作家的丰年！……看官冷眼，应笑我枉生华发，我太一厢情愿了。

大家不读经典，岂不出现断层？大有可能，也许不会？"诗既亡"，有楚辞，唐韵衰，宋词元曲相继，昆曲之后有京戏，之后有样板戏，之后有梁祝协奏曲，都不算断层。古典散入后来的诸子百家，成为原型、因子、文化符码，似断还连，问题不在从前的经典现在还有多长的寿命，而在今日的大师、名家、一代正宗的作品今后能有多长的寿命。现代作品能走入古典，现代是古典的延长，就不会断层。如果有断层，那不是读者的责任，那该是作家的责任。读者人人读经典，不能保证今天的作家创作未来的经典，该断的还是要断。

　　看云门《狂草》，我觉得林怀民先生以传神的方式，诠释了"八大艺术同出一源"，云门《狂草》和书法狂草双方的关系，犹如庄周之于蝴蝶。他的艺术境界至此可能已是"会当凌绝顶，一览众山小"。我不知舞，只因曾经亲近书法，也看得心领神会。

　　我也在说，《狂草》的舞姿、配音与草书的笔势、笔意互化，节奏与草书的行气互化，两种躯壳，同一神髓，形式藩篱，若有若无，堪称妙品。我更要说，依八大艺术同出一源的原理，双方都在"法自然、师造化"，双方"不一不异"。所以由舞台上空垂下来的"宣纸"，上面留下云纹石皴，龙骸凤迹，而非张旭怀素。所以舞台上的草书并非产生于纸上的草书之后，而是同时，甚或以前。我希望此一设计能启发所有的艺术人口。座上如有书法家观赏，一定可以"借火"改进自己的草书。

　　我赞叹全部的黑白设计，我想起"立天之道、曰阴与阳"。舞者由暗区走出，我想起"万物生于无"。舞者无声，观众亦无声，全场静如太古（坐在25排的老妻听得见舞者呼吸），俨然天地初创时光景。舞者一律黑色的舞衣，白色的皮肤，道具全免，固然是草书的趣味，也是"赤条条"众生相。音乐效果使人联想书法的奔雷坠石，也想到洪荒风雷之声。"墨分五色"，岂止五色，浑然大块，却嫌脂粉污颜色。

在我寄居的地方，《色·戒》先来，《狂草》后至。《色·戒》引起喧哗热闹，《狂草》继之以宁静澄明，一个看似繁复、其实单纯，或可喻之为"色即是空"，另一个看似单纯、其实深刻，或可喻之为"空即是色"。无论如何，《色·戒》"为艺术牺牲太大"，社会成本太高，《色·戒》观众满座，我难免有淡淡的哀愁，《狂草》观众满座，我才有秘密的喜悦。无论如何，我不愿听到"你们只有《色·戒》"，我终于听到"你们并非只有《色·戒》"。

也许是舞台上"无穷如天地"的黑白板块震慑了我，我毕竟是个写文章的，一身被人间烟火熏透，看着看着，不觉把这一场舞当成人类历史的象征。最后舞者次第由暗区走入光域，聚集，分布，互动，千姿百态，婉转求伸，舞者与观舞者亦几乎互化。我俨然以为草书是文化演进的痕迹，而文化是人类挣扎的痕迹。创舞者"怀"抱生"民"，把它合成一个结构，寓大于小，纳须弥于芥子。

同往观赏的友人说，每一位舞者都好，天资高，肯下苦功，个个了不起，整体成就是个体成就之总和。我想，如果一位舞蹈明星单独表演，无论她多么伟大，恐怕很难表现这样宽宏的关怀，即使有，也很难使一般观者感受深切，如此，整体成就或许是个体成就之立方。这也许就是"舞集"之必要，林怀民之必要。看到台上谢幕，我衷心感动，老眼模糊，散场时我已不需要人工眼泪。

老实话

　　老实话并没有你我预料的那么好听。例如说，花是植物的生殖器。例如说，红叶是枫树到秋天生病了。例如说，不要借钱给朋友，它使你既失去金钱，又失去朋友。（莎士比亚）例如说，男人最大的快乐是满足女人的自尊心，女人最大的快乐是伤害男人的自尊心。（萧伯纳）乍听有人这样说，恐怕要皱起眉头，对那个说话的人有些看法。所以人生在世最忌实话实说。

　　可是世上有种专业必须说实话，它的主顾专程来听实话。说实话是文学作家的职志，实话是文学作品的亮点。这几天读董桥，收获颇多。董氏读书博，又深知什么是趣味，随手掇拾，不吝与人分享。他在《假如人生是一钵樱桃》一文中介绍Clarence Darrow的老实话："我们的上半辈子让父母给毁了，下半辈子让我们的孩子给毁了。"这话在台湾、香港流行过，应是从董氏的专栏得来，但是都未注明出处。我早猜测说这句话的是外国人，换了中国人，他叙述的角度不同，他会想，我上半辈子对不起父母，下半辈子对不起子女。两种述说内容相同，只是换了角色立场。

董先生介绍的"实话"还有:"文章不同,必须相信自己的好才写得下去。""我去巴黎不带荆妻,盖赴盛筵不自己携带香肠肉卷也。(丘吉尔)""你试一试用计算机光盘看书,读完《战争与和平》,你的眼睛恐怕非瞎不可。""强迫人家多吃会把人弄瘦,谁都不必吸取自己不需要的经验,他们不需要诗歌就让他们去吧。"……引用都注明出处,有些还附带英文原文。

文学作品里为什么有这么多实话呢,我猜跟生存空间有关。世界如此拥挤,人的需要仍未完全满足,寻找空隙,制造空隙,成为生存的法则。别人没有,你有,你才可以独立成类,免于兼并。文学要成为独立的门类,作家需有独立的身份,他的天才才有发展的方向。当然单凭"爆料"不能成为作家,作品有所谓形式美。说来话长。

作家因说实话得到荣耀,也陷入困境。例如说,达官贵人喜欢与画家、音乐家做朋友,对文学作家只能远距离使用。例如说,作家不宜做官,因为做官的人要说另一种语言,政敌必能在作家的前言后语中找到矛盾,加以攻击。夫如是,这位作家的财产变成负债,如果写剧本小说,还可以用"角色不等于作者"来抵挡,写散文连这一点回旋之地也没有。政客在竞选时出口成章,当选后行不顾言,为何选民不找他算账?因为大家对政客的诚信期许很低,对作家则很高,这是不公平,也是对作家的尊敬。

有人问萧伯纳,他写喜剧如何使观众发笑?这位戏剧家说,他的方法是说实话。萧翁偷懒,随口应付,但是所言非虚,管中的一斑仍是豹身的一部分。下面这些话都有很好的笑果:"未来取决于梦想,所以赶快睡觉去。""成功的男人背后有一个女人,失败的男人背后同时有两个女人。""有人说,我们到世界上来就是为了帮助别人,请问,别人来到这个世界上又是干什么的?""金钱并非一切,还有信用卡呢。""人应该喜欢动物,因为它很好吃。"

这些话都出于萧伯纳之手，博人一笑，但并非一笑而已。现在我们看到的是孤立在纸上的裸体语文，演出的时候，配合剧情和人物表情，效果是丰富的。萧伯纳曾是非常叫座儿的戏剧家，他之所以成功，并非仅仅说实话，而是实话说出来人人爱听。

从饮食到文学

这些年看到很多新名词，例如饮食文化、饮食书写、饮食文学。饮食本来就是文化的一个项目，为什么要单独提出来专门设一个名词呢？因为饮食丰富了，精致了，提高了，而且普及了，成了文化的一个新现象，有现象就有记录，就是饮食书写，有书写就有高一级的表达，就是饮食文学。

台湾的饮食文学，早期要推梁实秋、夏元瑜、唐鲁逊，那时还没有"饮食文学"一词。后来有林文月、张曼娟、韩良露、蔡珠儿，二○○五年台湾出现饮食文学杂志，近年来又有郑丽园。作家找到新题材，开拓新领域。

郑丽园女士写饮食文学有她的优势。她是"大使"夫人，大使是做什么的？大使是办外交的，夫人协助大使办外交，外交官的工作，文言文叫"折冲樽俎"，樽是喝酒，俎是吃菜，办外交离不开饮食，外交官，尤其是他的夫人，一定要懂得饮食，懂本国的饮食，懂各国的饮食，懂精致的饮食。"饮食"是正业，"文学"是副产品。

饮食文学的作家愿意和大家分享饮食经验。一个好心的作家，他替读者活着，他替大众活着，我们前生也许是个美食家，我们忘了，我们来世也许是美食家，时间还没有到，好心的作家现在就让我们做美食家，就让我们做企业家，做野心家，做慈善家，做政治家，我们只要读书，不需要轮回。

中国人说民以食为天，饮食太重要了。端午节不靠屈原靠粽子，中秋节不靠嫦娥靠月饼，七月七不靠牛郎织女靠情人大餐，感恩节不靠《圣经》靠火鸡。中国有个寒食节很有意义，可是谁过寒食节？没有什么好吃的嘛！人民大众就像小孩子，要想受欢迎，你得带着冰糖葫芦。

先贤又说，你与其送他一条鱼，不如告诉他怎样钓鱼。也许我们可以补充，他有了鱼以后，你还得告诉他烹调的方法，他有了方法以后，你还得告诉他更好的方法。如果他学不会，你就做给他吃。

人生在世只要能做一样好吃的东西就可以不朽。麻婆豆腐，成都一位麻脸的女老板发明的，宋嫂鱼羹，黄河边上小吃店里一位宋太太发明的，两个人都不朽了。丁宫保不朽，恐怕要靠宫保鸡丁。台湾反对读《赤壁赋》，照样吃东坡肉，反对写毛笔字，照样吃伊府面。国民党治理台湾，所有的功过都会成为过去，只有一样，各省的好厨子都在台湾集中了，大大提升了台湾的烹饪技术；各省的好菜都集中了，大大满足了台湾人的口福，子子孙孙、世世代代永远享用。这一项成就永远不会磨灭。

从前中国人把吃饭叫"糊口"，听起来心酸酸，"民以食为天"，也把饮食说得太难了。现在时代进步，无论这个世界有多少缺点，大方向总是向前的，精致文化以前是少数人的特权，现在大众化了。吃饭的时候旁边有个乐队演奏，以前只有国王贵族办得到，现在只要你愿意，有什么不可以？我们的餐桌上不管用什么样的盘子，牛排总是好的，烹调技术也许差一点，牛肉总是好的。

到了今天，有些格言也许可以改变一下，今天不是民以食为天，今天民以食为美，民以食为乐。今天吃饭不再是糊口，要爽口，要悦口。华北民间流行一个说法："读了三国会做官，读了红楼会吃穿。"读《红楼梦》太麻烦，不如读饮食文学。

郑丽园女士的新书《纽约不可不吃》里面介绍了纽约市七十家好吃的馆子，有位朋友买了这本书，他说他要每星期去吃一家，他要花七十个星期吃遍，他说那时候他会很有成就感。还有一位朋友买了这本书，他说他要约几个朋友一块儿去吃，吃了这家吃那家，轮流做东，一路吃下来，他说新朋友变老朋友，普通朋友变好朋友，摇头的朋友变成点头的朋友，吵嘴的朋友变亲嘴的朋友，有朋一同来吃，不亦乐乎！

品味知味

　　王成勉教授讲学荷兰，他在传道授业之余写了一系列散文，发抒他对客地的感受，后来结集成书，取名《品味荷兰》。他舍弃素描、掠影、留痕、巡礼等词汇，诉诸味觉，咱们可就有话"接着说"了。

　　我们常说文学作品批判人生、诠释人生、反映人生。思想起来，品味人生也是很好的态度和角度，读者觉得更为轻松而贴心。中国人味觉发达，能把一个"味"字由低级感官上升到美学，读者不能和作者同步品味人生，可以于事后品味他的作品，味觉的享受固不逊视听之娱也。

　　王成勉闲说荷兰，拈出"品味"二字，荷兰的小巧、精致、清洁、隽永跃然纸上，沁人心脾。我一向劝人小说成书不宜太薄，散文成书不宜太厚，《品味荷兰》150页，编排得一"雅"字，风格相得益彰。荷兰以盛产郁金香知名，世上百分之七十的出口鲜花来自荷兰，此处面积小，色彩丰富，环保考究，是个"可口"的地方。他文笔干净，心地光明，想见人到荷兰，阳光灿烂，视野开阔，心中虽有未了事，仍是人间好时节。他写荷兰历史、文化、民情、风俗皆疏朗潇洒，写赴宴、理发、遇小偷、上教堂、骑单车、逛旧货摊皆从容幽默，读来入口即化，不反胃，不打嗝儿，不沾牙。读到最后"能够感谢其实也是一种幸福"，味如回甘……并非回"甜"，甘旁无舌，已超出感官。

文学理论巍巍乎高哉，多数读者的愿望很平实，只求"有味"。平淡无妨，只要淡而有味。辛辣未必有味，辣得不能入口仍是失味。南海有逐臭之夫，西洋人吃起司，中国人吃臭豆腐。大概味觉也像听觉，人的接受能力有上限下限，只要规约在某个范围之内，都是好料。若要举例，辣而有味，南方朔也；苦而有味，三毛也；咸而有味，杨牧也；甜而有味，症弦早期的诗也；酸而有味，余光中晚期的散文也。臭而有味最难，最令人佩服，但举例必定引起误会。

小说家朱天心、朱天文姊妹俱被纳入张爱玲谱系，但"味觉"并未重复，大朱如橘，小朱如橙。朱西宁、司马中原俱以"乡土"见称，朱西宁如大闸蟹，司马中原如鲑鱼。鲁迅的作品绝对影响了张天翼，读前者如吃核桃，读后者如嗑瓜子儿。我读梁启超时联想胡适之、梁如羹、胡如汤。梁实秋、陈西滢风格相近，梁如莲子，陈如松子。我读王成勉联想沈君山，王如椰子汁，沈如清茶。

愧我此生，抗战八年只是狼吞虎咽，内战四年味蕾麻木，人到台湾患了偏食病，总之距离"知味"很远。联想钱夫人杨绛熬过大劫大难，犹能写出五味调和的《干校六记》，非人人可及。

小说中的冷战灵魂

——细品赵民德的短篇小说集《飘着细雪的下午》

台湾的外文系出了很多作家，传为美谈，理工科系也出了很多作家，称为异数。

理工科系出作家，应是大专招生联考制度的额外收获。那些年，理工科是青年的理想出路，吸引了天资优异的青年，其中颇有一些考生具有文艺创作的才华，也只能收拾起来，但是才华难掩，终要在正业之余露些光芒，赵民德先生正是这一类型的小说家。

我和赵民德先生文字结缘甚早。一九六一年，我奉命接编《中国语文月刊》之后，收到他写的《妈妈和猫》（那时候，他还在读高中呢），稿末未署真实姓名，也没有通信地址，文章写得实在好，我来不及查问作者是谁，先把稿子发了。月刊出版以后，有十七所中学的国文老师来信称赞。六三年我为中学生写了一本《文路》，商得他的同意，转载《妈妈和猫》供读者欣赏观摩，成为《文路》的一个"卖点"。一九七八年我应美国西东大学之聘，编辑全美双语教育使用的中文课本，又选了这篇文章，各校双语班使用的频率也很高。

《妈妈和猫》写寻常事件有情味，表现主观中

49

的客观，显示他有写小说的天赋。后来他果然不断推出很好的短篇小说，这本《飘着细雪的下午》代表他的具体成果。

《飘着细雪的下午》收入作品十六篇，分成三辑：第一辑"一握愁"，大半以散文写少年滋味，心念单纯，散文看山是山，正宜表现这单纯。第二辑"少年游"，在这里，少年一词的生理含义，要从"一事能狂便少年"去理解，并非十五岁到十八岁。书中人物年齿增长，体验人世的复杂，种种以前化入今我，千丝万缕纠葛缠绕，看山不是山，小说正宜表现这样的复杂。第三辑"念念"，收录三篇散文，写对大家庭的怀念（早年写的《妈妈和猫》在内），朴实真挚，不求文饰，颇似波涛汹涌投入平静的海，汇为暖流。

就文学成就而论，这本集子的精华在第二辑，篇幅占全书三分之二。这些作品大都在上世纪六十年代完成，现在品味这些作品，我得先品味六十年代。这本小说集里有许多句子，对那年代的滋味做了精到的描述：

"单调而沉闷，像闹钟一样，滴滴答答混下去，直到那别人预先拨好的时候，才神经质的乱响起来。"

"很多日子以来我就不考虑意义是什么东西了，时间只是一个独立的变量，而我们的一切随着它变化，这便是生活。一切东西诸如时间，历史，哲学，爱情，都没有理由，它们只是相互的存在罢了！"

六十年代的郁闷拘谨，内在燃烧，赵民德先生借着刻画小说人物，留下许多珍贵的记述。他能用流丽的语风驱走沉闷，但是在最明澈最光洁的时候仍保有那份忧郁，我不能比他说得更好。

我记得，六十年代台湾，一度定位为靡靡之音的流行歌曲淹没大众的听觉，歌台舞榭，美丽而浪漫的女子扭动身体向听众摇手："喂，喂，你说什么我不知道，只要欢乐今宵。喂，喂，你说什么我不知道，不要提起明朝。"五十年代长期的紧张并未迎来预告的后果，而产生后果的严重性并未消失，人在致命的麻痹空幻之中，好像爱欲是惟一可以触摸的实体，也是惟一可以产生的感觉，有感觉，才会有互动；有互动，情节才有发展；情节演变，才构成小说的内容要件。所以赵民德先生笔下爱情好像是小说的钟表发条。

第二辑所收九个短篇，可以举《如三秋兮》为代表。三秋分成三个段落，每个段落又好像自成短篇，人物相同，轮流担任主角，整体构想可以看作是一个长篇，合中有分，分中又合，匠心经营，难度颇高。这种写法当时是新颖的，今日也不多见。

三秋之一"秋明"是个男子，到美国留学，爱上好朋友的女朋友素蓉，过程非常自然，但也并非完全没有歉疚，背后好像有新旧道德观的交替，墨淡情浓，叙述的语气如秋云舒卷。三秋之二"秋婉"写秋明所爱的那个女子，写她原来的男朋友去世了，故事时间在"秋明"之前，形同倒叙，行文似醉还醒，似梦还真，那种无语独坐惘然出神的语气，极像不分行不押韵的诗。三秋之三"秋暮"，秋明和素蓉结婚三十年了，借用小说里面的话："三十年后，人生走到这里，好像一切都稳定不动了。""树的外皮当然都是风霜和艰困，里面的心还是温柔的。"素蓉到台湾给从前的那个男朋友扫墓，死者的弟弟接待他们夫妇，台北重聚，没有激情，感人处即在人物处之泰然、读者内心翻腾，人有这样纤细敏锐的神经，感受耳朵听不出、眼睛看不见的高频率颤动。

"秋暮"的结尾："陈姐俏生生地站在那风中，有那么一点单薄。"我想到红楼意境。"他们是明晚的飞机，他们，他们是不会再来的了。"两个"他们"的顿挫之后，四弦一声如裂帛，青春之火已熄，缘尽情断，他生未卜此生休。诗的精致，剧的张力，散文的铺陈，奠定了赵民德业余小说家的地位。

如所周知，赵民德先生写这些小说的时候，正值台湾的文学创作改宗换派，"现代"掌旗，他适逢其会，尽脱旧染。没有完整的故事，借着人物的惆怅无绪，设计文本表面的混乱，显示心灵潜在的扰动，释出张力。《错请的舞伴》、《我们的故事》、《春暮》，都以人生表象的气氛和内层的心境见胜，段落短，句子疏朗遒劲，剪裁干净利落，化一人情愫为公众共有，文字絮絮紧拉你的心，如拉长橡皮筋。

那年代，自由世界的人民有"冷战症候群"。在某种程度上，赵民德的这些小说，为台湾的"冷战症候群"留下活口人证。"冷战症候群"消失了，这些小说应该留下、也一定会留下，它是艺术。"人事有代谢，往来成古今"，艺术不为尧存，不为桀亡，自有时间和空间。时代走过，人的贡献留下，以前这个样子，以后仍然这个样子。

细品刘荒田

刘荒田先生的文章一向很长，在"大散文"这个名词出现以前，他已躬行实践，海外华文发表园地狭窄，他的长文源源刊出，十年不绝，吸引了多少文友的注意力，以致把他写的"小品"忽略了。最近他从"美国小品"中选出176篇辑成新书，令人睁大了眼睛看他的另一面文采。

网络时代，"短文"越来越多，"小品"却越来越难得一见了。小品是秋水文章，纯净与密度并存，单一与完整并存，坦荡与余韵并存，它不是未完成的长文，也不是长文中的一段或局部，更不是长文的提要或缩小。这种作品多了些美感，少了些意见，多了些灵性，少了些烟火，许多人在国内办得到，出国以后办不到，闲暇安逸中办得到，辛苦忙碌中办不到，甚至有人说，古人办得到，今人办不到。我很奇怪，刘荒田为什么总是办得到。

说到古人，我马上想起张岱的《湖心亭看雪》，沁心透肌，相见恨少。有人说张岱已是后浪，想想苏东坡的《记承天寺夜游》，无意成文，自然成文，妙手难再。有人说坡翁已在中流，向上追溯，可以找到

《论语》中弟子曾点言志，若无闲事挂心头，便是人间好文章。渊源如此，何以为继？难免求之于今人，刘荒田在小品中有大成。

我对"刘氏小品"发现较晚，因缘始于他的《海上看烟火》，乍见题目，这篇文章好难写，必须写海，写烟火，还得加上夜景，如鼎三足，不能跛腿，网络短文最缺少写景的能力。他写夜景有新意："雾气起了，镶嵌在水边的灯火分了层次，高处的超越了雾，财大气粗地放着钻石般的光明，"这是生活在资本主义社会大都看见的美，"前方不远处一艘大轮，灯光的繁密，只有拉斯韦加斯赌场外的夜可比美。这人造的豪华，落在大海深刻而严峻的黑色中，在荒诞里别有徒劳的壮烈。"这是受现代主义启发才有的拟人和移情。有这样一支笔，可以写小品了。

主题是烟火，看他主角登场："人就在烟花中。大大小小的船只围着的半圆，是烟花所覆盖的空间，烟花的雨网，把我们罩起来。头顶上，色彩的飞翔，图案的开谢，整个过程观者也纳入其中。"这一段倒也寻常，"一样迸射，一样绚烂，一样黯淡，一样死亡。"这就是惊人之句了，烟火以最短时间演示"生变异灭"的现象，整个审美过程似模拟的轮回，这境界就大了。"观者的影子能到达水下，被黑暗吞噬，好在再黑的海水也有光亮。烟花却在空中消失，散在水面只有熄灭后的碎屑。在无声无息地针砭肌肤的海的力量下，茫茫的雾中间，人工的昙花在上，我们是夹缝的旁观者、享乐者，也是受难者。"三种身份错位，别有天地。

用昙花比喻烟火之后，文势似已收束，没想到奇峰最后耸起："夜里，我梦见张先生家的昙花开了。"虚实互依，我想起东坡先生《后赤壁赋》飞鸣而过的仙鸟，以不结作结，无人能续，但觉无限依依之情。

以后我就不肯错过他的"千字文"了，他有"绕过"前人的能力，文学道路上泰山一座又一座，今人总得往前走，不能"仰止"了事。刘荒田在这方面有成就，例如他写行人远去，送行的人还在盯住背影，"远行人甚至会感到，背上两处圆点，一似拔火罐般热着，那是对方的目光所凝聚。"很精彩！"挥手自兹去，萧萧班马鸣"，"欲问行人去那边，眉眼盈盈处"，都没挡住他。他写山茶花谢了，"无论正反，都端端正正地坐着，一似如来佛祖的莲座。""篱后的花，早上都成了向着太阳吹响的军号，傍晚落在黑色的泥土上，也这般端端整整地坐着，坐成展翅欲飞的紫蝶，坐成打坐的仙家、冥想的哲人。清晨的露珠在落花上闪着，那光彩和或然率所赋放的鲜花一般骄傲。""花瓣就这般坐着，直到变黄、变黑，变成泥土。它的最后章节，没有悲哀，只有神圣。"这就绕过了"化作春泥更护花""落花犹似坠楼人"，有自家风貌。

这些小品多半每篇八百到一千字，尺幅之内，舒卷自如，落笔时一点击发，四围共鸣，触机成文，诉诸悟性。无因果，有纵深，无和声，有高音，无全景，有特写，无枝叶，有年轮。他取材广泛，向外则山川草木天地日月皆是文章，向内则心肝脾肺脉搏体温皆是文章，取之不尽，用之不竭，不干涸，无压力，多潇洒，有生机，海生潮，云生霞，花生蝶，熟生巧，美连连，意绵绵，文心生生不已。

这位广东才子上山下海，呼吸过灵秀之气，再经西化打磨加工，天意造就一颗魁星。当然他还要继续前行，还有一些人要绕过，也许包括他自己。

折叠着爱

我在小病时总是读诗，读朋友的诗。这是我逃避压力纠缠的时候，我不读小说；这是我厌倦鸿词雄辩的时候，我不读散文。诗能使我的灵魂带动肉体，朋友的诗又添上一份安全感，哪怕是不很熟的朋友。

最近读了诗人画家席慕蓉女士的诗集《我折叠着我的爱》。起初我以为折叠是遮蔽的意思，后来知道不然，她的注解是：

蒙古长调中迂回曲折的唱法，在蒙文中称为"诺古拉"，即"折叠"之意，一时心醉神驰。初夏在台北再听来自鄂温克的乌日娜演唱长调，遂成此诗。

原来"折"是百褶裙，"叠"是阳关三叠。我想起这种反复递增的音乐性，我已在她的有一首歌里领受过（一九八三年），那是在公元两千年她温习大蒙古文化之前，如今甘居后知后觉，也算是"一切光荣归于原乡"吧。

席教授对蒙古的热爱曾是此间文友最关心的话题。怀乡曾是上世纪五十年代台北文坛的主旋律，作家久矣不弹此调，我在一九八八年出版《左心房漩涡》，有人笑我大器晚成。"还乡"使许多作家失去诗心，席慕蓉却因还乡而大大地改变了她的诗风，提高了诗的境界，她的诗似乎不再是"贴近掌心暖暖的一杯茶"，急转为高寒的"冰荷"，这首诗的沉郁有过于"天寒翠袖薄，日暮倚修竹"，带着陈子昂登幽州台的回声。

这位大诗人经过直抒胸臆的散文书写之后，诗中不见沙漠、草原、羊群、贵族服饰，有形者有限，出现了许多独创的隐喻，无形者无限。且看在《荒莽》一诗中，她写一个远嫁的女子，像榕树一般过了一生。至矣尽矣，前无古人矣，上世纪五十年代愁云惨雾里的乡愁，于今（二〇〇五年）证得清净法身。

她也许因此丧失了一些读者，不，应该说是"更换"了许多读者，但愿闻"七里香"而迷醉的知音，于今也跟着升级了。

七十岁的少年

《春天窗前七十岁的少年》，隐地兄最近出版的散文集，封面书名旁边有他一张少年时期的小照片，与"七十"两个字并列。乍见之吃了一惊：怎么你也七十岁了？

打开书本，我的心马上沉静下来。

七十岁的隐地，好奇心还没丧失，求知欲还没满足，美好的想象还没模糊，单纯的善意还没污染，感觉依然丰富而锐敏。他把这一段人生安放在春天的窗前，不是十七岁的春天，是七十岁的春天，也不仅仅是七十岁，乃是"七十岁和十七岁的合金"。我也有过十七岁，我也有过七十岁，可是我的七十岁中没有十七岁，而我的七十岁在十七岁时就出现了。我仔细读了隐地这本书，吸收其中的经验和境界，我需要补课。

这位"七十岁的少年"，用追念的语气提到多位作家，我读来最是亲切有味，也唤起我无量的联想。他慨叹刘枋大姐去世，新闻媒体没有报道，文友也仅有丘秀芷女士一篇悼念的文章。我想起小说家南宫搏生前交游广阔，一九八三年去世，我费了许多力气，只找到阮毅先生有篇文章吊他。某大亨去世，悼念文字有百篇之多，我一一拜读，达官贵人写的固无论矣，根本是秘书签办的公文，作家写的竟也都是陈腔滥调，虚应故事。而今人情淡薄，吊挽之词已非文人发抒真性至情的题材。

隐地兄写他两次参加街头的群众运动，一次有五十万人，还有一次人数更多。记得当时消息传来，我很担心，根据我的经验，这样的场面凶险，可是他连一双鞋子也没挤掉，我庆幸人民大众成熟了。当年我写下"游行示威是这一代的瘟疫，下一代的勋章"，幸而言中了，我珍惜隐地兄留下的文学纪录。

全书读完，试作七绝一首题于卷末：

> 画满春窗歌满弦，
> 文心落纸有新篇。
> 时人不识余心乐，
> 将谓精勤比少年。

"一九四九"三棱镜

　　最近台湾有许多人写文章，谈论一九四九年前后中国发生的事情，揣测缘由，也许是共和国庆祝建国六十年引起。凑巧台湾在这一年之内有三本书问世，都与"一九四九"有关，它们被人相提并论。一本是齐邦媛教授写的《巨流河》，一本是龙应台女士写的《大江大海一九四九》，还有一本是我的《文学江湖》。

　　主编希望找作家谈谈这三本书的内容，这三本书反映的时代背景，以及它们的写作技巧，提供给读者增添话题，褒贬春秋，用意甚美。既然我是三本书的作者之一，似乎应该婉谢召唤，但是我读了《巨流河》和《大江大海》，有很多感受希望与同仁共享，这么一个发表的园地可遇难求；再说我也自信在"得失寸心"和"旁观者清"之间能寻求平衡，终于还是担当下来。

　　用"一九四九"作这三本书的标签，它是个很笼统的时间观念，上溯八年抗战"中国惨胜、日本惨败"，下及台湾的高压统治、生聚教训。如果用我书中的话来表示，那就是"我们怎么会到台湾来，我们来到台湾又怎么样了"。在这里，"一九四九"是一个符号，代表一个复杂漫长的过程，我们可以联想文学家常说的"三十年代"，它也是一个符号，几乎可以由五四运动说到抗战胜利。

话说一九四九这年，国共内战第四年，中共领导的解放军渡过长江，席卷南中国，并在西北和西南取得完全的胜利。这年十月，中华人民共和国正式成立，十二月，国民党主导的国民政府退至台湾，大批军民随行，形成近代史上罕见的集体迁徙。史家说，共军以三年零九个月的时间，夺得全国城市的百分之五十一，然后以半年时间，夺得其余百分之四十九，第四年进展神速，以致谈说那一段时局的人言必称"一九四九"。

"一九四九"之后，台湾出现保密防谍"白色恐怖"，大陆出现"镇压反革命"、"反右"乃至"文化大革命"，这就对"除旧布新"的关键时刻"一九四九"，形成不可承受之重，全国苍生各有"夜半心头之一声"。《巨流河》、《大江大海》、《文学江湖》三本书的作者都是台湾"外省人"，三人的视角有广有狭，在大陆的论者看来，总是出走者流亡者的口吻，龙应台女士更坦率地表示，她写出"失败者的故事"。三本书的局限在此，三本书的贡献也在此，今日何日，中国人应该对下面这一句格言深会于心："只读一本书的人是可怕的！"至少我们住在自由环境里的人要满足求知的欲望，日知其所亡，补修学分，多出来三本书比当初只有"一本书"好，当然，以后再有三本更好。

先说《巨流河》，这本书可以说是齐邦媛教授的自传，虽然书名并无明白标示，封底介绍告诉我们这是"家族记忆史"、"女性奋斗史"，因此要了解这本书的特色，就得了解齐教授的经验阅历。她是辽宁省铁岭县人，铁岭在沈阳的外围，巨流河从中间流过，这条大河今名辽河，在著作者心目中，它是东北的"母亲河"，以河名为书名，可见怀乡的心情。当然这个名词的意义延伸了，暗指汹涌的时潮，遥远的跋涉，也许还有一往直前、惟精惟一的学术生涯。

齐教授先由她的故乡和家世写起，对她的父亲齐世英先生着墨较多。齐公早年留学日本、德国，思想新颖，回国后想改革东北三省的军政，参加了东北将领郭松龄领导的兵变，打算推翻当时东北的军阀领袖张作霖。巨流河一役兵败，郭将军被杀，齐老先生带领家人流亡，多次改名换姓逃避追捕。齐教授的文笔锐敏、深沉、细腻、简练兼而有之，我们开始看见全书的风格。齐老先生痛惜兵变失败，否则中国东北以后的变局、乱局、危局也许不会发生，表达了东北人独特的史观。

以后她历经九一八事变、西安事变、七七事变，胜利后的国共冲突和全面内战，书中甚少正面表述。到了台湾以后，对高压统治，省籍观念，改革运动（尽管她的老太爷参加了此一运动），乃至政权轮替，也都表现得淡然甚或漠然。"曾经巨流难为水"，她的叙写贴近这条主线，也就是她家无休止的漂泊，她说，"我的故乡只在歌声里"，这首歌就是流亡三部曲第一首《我的家在东北松花江上》。由于齐老太爷是重要的政治人物，齐家每一次流亡都是政局变化造成，"在我生长的家庭，革命与爱情是出生入死的！"国运家运，密切相连，一部中国现代史也就在她个人遭遇中隐隐现现，挥之不去。但是她把这本书写成浊水中的青莲，不垢不染。

《巨流河》中的父亲，可能是中国现代文学作品中最成功的形象，齐老一生率领志同道合的人出生入死，国而忘家，最后都被大浪淘尽，书中说："那些在我的婚宴上举杯为我祝贺的人，也是我父亲晚年举起酒杯就落泪的人。"这句话我拭泪重读，暗想今世何处再找这样重道义而有性情的领导人。现代作家写母亲写得很多，也写得很好，写父亲就写得很少，也很难写好。虽然齐府这位老太爷散见于本书六百页之中，并非集中独立成篇，但读者自行"拼贴"，如在其上，如在左右。

书中还有一位可能在文学上不朽的人物，他叫张大飞，是中国空军的飞行员。

张大飞原名张大非，他的父亲在东北做警察局长，多次掩护抗日分子脱险，终于被日本特务发觉，处以极刑，行刑的方式是浇上汽油活活烧死。张大非承受这种致命的打击，流亡关内，经东北人创办的流亡中学收容，得齐府温情照顾。他后来投考空军官校，成为一名杰出的飞行员，选入陈纳德将军领导的第十四航空队服役，对日作战。国仇家恨使他刻意选择了这个最危险的职务，他认为只有空军才可以飞临敌人的阵地、后方乃至本土，进行最直接的攻击。

初中时代的齐教授就和"张大非"是玩伴，直到大学时代"张大飞"殉职为止，两人见面不多，通信无数，齐教授在书中称张大飞为笔友，张大飞是"小女生不敢用私情去亵渎的巨大形象"。或者读者可以想象，两人由"无猜"到"眼波才动被人猜"，年龄与情绪同步，在那个时代，青年人的情意颇似中古时代的骑士与公主，总是形迹甚远，心灵甚近，几乎可说是一种宗教情怀。他们最后一面，张大飞在出动执行任务之前突然出现，几乎是匆匆一瞥，立即登上吉普车绝尘而去，这一面淡淡白描，读来却令人回肠荡气。这一次张大飞升空作战，再没有回来。

张大飞屡立战功，出师虽捷，身仍先死，他在河南信阳上空殉职，未能亲见抗战胜利。书中写张大飞噩耗用淡墨，后来写张大飞殉职两周年纪念，读者就在作者的含蓄内敛之后感受到巨大的反作用力。张大飞自知必死，"深恐多情累美人"，正是情深之极。大学读书时代的齐邦媛经过眉山，想起苏东坡，她在东坡先生的诗词中想到的是："十年生死两茫茫，不思量，自难忘！"直到本书末章"印证今生"，犹有一段写的是到南京"空军抗日烈士纪念馆"看张大飞刻在纪念碑上的名字，可谓伏脉万里。书中凡有"张大飞"三个字出现之处，文字虽少，张力饱满，不尽之意如烟云满纸。有人把所有写到张大飞的地方，虽只字词组也用红线画出来一再重读，我猜想这一段故事会有人拍成电影，使现代人重新认识"纯情"。

齐教授到了台湾，以全书一半的篇幅写她的教学和研究生活，在此以前，她像"文人"，自此以后，她是"学者"，后来成了国际知名的学人，国之大师，农工商学兵皆称"齐老师"而不名。看她才情功力，专注有恒，转型直上，得来匪易，写自传逢到这样的大转折，难度尤高。我读过许多学者教授的传记，几乎都是一写到他有了学问，成了权威，文章就平板枯涩，只能供专业人士做参考书了。《巨流河》流到哪里都是一条奔腾的河，没有断裂，没有淤塞，没有干涸，她写教学、研究、出国开会、学校的行政工作，都仍然是优美的散文，她的修辞考究，气度高贵，有人说源自英国散文的传统。娓娓道来之后，她善用"曲终人不见，江上数峰青"的手法，把叙事拔高到抒情诗的境地，悠然作结，令人神驰。

数十年如一日，齐老师教出许多优秀的学生，其中有人现在执台湾文坛的"牛耳"。她教学之余又写了许多书评书序，称道作家的成就，字里行间并以巧妙的方式启示作家如何精进，作家受惠多半不曾自觉，这就是春雨润物无声，然后她再透过英译，把这些佼佼者介绍到西方去，有人说她是"台湾现代文学的知音"，在我看来，她更是文学的保姆、律师和教师。一九四九年以后，文学在大陆为绝学，在台湾为显学，台湾有善可陈，齐教授有功可居，台湾地域虽小，只有文化能使小变大。她推动台湾现代文学的发展，影响深远，她得到的感谢比她应该得到的要少。陈水扁和马英九都曾授勋给她，算是社会有自动弥补的功能，不过她在书中只字未提。

再说《大江大海》，龙局长的写法完全不同，她年岁较轻，没有"一九四九"的直接经验，不能以自己的生活为主线"串连"破碎的历史，她的这本书并非一般自传。正因为如此，她也得到充分的自由，可以任意选材，她可以写苏联保卫列宁格勒的战役，可以写澎湖流亡学生的冤案。她以"纪晓岚式"的敏捷博览群籍，吸取精华，而且一件事情若有两种不同的记载，她选择那最能激动人心的说法，不受"亲身经历"的过滤。

大体而论，她几乎是以专栏记者的方式工作，她以殷勤采访扩大外延。资料说，她"走过三大洲，五大洋，耗时三百八十天，从父母的一九四九年出发，看民族的流亡迁徙，看上一代的生死离散，倾听战后的幸存者、乡下的老人家，认真梳理这一段历史"。我佩服她能找到我们找不到的人，问出我们问不出的话，惊讶她的文笔激情淋漓，使访问发生化腐朽为神奇的效果，所有的数据都因此变成了第一手，她以"访问"创造了自己的一九四九，条条江河归大海，于是波澜壮阔，气象恢宏。

龙女士长于取材（或者说是取才），可看她访问痖弦和管管。这两位诗人都擅长说故事，但是很少"露一手"，我以白头宫女写天宝旧事，曾向他们两人中的一位请教，答复是"不记得了"。龙局长循循善诱，唤醒他们的回忆，直接记录他们的谈话，单独完整成篇。他俩的自述一如其诗风，痖弦感伤而甜蜜，管管冷冽而幽默，既未神化自己，也未丑化"别人"，只见真性至情。标题说"管管你不要哭"，政论家张作锦先生在他的专栏中表示，过来人都难免一哭。泪有尽而情无尽，我想起龚定庵的诗："来何汹涌须挥剑，去尚缠绵可付箫。"痖弦、管管的诗就是他们的箫声。

这本书人物众多，立场分歧，许多隔离的环境、断裂的经验难以互相衔接，龙局长以"时空交错跳接"的手法处理，效果良好。她写每一个人都尽量贴近那人的心，为那人代言，近乎国画山水的"散点透视"。她没有直接经验，也就没有包袱，没有框框，天下人的"一九四九"皆我脚注，坐在旋转椅上"扫描"众生，"左中右独"都感受到她关注的眼神。她的这本书打破了今日书市的两大"迷思"：有人说今日台湾的读者不看过去发生的事情，《大江大海》写的正是他们所说的"中古史"，有人说台湾的读者只关心"本土"发生的事情，《大江大海》主要的内容是"异域"祸福。

本书的"活泼"可从一隅反三，例如开始叙述时，访问者是"你"，被访问者是"我"，这时访问者尚在做预备工作，先写出被访问者内心的独白，这或者是使用了"全知观点"，也或者是使用所谓第二人称（其实第二人称仍是第一人称），总之颠覆了访问记录的一般形式。接下去书写被访问者的经历，改用第三人称，一大段"他"如何如何，或者可视为访问者不加引号的转述。这一章结尾时第一人称出现，原是"我"来写"他"，一个年轻人记下一位年长的经历。有人嫌这种章法太散乱了，我劝他观摩龙局长怎样化短为长，后出转精。

《大江大海》畅销大卖，读过这本书的朋友互相询问"你哭了没有"。有人说他读这一段哭了，有人说他读那一段哭了，恕我直言，现代人的心肠不同，"古今多少事，都付笑谈中"，而《大江大海》能使他为"历史"泣涕！我经过有限度的调查比较，"听评书流泪"的仍是年长的人，他所以要"哭"，因为他看到与自己血肉相连的那一段。恕我多问，你是否也为"别人"的灾难伤心？一位台湾本省籍的大人物，公开称赞龙应台："她以外省人看见了本省人的伤痛！"他说对了，我想打听一下，这位大人物是否下面还有一句"我以本省人也从书中看见了外省人的伤痛"？如果有这一句，他这个人物就大上加大了。咳！天下没有不是的读者，我们只有反求诸己，今后要写出更"大"的作品，帮助他们成为更大的人。

最后我得写出最艰难的一段，说一说我自己的《文学江湖》。作家的大忌是对宾客谈论自己写的书，作家的癖好也是对宾客谈论自己刚出版的书，箭在弦上，姑且少谈几句，知我罪我，其惟读者。

面对一九四九，不揣冒昧，我觉得我也是一个有资格的叙述者，我也有叙述的责任。一九四九年，"解放战争三大战役"中的两个我都在现场，这年五月，上海撤退，我也是滚滚人流中的泡沫。一九四九之前，种种前因，一九四九之后，种种后果，其中也有我的言语造作。

《文学江湖》开卷第一章我在基隆码头登上陆地，从此以写作为生，我亲历广播、民营报纸、电视三大媒体在台湾的成长，得见当时创业者的胸襟才略，略知背后的时代潮流和政治因素，我写出来了，这些内容，写新闻史的人无暇顾及。我因"历史问题"被治安机关长期关切，熟悉"他们"的想法和做法，我写出来了，有异于泛泛皮相之谈。那些年，高压手段、自由思想、民主运动，各有运用之妙，我写下我的思考与体会。现代文学、乡土文学，我一一经心过眼，事后的论者先有成见，后选证据，许多事实湮没了，后来的论者以前人的著述为依据，难增难减。我的文章有其"独到"之处，补偏救弊则吾岂敢，聊备一格分所当为。

不幸或者有幸，那一段岁月无论在朝在野都想以文学为工具，我虽未卷入漩涡，毕竟弄湿了鞋子，因此得到许多"自传"的材料，有人引用两句诗给我看："网中无意成虾蟹，治世何妨作爪牙。"我啼笑皆非。用我自己的比喻，就好像看戏一样，我的位子在最后一排，舞台的灯光也不甚明亮，我没能看得十分清楚，可是到底也看过了。我是退潮以后沙滩上露出来的螺，好歹也是在海水里泡过的，锥形壳内深处残存涛声。我并非最有资格发言的人，也并非全无资格发言的人。

我写文章要满足三种要求：文学的要求，媒体的要求，读者大众的要求。以我今日的境况，三者缺一，文章休想见人。写了一辈子文章，《文学江湖》实在是我最难处理的题材，我接受这个考验。在争名夺利、互相倾轧的人事困扰中，我能写出"天下事都是在恩怨纠缠、是非混沌中做成，只要做成了就好"。我在"特务"的观察分析下生活，我能写出"他们是我的知音，世上再无别人这样关心我的作品"。困顿三十年，我能写出"我是大陆的残魂剩魄，来到国民党的残山剩水，吃资本家的残茶剩饭"，如此修辞来取得平衡。绝交无恶声，去臣无怨词，骨鲠在喉，我能写出"鱼不可以饵为食，花不可以瓶为家"。百难千劫，剩些断简残编，常常想起贾岛的诗："二句三年得，一吟双泪流。"

一本作品就是那个作者的世界，我的世界是江湖，江湖的对面是台阁，是袍笏冠带，我见过；江湖的对面是园林，是姹紫嫣红，我游过；江湖的对面是学院，是博学鸿词，我梦过。这些经历并未改变江湖的性质，只是增添了它的风波。上世纪五十年代我们曾说："只有杀头的文学，没有磕头的文学；只有坐牢的文学，没有做官的文学；只有发疯的文学，没有发财的文学。"错了，文学也磕头，也发财，也做官，只是在江湖中只有杀头、坐牢、发疯。今日反思，我在一九七九年离开台湾的时候已经是个犯人或病人。

我想，这三本书最好合读，如看三棱镜，相互折射出满地彩霞。依照主编的设计，我得尝试将这三本书做一比较，大处着眼，先说三书的结构：《巨流河》材料集中，时序清晰，因果明显，不蔓不枝，是线形结构。《大江大海》头绪纷纭，参差并进，费了一些编织的功夫，是网状结构。《文学江湖》沿着一条主线发展，但步步向四周扩充，放出去又收回来，收回来再放出去，形成袋形结构。

齐老师慨乎言之，东北发源的巨流河，注入台湾南部的哑口海。她的巧思真不可及！陈芳明教授说过，大战结束，版图重画，台湾人"失语失忆"。在齐教授看来，一九四九以后，外省人也渐渐失语失忆了。世事无常，你看"哑"字有口，"你们如果闭口不说，这些石头也要呼叫起来！"无巧不成书，《文学江湖》有一只口，《巨流河》有两只口，《大江大海》你也可以把"海"字半边看成两只连接的口，可以看见口中的三寸不烂之舌。《巨流河》欲说还休，《文学江湖》欲休还说，《大江大海》语不惊人死不休！《巨流河》是无意中让人听见了，《文学江湖》故意让人听见，《大江大海》就是面对群众演说了。

另一巧合，这三本书的书名都有那么多三点水。铁打的国，流水的家，多少人家在时代的怒海狂涛中灭顶。书中有许多"水"的意象，逝者如斯夫不舍昼夜，涧溪赴海料无还！书中有许多"泪"字，抗战时期有人说，鲛人泪化为明珠，战士的泪化为子弹，此一时也，彼一时也，今日已无此豪言壮语。《巨流河》咏叹时代，《文学江湖》分析时代，《大江大海》演绎时代。水哉水哉，聚之则为渊，放之则为川，酝之可成酒，如今是"风雨一杯酒，江山万里心"了。

温庭筠的《望江南》："梳洗罢，独倚望江楼。过尽千帆皆不是，斜晖脉脉水悠悠，肠断白蘋洲。"有人说，如果写到"过尽千帆皆不是"就停止，那有多好！有人说"斜晖脉脉水悠悠"是名句，最后一句多余。有人说"肠断白蘋洲"这一句把前面各句蕴积的情感完全释放出来，这才摇荡心灵。也许齐老师写到"过尽千帆皆不是"就翻过一页，也许我写到"斜晖脉脉水悠悠"才另起一章，也许龙局长连"肠断白蘋洲"也一吐为快，三书风格大抵如此。

王德威教授以长文评介《巨流河》，他称这本书"如此悲伤，如此愉悦，如此独特"。容我照样仿制，《巨流河》如此精致，如此雅正，如此高贵。《大江大海》如此奔放，如此丰富，如此变化。我的那一本呢，我也只好凑上三句：如此周密，如此老辣，如此"江湖"！

辑二　名言与微言

张爱玲有一句话：人都住在他自己的衣服里。大家公认是警句。警句者，使人惊，使人醒，使人集中注意力。哪来的魅力？因为以前没人这样说过，我们从未这样想过。原来人的空间如此狭小，人所拥有的是如此贫乏。灵魂住在肉体里，肉体住在衣服里，衣服住在屋子里，屋子住在市镇村庄里……你我只是住在自己的衣服里。

写成这一句名言的秘诀是，她用了一个"住"字，衣食住行四大要素中的两个合而为一。论修辞，这个字可以跟王安石用的那个"绿"字比美（春风又绿江南岸），甚或更为精彩。相沿已久的说法是人都裹在衣服里，或是包在衣服里，词语固定，读者的反应也固定，终于失去反应，视线在字面上木然滑过。作家的任务是来使你恢复敏感。

"人都住在他自己的衣服里。"这句话真的是破空出世吗？似又不然。东晋名士刘伶觉得穿衣也是礼教拘束，脱光了才自在，一时惊世骇俗。他的朋友去看他，劝他，他说，"房屋就是我的衣服，你们怎么跑进我的裤裆里来了？"这不是宣告他"住在衣服里"吗？

他的办法是把"衣服"放大了，房子是衣服，天地是房子，超级飓风过境——好大的口气！

同一时代，另一位名士阮籍，他又有他的说法。东晋偏安江南，不能发奋图强，北方强敌压顶，士大夫苟全一时，阮籍慨叹人生在世好比虱子在裤裆里，一心一意往针线缝里钻，往棉絮里钻，自以为找到了乐土，其实……阮籍用比喻，世人好像虱子一样住在衣服里，他把人缩小了。

阮籍的年龄比刘伶大，但是不能据此断定刘伶受了阮籍影响。张爱玲呢？我们只知道她的警句中有阮籍刘伶的影子。从理论上说，作家凭她的敏感颖悟，可以从刘、阮两人的话中得到灵感，提炼出自己的新句来。如果她的名言与阮籍刘伶的名句有因果关系，这就是语言的繁殖。作家，尤其诗人，是语言的繁殖者，一国的语言因不断地繁殖而丰富起来。

即使有阮籍刘伶的珠玉在前，张爱玲仍有新意，在她笔下，人没有缩小，衣服也没放大，她向前一步，把人和衣服的关系定为居住，自然产生蟹的甲，蝉的蜕，蜗的壳，种种意象，人几乎"物化"，让我们品味张派独特的苍凉。张爱玲，阮籍，刘伶，三句话的形式近似，内涵各有精神，作家有此奇才异能，我们才可以凭有限的文字作无尽的表达。

警句的繁殖能力特别强，也许有关系，也许没关系，陈义芝写出"住在衣服里的女人"，多了一个"女"字，如闻"哗啦"一声大幕拉开，见所未见。女人比男人更需要衣服，也更讲究衣饰，衣饰使女人更性感，一字点睛，苍凉变为香艳。文学语言发展的轨迹正是从旧中生出新来。

也许有关系，也许没关系，有位作家描写恶棍，称之为"一个住在衣服里的魔鬼"，他似乎把"住在衣服里的女人"延长了。忽然想起成语"衣冠禽兽"、"沐猴而冠",这两个成语沿用了多少年?你怎未想到写成"住在衣服里的猴子"?我们往往要别人先走一步,然后恍然大悟。收之桑榆,未为晚也,我们仍然可以写"一个住在军服里的懦夫","一个住在袈裟里的高利贷债主"等等。

又见诗人描写无家可归的流浪汉,说他是"住在衣服里的人"。这句话和"人都住在他自己的衣服里",都是那么几个字,只因排列的次序不同,别有一番滋味。还记得"小处不可随便"和"不可随处小便"吗?住在衣服里的人,和"一身之外无长物"何其相近,可是你为什么提起笔来只想到陈词滥调呢?

世界贸易中心看人

打开日记本，重读我一九九七年三月三十一日所记。

今天，我到世界贸易中心去看人。这栋著名的大楼一百一十层，四一七米高，八十四万平方米的办公空间，可以容纳五万人办公。楼高，薪水高，社会地位也高，生活品味也高？这里给商家和观光采购者留下八万人的容积，顾客川流不息，可有谁专程来看看那些高人？

早晨八时，我站在由地铁站进大楼入口的地方，他们的必经之路，静心守候。起初，明亮灯光之下冷冷清清，晓风残月的滋味。时候到了，一排一排头颅从电动升降梯里冒上来，露出上身，露出全身，前排走上来，紧接着后排，仿佛工厂生产在线的作业，一丝不苟。

早上八点到九点，正是公共交通的尖峰时刻。贸易中心是地铁的大站，我守在乘客最多的R站和E站入口，车每三分钟一班，每班车约有五百人到七百人走上来，搭乘电梯，散入大楼各层办公室。世贸中心共有九十五座电梯，坐电梯也有一个复杂的路线图，一个外来的游客寻找电梯，无异于进入一座迷宫。

这些上班族个个穿黑色外衣，露出雪白的衣领，密集前进，碎步如飞，分秒必争，无人可以迟到，也无人愿意到得太早。黑压压，静悄悄，走得快，脚步声也轻。这是资本家的雄师，攻城略地，这是资本主义的齿轮，造人造世界。在这个强调个人的社会里，究竟是什么样的模型、什么样的压力，使他们整齐划一，不约而同？

我仔细看这些职场的佼佼者，美国梦的梦游者，头部隐隐有朝气形成的光圈，眼神近乎傲慢，可是又略显惊慌，不知道是怕迟到？怕裁员？还是怕别人挤到他前面去？如果有董事长，他的头发应该白了，如果有总经理，他的小腹应该鼓起来，没有，个个正当盛年，英挺敏捷，都是配置在第一线的精兵，他们在向我诠释白领的定义，向第三世界来者展示上流文化的表象。

我能分辨中国人、韩国人、日本人，不能分辨盎格鲁—撒克逊人、雅利安人、犹太人，正如他们能够分辨俄国人、德国人，不能分辨广东人、山东人。现在我更觉得他们的差别极小，密闭的办公室，常年受惨白的日光灯浸泡，黄皮肤仿佛褪色泛白，黑皮肤也好像上了一层浅浅的釉色。究竟是他们互相同化了，还是谁异化了他们？

这些人号称在天上办公（高楼齐云，办公桌旁准备一把雨伞，下班时先打电话问地面下雨了没有），在地底下走路（乘坐地铁，穿隧道而行），在树林里睡觉（住在郊区，树比房子多，房间比人多），多少常春藤，多少橄榄枝，多少三更灯火五更钟，修得此身。

唉，多少倾轧斗争俯仰浮沉，多少忠心耿耿泪汗淋淋，多少酒精大麻车祸枪击，剩得此身。拼打趁年华，爱拼才会赢，不赢也得拼，一直拼到他从这个升降梯上滚下去，或者从这些人的头顶上飞过去。我也曾到华尔街看人，只见地下堡垒一座，外面打扫得干净利落，鸟飞绝，人踪灭。这里才是堂堂正正的战场，千军万马，一鼓作气。

九时，大军过尽，商店还没开门，这才发现他们是早起的鸟儿。何时有暇，再来看他们倦鸟归巢。

二〇一二年八月十一日，附记如下：

十一年前，九月十一日早晨，国际恐怖分子劫持了四架民航客机，以飞机作武器，撞向纽约世界贸易中心大楼，纽约市著名的地标燃烧，爆炸，倒塌，成为废墟。……这天早晨，他们使三千多人死亡及失踪。我当初以早起看鸟的心情结一面之缘的人，吉凶难卜，后悔没再去看他们下班。

韩寒游台湾

名作家韩寒台湾之行，回去写了一篇文章，放在网上，第一天就有两万多人点击，没话说，咱们佩服。

韩寒粉丝如沙，批评他的人如贝壳，二者缺一，风景减色。有人指出，韩寒说，两岸的悲欢离合，已由时间慢慢抹平，不知凭什么这样说？他在台湾遇见哪些人？譬如说，某个把子女送到北京上海读大学的家长？他跟什么人深谈过？譬如说，一位回大陆定居的退役将军？文章没有交代。

韩寒说，港台庇护了中华文化，不错，都这样说。可是作为一个旅行者，他得有自己的观察，他得在台湾找到触媒。他可参观过中华文化复兴运动委员会？他可曾访问"国家图书馆"？他可访问过任何一位老师宿儒？文章读来，更像心血来潮，顺口说说。他这篇文章，除了修眼镜和坐出租车两段，坐在北京也可以写，根本不必跑台湾一趟。

批评家有理，但是也未必没有特例。写游记三大要件：观察、采访、感受，但因人而有偏重。韩寒是才子，感受挂帅。他是马，不是牛；他是蝴蝶，不是蜜蜂；他轻舟直下，不破船多载。他有一种"不可及的空洞"，云淡风轻几句话依然可以洛阳纸贵。时也，命也，势也，我们只有佩服。

说到亲身经历，韩寒写了两件具体的事情，一是眼镜店服务热心，超出顾客的需要；一是坐出租车遗失了手机，司机送回，不受酬劳。于是韩寒做出一系列推论，称赞台湾是中国最好的地方。有人批评他以偏概全。

韩寒遇见好人，受宠若惊，无限上纲，这叫有限的经验、无限的表达，乃是你我常犯的毛病。不过对韩寒另有意义。如果你不认为他是记述论说，你拿它当抒情文看，了解他是在表达感谢之情，就会发现他写得好。这叫"判断式语言之抒情使用"，还有很多写文章的同行没学会呢。

自台湾接受大陆游客以来，我们随时可以读到这些游客对台湾的印象，佳评潮涌，以至台湾有人自问："我们真有那么好吗？"你也许并没有那么好，有人故意夸大台湾的好以彰显大陆的不好，这是一种批评的手段。上世纪三十年代的左翼作家歌颂苏联，五十年代台湾知识分子标举美国，早就有这种搞法。风水轮流转，台湾由负面教材改列正面，不容易，熬出来了！

对自己的新角色，台湾无须慌张。自一九四九年以来，台湾在大陆曾经被丑化，现在民间替你洗刷几下，却之不恭。以前你没有那么坏，他把你说得太坏，现在你没有那么好，他们又把你说得太好。侠心温柔，不负你亲亲热热叫了四十年的"大陆同胞"。历史算总账，不算细账，两者相加除以二，倒也是一种公平。

"台湾民众走上街头，游行抗议，陆客直喊新鲜"。怎么会新鲜？搞这些，大陆曾创下许多辉煌的纪录，至今薪火未绝，星火闪闪。我来帮韩寒分析：大陆的群众行动有戾气，台湾的群众行动有喜气；大陆游行示威不成功便成仁，台湾的游行示威"成功不成功，咱们去喝一盅"。台湾是群众游行最安全的地方,比美国安全。这件事倒是放心吹嘘,没人脸红。

有人说,韩寒对台湾的印象,来自电影和流行歌曲。他到台湾旅行,事先可曾找两本介绍台湾的书看看?韩寒说,他下榻之处"诚品书店就在旁边",没说他进去买了一张地图。请勿对韩寒要求太多,他已自喻为"太平洋上的风",此韩寒之所以为韩寒也。一句"我爱你",为什么甲对乙说出来就是生死盟,丙对丁说出来就是性骚扰?这是韩寒和众生的特殊因缘,不可羡,不可妒,不可学。

中学生的烛光

　　我参加一所中学的毕业典礼，看朋友的孩子毕业，这等事向来照老本子办事，冗长琐碎，我原没有很高的期待，可是这所中学完全打破了俗套。

　　典礼开始，校长致词，居然在三分钟内讲完。然后毕业生的十名代表在长桌后面一字排开，有白人，有黑人，有黄色皮肤的亚洲人，有棕色皮肤的拉丁美洲人，我想这是出于校方的设计。六名男生，四名女生，我想也非偶然。当然，他们都是非常优秀的学生。男生一律穿黑色西装，白色衬衣，只有领带可以照自己的意思挑选。女生一律白色上衣，黑色长裙，只有胸前一朵花显示自己的审美态度。这一点点差别，正是纪律中的自由，团体中的个性。

　　十位学生代表挨个儿致词，每人五分钟。可以想象，演讲稿经过老师润色，演讲的姿势腔调经过反复排练，这些不在话下。难得他们从容不迫，充分自信。难得他们无一人对学校对老师歌功颂德，无一人对同侪教忠教孝，无一人对社会国家发出空洞的豪言壮语，他们每人讲一件两件小事，表示在学之年对人生的感悟，对世界的认识，对自己的期许，犹如十篇励志小品。而且每人正好用完五分钟，没超过，也没留白。这就难能可贵，对我而言，绝无仅有。

有一个学生说，以前他总觉得同学很难相处，很难交到朋友，后来老师告诉他，每一个人都跟别人不一样，每一个人都要占一个空间，二物不能并存于同一空间，你要把自己变大，学习包容另外的人。他照老师的话去练习，现在他有很多朋友了。他这番话给我最深刻的印象。

还有一个学生说，他的志趣是学音乐，他的父母为他忧虑，认为多少学音乐的人都没有安定的生活，除非你是拔尖儿的音乐家。他说，我当然要做最好的，学音乐的人手里握着一大把数目字，音乐只会带来丰富，不会带来匮乏。他已立下志愿，不久在这个大礼堂里开他的第一次演奏会。

每个毕业生代表面前有一根白色的蜡烛，讲完了话，把自己面前的蜡烛点亮，留下光明，再鞠躬下台。于是不断出现状况：有人忘记了要点蜡烛就离开他的位置，司仪叫他回来；有人把蜡烛点着了，他一转身蜡烛又灭了；有人已经把蜡烛点着了，他不放心，还一直不肯离手；有人把蜡烛点亮，下台，蜡烛灭了，赶快再回来，可是这时候蜡烛自己又亮了（观众热烈鼓掌）。不知为什么，他们用火捻吹火点烛，有人在吹火的时候把别人的蜡烛吹灭了（观众大笑）。这一段似乎未加训练，无意中留下缤纷的缺口，泄漏了金色年华的活泼可爱。

十根蜡烛如一排白色大理石的圆柱，点亮了以后如一畦花。烛光照在年轻人的脸上，与目光互相辉映，使我想起"年轻就是美"。毕业生代表致词完毕，礼堂里的电灯特别熄灭一分钟，奉送黑暗，或者说是奉送烛光，或者说奉送片刻的回味，回味这十位年轻人说了些什么，或者说奉送一个展望，想想下一代能做些什么。

最后，家长会的会长致词，用了两分钟的时间，此外再也没有酬酢式的演讲。司仪宣布典礼结束，第一排来宾首先纷纷起立，这才发现小区名流都来了。居然没让他们上台亮相，他们总会有人带着悻悻的脸色离去，总会有人把地板踏得很响离去，总有人把下巴翘得很高离去，我仔细看了，居然没有，每个人的脸色淡然怡然。难道真的"东是东，西是西"？场景跟咱们华人小区就是不同。

不过是中学生的毕业典礼吧，居然能到这个境界，不过是个中学校长吧，居然如此表现了教育家的风范。

朝气，杀气，孩子气

台湾大专校友联合会有一个特色——充满朝气。一进这座大厅，朝气蓬勃，让我觉得面对早晨的太阳。

为什么特别有朝气呢？我的解释，在座各位都是精英。精英通过竞赛产生。由小学到中学，是一轮竞赛，由中学到大学，是一轮竞赛，移民出国是一轮竞赛，出国创业也是一轮竞赛，每一轮竞赛他们都通过了，都胜利了，所以他们结合起来的社团有朝气。

我常觉得自己没有朝气，要寻找朝气，培养朝气。早起可以培养朝气，可惜我做不到。喝一点葡萄酒可以培养朝气，我也不能做。看运动会可以培养朝气，我可以，我常看林书豪。恋爱也可以培养朝气，这个，也很灵，我每年跟我太太恋爱一次。

我看新闻报道，说今天台湾的大学生跟以前不同了，今天的大学生有"奶味"。"奶味"是说吃奶的孩子身上有奶水的香味，另有人说得更明白，今天台湾的大学生"儿化"了，也就是孩子气。他们没有经过激烈的竞赛，当年500分才可以进大学，现在据说18分也可以进大学，对这些大孩子来说，读大学是人生不得不经过的一个阶段，由十九岁到二十几岁，大学来帮你杀死这几年的时间。这是他们的福气，但未必是台湾的福气。

想当年台湾大专院校联合招生，考生背负一生祸福，三代荣辱，全力以赴，只许成功，通过联考之后比以前成熟。在学期间三更灯火五更鸡，"若非一番寒彻骨，哪得梅花扑鼻香"，毕业时又成熟了很多。那时大学生还要受预备军官训练，学到坚忍勇毅。所以他们有某种气质。今后的学弟学妹，恐怕难以为继了？

恰在此时，我从新闻报道里看见大陆的大学入学考试，那些考生的口号很精彩，他们说"只要学不死，就往死里学"，他们说"流血流汗不流泪，掉皮掉肉不掉队"，他们说"要成功，先发疯，下定决心往前冲"。这些口号杀气腾腾，看得我热血沸腾，惊心动魄。以朝气对杀气，难说稳操胜券，何况以孩子气对杀气？这个样子下去，后浪前浪，世代交替，台湾如何保持竞争力？

"流血流汗不流泪，掉皮掉肉不掉队"，今天的台湾不能产生这样的口号，社会没有这样的需要，人才没有这样的冲动。大陆学子和家长还记得历史上那些苦学的故事，还记得"反右""文革"的内在动力，台湾孩子修炼成另一种能力，凡是不愉快的事情赶快忘记。

大陆还有一批虎妈虎爸把人逼成虎子，台湾不一样，专家发表研究报告，严格管教下成长的子女容易有攻击性和反社会行为。这还了得！什么是反社会行为？"仇视现有法律及执法人员"，"以残忍的暴力加害于无辜的人"，新闻报道常常引述官方的资料说，那些自杀攻击的恐怖分子有反社会性格。这简直是上纲上线，谁担待得起？

"严师出暴徒"违反我们的台湾经验，也不符我们对中国的历史记忆。"彼可取而代之也"是反社会，但刘项原来不读书。"苍天已死黄天当立"是反社会，但那批乌合之众有几人挨过私塾老师的板子？

瞧瞧看，台湾的早期留学生多么优秀！他们都经过千锤百炼。比一比，今天的台湾学生可否蓄一些朝气，养一点杀气，少一些孩子气？

有远虑，无决断

　　小区公益团体以"环保"为主题，举行中学生华语演讲比赛，有几个小朋友高声督促"挽救地球"，神态可爱。

　　近日看到来自台湾的报道，台北市三重区的初级中学，举行"爱心开锣！响应地球日"宣誓活动，师生一起签名、敲锣，并誓言"我要简单的生活、我要更清新的空气与水、我不制造垃圾、我要响应资源回收再利用"！

　　对于环保问题，先知先觉者算是尽了心。现代科学可以计算出来，"如果情况不变"，人类到某一年再无可以呼吸的空气，再无可以种植的土壤，再无可以食用的肉，再无可以饮用的水，地球将成为废墟，人类将化为枯骨。

　　他们也设计出来一套新的生活习惯，人类应该立即停止开发，降低消耗。他们把一个人每天消耗的各项能源加在一起，算是一个单位，现代人的这个"单位"太高了，我们要降低到什么程度呢？他们举了一个例子，佛教徒，虔诚的佛教徒，像比丘、比丘尼一样生活的佛教徒。这样说，你就知道这件事有多难。

如果一定要这样做，当然也做得到，可是谁愿意自动过这样的生活呢。最近有位环保专家发表意见，他认为水资源严重不足，五十年后，许多地区将因抢水发生械斗，国与国之间将因争水发生战争，他主张现在就要节制用水，"每天洗澡太浪费水资源了，每五天洗一次澡就可以"。

我曾一一询问平时接触到的人士："你是否愿意为了五十年以后的人，现在就五天洗一次澡呢？"我得到的答复是人人拒绝，事实上连我自己也做不到，尽管五十年后浴血取水的人群中有我的后裔。我们会说，我一个人这样做了又有什么用呢，大家"不为最先，不耻最后"，必须等"人人为我"之后再"我为人人"。这也算是一次小小的民意测验吧。

有些事情比"五天洗一次澡"容易得多，例如说用过的废电池要积存起来，送到回收的地方，谁问过那个回收站的地址在哪里？例如说，吃剩的药要送到医院，丢进一个专设的垃圾桶里，哪个病人见过那个垃圾桶？例如说，养狗的人最好把狗大便送到一个地方集中起来，那里有人利用狗便制造沼气，哈哈！他遛狗的时候任凭爱犬在你门前便溺，不加收拾，要送去做沼气，你去吧！还有，用再生纸印的书没人买，用再生笺写的信惹人憎嫌，这些人何尝肯为环保受丁点儿委屈？

在演讲比赛中听到孩子们"挽救地球"的呼声，忽然有"夜半钟声到客船"的感受。看历史发展，总是上一代人把事情搞砸了，下一代人收拾残局，开创新局。环保问题是我们留下的烂摊子，势必也要年轻人去承受、去善后了！天佑苍生，下一代人自有大仁大勇，大破大立，大成大就。希望他们心存宏观，觉察我们这一代人也曾为上一代人找到救赎，今天的年轻人会给他们的下一代留下遗产也留下债务，后之视今，今之视昔，咱们都认了罢。

现在有很多文章推断未来的世局，有人说，中国有多少多少内伤，现在正走向末日；有人说，美国有多少多少隐忧，现在正走向衰亡。我想国家民族的灭绝没那么容易，每一个国家都会继续往前走，都能走出去，一直走到"环保大限"，怎么样冲破这个大限，才是真正的关键所在。好在每一个国家都有年轻人，上帝站在年轻人那一边。悲观的人说，人有自毁装置，自寻绝路而不能回头，自暴自弃和宁为玉碎都是自毁装置作怪。阿弥陀佛！上帝在天上，未必如此！决非如此！

文会商会两家亲

五月是我们的文艺月，纽约有很多文学活动，美国华侨进出口商会也办了文学演讲会，以前华人的商业领袖很少出来关心华文文学，这次在纽约也许是个创举。

有人看到新闻问我，商会为什么要办文艺性的座谈？我告诉他，商会才有资格办这个座谈，商会最应该办这个座谈，因为商人跟文艺作家做的是同样的工作，商会跟作家协会是同业联合会。

我说作家和商人是同行，并不是奇谈怪论。经济学有很多定理，都是照着人性定下来的，经济行为要符合这些定理，也就是要顺应人性。文艺创作也有很多定理，也是符合人性的，文艺作品的构成也不能违反这些定理。我们都针对人性，有所为有所不为。

莫泊桑是小说家，他告诉我们，读者对小说家的要求是什么，他觉得千千万万人向他呼喊：安慰我吧，使我觉得有趣吧，感动我吧，使我幻想吧，使我笑吧，使我战栗吧，使我哭吧，使我思考吧。这些要求都从人性发出来，小说家必须能满足这些要求。顾客对工商界的要求又是什么？工商界的领袖，他会每

90

天听见千千万万人向他呼喊，给我更便宜的产品吧，给我更便利的产品吧，给我更新奇的产品吧，给我更美观的产品吧，给我更坚固的产品吧。这些要求也都从人性发出来，工商业必须满足这些要求。

举一个例子，消费者和读者都有好奇心，没有耐性，他的第一印象非常重要，所以良好的开始是成功的一半。我听说开馆子的人都是在开张第一个月展示他的最高水平，据说有些大师傅专替新开张的馆子掌厨，他的薪水特别高，他只替你做三个月，在这三个月之内替你打响知名度，挂住顾客。我知道有些编剧的高手，电视公司请他编剧本，五十分钟的戏，他只写前面十五分钟，这十五分钟保证有看头，钩住你，使你看完五十分钟。常写文章的人都知道，文章开头第一句最重要，编辑常说"坏桃不必全吃"，开头几句如果不行，他就懒得再看下去，他是第一个读者，在这一点上他代表千千万万个读者。

再举一个例子。工商业产品不断推陈出新，同一个品种新出来的产品，要具备旧产品所有的功能，再加上旧产品没有的功能。计算机现在是第几代了？以前一代一代计算机能做的事情，今天用一部新计算机都可以做到。文学的发展也是这个样子，先有诗，后有词，词里面有诗；后来又有曲，曲包括诗也包括了词；后来出现了小说，小说基本上是散文，但是包括诗词戏剧。我们都说艺术有八种：诗，舞蹈，戏剧，美术，音乐，建筑，雕塑，电影。电影最后出现，以前的七种，艺术电影里面都有。

商业，文学，人性，这个三角关系，使我想到许多刻骨铭心的事情。我们很难忘记，摧残商业，压制人性，迫害文学，三件事情总是连在一起。否极泰来的时候，商业发展，人性觉醒，文艺复兴，三件事情也总是连在一起。如果有先后顺序，好像是商业走出第一步。女人先要有化妆的自由，社会才有思想的自由，港口海关先把新货物运进来，然后才是新哲学。我们亲眼看见，改变一个社会，商人打先锋，他们遭遇到的抵抗力比较小，文学艺术跟上去，扩大战果。作家，商人，我们是难兄难弟，我们是并肩作战的盟友，共患难也共安乐。

即便是天下太平，政治民主，文学艺术也靠工商界支持，也和工商业共存共荣，相辅相成。台湾第一个文化基金会是嘉新水泥公司拿出钱来成立的，其中有一个项目奖励文学作品，给作家很大的鼓励。那时候，台北的"中国文艺协会"想到，最好成立一个基金会，专门奖励帮助文艺的发展。成立基金会需要募捐，募捐先要有一份文件，一个说帖，劝人家捐款，这份说帖我参加起草，一一说明文艺对人家有什么益处，其中有一项，文艺发展对工商业有什么帮助。那时候，商业广告很低俗，大都是低级趣味，或者以惹人讨厌来引人注意。那时候产品的说明书似通非通，写说明书的人自己心里明白，买产品的人看不明白，工商界若把文学的训练引进来，可以使广告升级，广告升级才配得上产业升级。

那时候，台湾工业产品注重实用，拿电话来说，转盘式的电话机，拨号很吃力，手指头都拨痛了，机关的秘书小姐吃不消，用铅笔代替手指头，连铅笔都拨弯了，你拿起电话筒来，好像跟大猩猩握手。产品需要升级，产品升级的时候，消费者的品味也要升级，品味升级才有美感，才懂得欣赏产品的造型、设计、色彩、包装。要想大家都升级，工商界要惜重文艺人才，消费者也需要文艺修养。

那时候有一种说法从美国传到台湾，工业发明和文学创作相通，有一个工业教育家，他办了一座工业学校，他把文学写作列为必修的课程，用文学写作的训练来帮助工业发明的训练。比方说，文学写作有一种方法，把顺理成章的事情倒过来安排，也就是反其道而行。说故事照例从头说起，反过来先说结局怎么样？电影里面总是男老板调戏女秘书，反过来，女老板调戏男秘书怎么样？戏剧界常说无女人不成戏，偏偏有人拍一部电影，一个女演员也没有。戏剧界常说无坏人不成戏，偏偏有人拍一部电影，里头全是好人。这两部电影都很成功。

工业发明也可以倒过来思考。我们用针线缝衣服，向来针眼的位置在针屁股上，一定要这样吗？把线穿在针尖上行不行？行！于是发明了缝纫机。电灯向来是灯罩在上面，灯泡在下面，光线由上面照下来，反过来，让灯光向上照行不行？行！现在我们客厅里的灯大半都是这个样子。

那份说帖里头，还提到文艺对子女教育，对社会风气，对族群和谐，对个人修养，对宗教传播，对政治，对军事，都有好处，任何一方面伸出手来发展文艺，各方面都是受益人。今天华侨进出口商会主办文学演讲座谈，我们应该怎样解读呢？是良好的开始呢，还是美丽的结束；是偶然高兴呢，还是深谋远虑；是吕会长个人的兴趣呢，还是我们商业精英集体的智慧？华人精英在美国工商界是有成就的，这些领袖们对教育、对宗教、对慈善事业、对各种公益活动也是年年出力、岁岁花钱，但很少想到华人艺术家，更难想到华文文学。

古今中外，文学艺术大都靠工商企业家支持。古人说金钱是庶政之母，我们可以加一句，工商业是金钱之母。人们常说，金钱不是万能，没有钱万万不能。有人统计，在这个世界上，音乐厅、图书馆、剧团、交响乐团，百分之七十以上靠工商界支持。今天这个社会红尘万丈，里面还是有美感，文学家艺术家有功劳，事业家资本家更有功劳。这是善跟美结合，这是积攒财宝在天上，留下美感、美谈在地上。

记者与作家

七七抗战发生以前，中国的青年人有朝气，肯上进。那时有个说法，青年最认同的形象是：黄埔军校学生，新闻记者，土木工程师，外科医生。（那时一般人认为中医长于内科拙于外科，亟须西医补救，合格的西医为稀有杰出的人才。）

那时的新闻记者大概穿深色的中山装，胸前左上的口袋里插着"金星牌"自来水钢笔，传说他的那支笔有魔力，他写下谁的名字谁头疼发烧。那时的工程师穿工人的粗布服装，大手大脚，时常从口袋里掏出计算尺来东量西量，据说他的这把尺能量出来地球多大。外科医生给人的强烈印象是戴口罩和橡皮手套，那时没有塑料，大家说他杀人不用偿命，因为没留指纹。那时黄埔军校的学生还乡探亲，只见他穿黄呢军服，戴白手套，天子门生，铁打的少尉，扎武装带，佩短剑，他用那把剑杀人不偿命，因为他杀的是敌人。

新闻记者布衣傲王侯，见官大一级。新闻记者总是饭局不断，"和尚吃十方，记者吃十一方，和尚也要招待记者"。有一老兵说，抗战八年，道路流离，他看见多少人挨饿，新闻记者总有人供应三餐，所以他后来把女儿嫁给记者。内战时期，长春断粮，官方说饿死十二万人，野史说饿死三十万人，有钱的人拿一栋房子换一碗米，房子还有，米没有了。除了达官，有三种人不会饿死：军人，美女，新闻记者。

文艺沙龙找我来谈说新闻记者和作家的因缘，我看两者难分难解，有人做作家做不好去做记者，也有人做记者做得很好去做作家。失败的作家有两条路，做记者或做教员，成功的记者也有两条路，做官或者做作家。报纸是记者的前方，作家的后方，文坛是记者的后方，作家的前方。大英百科全书有一个很长的名单介绍"作家记者"或"记者作家"，用词颠倒中寓有褒贬，前者文学成就大于新闻建树，后者似乎相反。

有些好记者也是好作家，在我心目中外国有海明威、马克·吐温、萧伯纳、毛姆、约翰·根室、莫拉维亚；中国有萧军、徐訏、萧干、张恨水、王蓝、范长江、曹聚仁、南宫搏。还有梁启超和于右任似乎可以入列，但是又未便高攀。

现在南京大学有"作家记者班"，广东有"作家记者俱乐部"，网站有记者作家网，山东大学有文学新闻传播学院，这些都显示作家记者合流。新闻写作的方式是否因此发生改变？记者越来越像作家，还是作家越来越像记者？这是新闻研究所的论文题目。

新闻记者不是容易做成的，他得有外向的肉体，内向的灵魂；他热情勇敢，同时冷静周密，两个不同的灵魂装在一个腔子里。他是好人，懂得一切做坏事的方法，他不做坏事做好事，但是他为了做成一件好事往往要先做坏事。相反的特质，矛盾统一，稀有难得，上帝用特殊的材料造成的破格完人。

新闻记者天天遇挑战，时时有压力，他吃的是英雄饭，凭一身武艺，水里来火里去。他是一个"不能输的人"，而胜利的果实很快就腐烂了，运动员拿到金牌，他的荣誉可以维持四年，报纸记者的胜利只有二十四小时，电视记者只有两小时，广播记者也许只有十分钟。同行竞争，你死我活，聚光灯照在谁身上，谁立时成为箭垛，相识满天下，忽然最孤独，春天迎接挑战，路上没有蝴蝶，夏天迎接挑战，树上没有叶子。

我在报社打工的时候社会新闻挂帅，在很大的程度上，社会新闻就是犯罪新闻，采访社会新闻的记者是王牌，是红人。我跟一位社会版的明星记者邻桌而坐，只见他每天挺胸抬头出去，垂头丧气回来，他忽然发现人民的道德水平极高！天下太平无事，找不到凶杀、贪污、强奸、拐带人口、卷款潜逃。一天没有独家，他在采访组贬值；一星期没有头条，他在老板眼中贬值；一个月还不见惊世骇俗，他在同行中失去尊严。有一天这位明星记者喟然叹曰："我去杀一个人，回来自己写，他们谁也写不过我。"记者身处此境，父子不能相救，兄弟不能相顾，夫妻同床异梦，同行都是冤家。他们羡慕作家，一同说故事，一同朗诵新作，切磋琢磨，种种佳话美谈。

一般而论，作家的工作很安全，新闻记者却上了"最危险的职业"排行榜，名次紧紧排在警察矿工之后，位居第三（服兵役是权利义务，并非职业，所以军人没计算在内）。我喜欢恩尼·派尔，他的风格至今留在我的作品里，他在硫磺岛战役采访时被日军的狙击手射死。"二战"战场留下的记录，有一次"十天内死了七名记者"，有一次"一颗炮弹炸死五名记者"。据保护记者协会发表的讯息，二〇〇三年全球有六十二名记者殉职，其中十五名死于伊拉克，单是四月八日这一天之内就有七名记者受伤，次年五月二十八日，伊拉克境内又有日本记者两人死亡，六月十日，BBC记者一死一伤。二〇〇三这一年，全世界有一百三十三个记者被本国政府逮捕坐牢，还有许多记者因揭发黑幕遭黑社会打伤。

我们恭维记者，当面称他是名记者、大记者，周匀之在他的《记者生活杂忆》中自嘲，名记者是"有名字的记者"，大记者是"年纪大的记者"。名记者不易，大记者更难。脑筋快，胆子大，运气好，一条新闻可以名满天下，若要大格局，大气派，恐怕百年难遇一人。

何谓大记者？一九五三年，好莱坞拍过一部电影叫"罗马假日"，奥黛丽·赫本演一个年轻的公主，格里高利·派克演一个美国记者，情节不必细表，公主天真烂漫，没有防人之心，记者推动事件发展，乘机"偷拍"了她许多照片，足可写一篇轰动两国的新闻，那样记者可以得大名，公主的声誉和王室的尊严却要受到严重伤害。最后记者把照片送给公主作访美纪念，他放弃了新闻报道，等于放弃了普利策奖。人散剧终，格里高利·派克独立大厅之内，导演用仰角给他拍了一个镜头，拔高他的形象。这时他是"大记者"，不是名记者。

何谓名记者？这里有一个真实的故事。某年非洲某一地区大旱，赤地千里，某记者驱车经过灾区，烈日当空，不见人烟，只有一个幼童坐在干裂的土地上奄奄一息，旁边站着一只兀鹰，这只以腐肉为食的猛禽显然在等那孩子死亡。记者停车拍照，然后赶回办公地点发稿，那张照片登在各国的报纸上，我也在中文报纸上看见了——孩子又黑又瘦，衣不蔽体，脖子已无力支持头颅，兀鹰的体积几乎比孩子还大，目光阴沉盯住孩子的身体，背景则是一望无垠寸草不生。谁能拍到这样一张照片也算旷世奇缘，那位记者的大名立刻传遍世界。有人问他那孩子后来怎样了？他不能答复，这就是名记者而非大记者。

名记者是新闻的产物，大记者是文化的产物。

我是读报长大的一代，后来有听广播长大的一代，然后有看电视长大的一代，上网长大的一代。上帝造人，媒体加工，代代人气质不同。看人挑担不吃力，作家看记者，越看越有趣，见过几位了不起的采访记者，上天不拘一格降人才，亦侠亦儒亦枭雄，能耐天磨真好汉，惹得诗人说到今。他们的故事今天一言难尽，不堪回首。新闻媒体惨淡经营，记者耗尽青春打前锋，不眠不休，患得患失。世事无常，英雄无觅，回想我们当年那些贪嗔痴都随雨打风吹去，早知道隆中高卧，省多少六出祁山。

我不想做记者，只想做作家，人寿保险费比较便宜。记者是熊掌，作家是鱼，我一直坐在鱼与熊掌之间左顾右盼。作家空间较大，有不朽的作家，合时的作家，受人崇拜的作家，崇拜别人的作家。巴尔扎克立志当作家，有人警告他"艺术没有中产阶级"，意思是如果不能最高，只有完全失败。我发现作家也不拘一格，铿铿锵锵的作家，嘻嘻哈哈的作家，奇文共赏的作家，孤芳自赏的作家，不专心的作家，不后悔的作家。有人如此介绍我："这是最有名的作家。"对方一怔："哦？没听说过！"你没听说过的作家仍然是作家。

　　我到一个座谈会去做听众，有一位主讲人指责新闻媒体常有偏见或谬误，在座发言辩解的人太客气，太含蓄，我忍不住说了几句话。座谈由教会主办，我说人类是犯错的动物，用基督教的话来说，人人犯罪。媒体是长期事业，他的错误他自己会发现，也一定会纠正，用基督教的话来说，他追求救赎。

　　我说新闻媒体二十世纪最大的谬误是，认为列宁、斯大林建立了一个最好的社会，几乎全世界的新闻记者都这么说，你也休怪中国的许多报纸杂志跟着说。新闻记者不是先知先觉，他是后知后觉，有一天他知了、觉了，社会上还有千千万万不知不觉，谁来唤醒这些人呢？还是靠传播媒体，靠新闻记者。你不能永远欺骗所有的新闻记者，因之也就无法欺骗所有的人，解铃还须系铃人，如果新闻媒体误导了上一代人，新闻媒体也会启迪、警告、改变下一代，这就是新闻记者的救赎。

　　我说新闻记者是可以欺骗的，命运"欺骗"他们，潮流"欺骗"他们，意见领袖"欺骗"他们，"事实"也可能"欺骗"他们。他们报道事实，但"事实"

并非等于真实，"周公恐惧流言日，王莽谦恭下士时"，都是事实，可是都不是真实。等到"真实"变成"事实"，周公归政，王莽篡位，新闻记者继续报道，他们"以今日之我与昨日之我战"，寻求救赎，人生和历史就是在不断的救赎中向前向上。

座中有人说，人永远不能知道"真实"，意在贬低新闻工作的价值。我说我知道这句话，这话是哲学家说的。我还知道，既然无法重现"真实"，那就放弃真实，追求精彩，那是文学家说的。哲学文学都了不起，但新闻工作同样了不起，新闻记者的态度是——既然报道容易失真，那就要遵守某些规范力求接近真实，既然放弃真实才产生精彩，那就要抵抗"文学效果"的诱惑，新闻工作也有它的"戒定慧"，万丈红尘中护持方寸。我说哲学如水，文学如酒，新闻报道介乎两者之间，如茶，人类需要茶，一如他需要水和酒，甚至可以说，今天的人民大众可以想象没有哲学也没有文学的日子，却不能想象没有新闻报道的日子。

"作协"的会员在这里展示最近的作品，这是我们新年的一个好彩头，来到会场一看，哇，作品这么多！我们大家还是这么努力！平常人前不夸耀，背后还真有两下子！再仔细一看，怎么还有很多人没把作品拿来展示？本来作品还应该更多才是。这一年两年咱们很有成绩，很丰收。

我预料今年年底或者明年年初，还有这样的展示会，我建议，出了书的人固然把书带来，没出书的人也把剪报带来，如果文章还没发表，把原稿打印出来一样可以参加展示。今天是全民写作的时代，又是一个小众流通的时代，有没有出书已经不重要。

这个全民写作和小众流通的现象是因网络形成的。我们来迎接这个时代，你写稿用计算机了没有？有计算机，你上网没有？我们大家朋友今天都在这里交换E-mail的地址，我们写了文章传给大家看，你如果觉得文章好，就用E-mail传给你的至亲好友。你可以把文章贴在网上，也可以把网上的文章下载到你的计算机里再传给朋友，网络会把一个一个小众连接起来。从前搞组织的有个理论：你去找十个人，这十个人每人再找十个人，这样发展下去，可以把全国的人组织起来。现在，你如果把一篇文章传给十个人，这十个人再每人传十个人，只要传五次，后面就加了五个零，就是一百万人！

所以咱们别再老盯住出版社和副刊，别再念叨版税稿费，想当年李白杜甫谁给他版税？李白喝了酒，写了一首诗，酒店老板把他的诗贴在墙上，这就是上网；来喝酒的人看见了，抄下来，这就是下载。曹雪芹写红楼梦，写成了一回就拿到烧腊店换半只烧鸭，烧腊店的老板找人抄十份八份送给他的大主顾，大主顾回家找人抄十份二十份，送至亲好友，这就是转帖。现在眼看着我们又来到那个时代，我们都是李白曹雪芹！

各位敬爱的文友，现在已经不是文人煮字疗饥的时代了，谁家还缺少斗酒只鸡？我们爱的是稿费版税吗？卖一本书能赚多少钱？卖一台冰箱赚多少钱？卖一辆汽车赚多少钱？咱们为什么不去卖冰箱汽车？因为咱们爱的是文学。文学作品要流通要传播，今天传播这么容易，流通这么方便，李白杜甫做梦也想不到！别辜负了你跟文学的海誓山盟，写吧，写吧，写吧！

《世界周刊》的版面上谈中文教材谈得热闹，想起我自己也有一点经验。

我是应聘到美国来编中文教材的，那时海峡两岸还相持不下，政治色彩延长为编选中文教材的技术争执。我遇到的第一个问题是：究竟用繁体字还是简体字？第二个问题是：究竟用台湾的注音符号还是大陆的拼音？

那时我发现大陆背景的人主张用简体字、罗马拼音，台湾背景的人主张用繁体字和注音符号，老板不愿得罪人，叫我提出决定性的意见。我说请恕直言，我们替美国学校的孩子编中文教材，要优先顾到孩子的利益，我们不是为台湾或大陆增减海外的政治筹码，而是帮助美国的华裔青少年开辟前途。

老板说闲言少叙，请你单刀直入。我说我是台湾来的，可是我主张用大陆的那一套拼音，台湾的注音符号有其优点，可惜全世界只有两千万人使用，而且不知道还能使用多久。大陆拼音必然成为汉语拼音的正版主流。眼前这些孩子到长大就业之年，他们到处都会碰见大陆拼音，我们不能叫他们到那时候现学现卖。老板点头认可。

至于繁简之争呢，我主张用繁体，这倒并非因为我来自台湾。当年设计推行简体字的人胸怀大志，他要独尊简体，消灭繁体，现在这一派偃旗息鼓了。我们眼前这些孩子，注定了今生要认识两套汉字，先认繁体，后认简体，容易。反之，比较难。这是由教育方法做出选择，并非由意识形态做出选择，老板也说好罢。

然后就是教材了。我主张只选白话文，不选文言文，别人没有异议，可是有人一看我初编的目录里面没有鲁迅，立刻表示诧异，"一套现代中文教材里怎可没有鲁迅的名字？"我说鲁迅当然是大师，可惜他的文字艰涩，思想也不能陶冶青少年的性情。老板支持我，他说我们施教的对象中文程度偏低，我们的高中教材只能编到国内初中的水平，我们初中的教材只能编到国内高小的水平。在美国教中文，鲁迅的文章恐怕要到大学再选读。（我写这篇文章的时候，已知大陆的语文教科书开始减少鲁迅，所持理由与我们当年所见略同。）

我也没选朱自清的《背影》，理由简单，这篇文章并不能使孩子们敬爱他的父亲，孩子们只是看到一个充满无力感的老人。这套教材是为华人新移民的孩子而设，这些孩子的父亲大部分谋生艰难，屈居人下，缺少适应当前环境的能力。多少孩子不懂事，潜意识里自怨生不逢"父"，怎可再请朱先生来挑动他们。

后来我认识一位中文教师，他是这一行的佼佼者，他认为中文教材文言必须占相当的比例，"文言才是真正的中文。"他把他自己编的一套教材给我看，选材上起《尚书》、《诗经》、《左传》（还好没有《易经》），然后汉代五言诗、两晋小品文（还好他没选司马相如），接着唐诗、宋词、元曲、明清小说，这才出现鲁迅、胡适、周作人、谢冰心等等。我赞叹他的渊博，再郑重提出建议，我说这些文章的目次应该倒过来排列，民国的作家排在最前面，《尚书》、《礼记》排在最后面。

岁月弹指惊心，不觉三十年矣，我以为这些老问题早已有了标准答案，没想到议论未定，而少者已壮，壮者已老。听说至今犹有一些中文学校备有两套教材，未能定于一。多为孩子想想吧！

《弟子规》不读也罢

某些事情，以前台湾发生过，后来大陆也发生了，有人因此戏称"台湾是大陆的先进"。

台湾一度有人检讨流行的教材，指出多处不合时宜。孟母选择邻居，搬了三次家，她希望邻居能有高尚的职业，可以给孩子向前向上的影响，这是职业歧视。一个九岁的孩子，冬天去睡冰冷的被窝，等到把被窝暖热了，让给父母，自己再去睡另一个冰冷的被窝，这是虐待儿童。边疆发生战争，政府下令征召一位花先生入伍，他的女儿花木兰扮成男子，冒名顶替，这是妨害兵役。武松未经政府许可，擅自入山打死老虎，违反野生动物保护法。

现在消息传来，湖北学校删去了《三字经》的"昔孟母、择邻处"，山东省教育厅下发通知，严禁各级教育行政部门和中小学校向学生"不加选择地"全文推荐《弟子规》和《三字经》，要求"去其糟粕"。什么是糟粕？武昌一位教育界人士指出，封建思想严重，轻视女性、轻视劳动。还有人说，昔日经典太强调老师的尊严，以居高临下的姿态发布道德指令，违反教育思潮。凡此种种，都比当年台湾更彻底更认真，堪称后来居上。

我对这些事情一向甚少接触，现在读了新闻，才知道国内中小学里还在以《三字经》、《弟子规》为教材，深感违反执政党的革命性格。说到《弟子规》，里面的"糟粕"更多，"事虽小，勿擅为，物虽小，勿私藏"，不能培养孩子独立的能力。父母有了过失不肯更改，子女要哭着喊着跟在后面劝告，即使挨了耳光棍子也不退后，更是妨碍孩子人格的发展。"不关己，闲莫管"，打击公民社会的参与精神。今天"信息爆炸"，社会多元，年轻人如果"非圣书、屏勿视"，如何适应？

有人说，小时候读原典，长大了自己会反刍，会过滤，会融合，不知这个主张有何根据？据我所知，上一代若要下一代年轻人开始承接中国文化，你得含饭哺人，你得先把食物做成他能消化的东西，你要给他面包，不是小麦。

《三字经》、《弟子规》里的确有很多精华，但是这两本教材都用文言写成，每句三个字，押韵。为了迁就形式，尤其是《弟子规》，有些句子很勉强，很晦涩，学习加倍困难，就语文教学而论，也并非良好的示范。精华并不在文字，而是在文字的意义里，今天学校有很多门课程，到底《三字经》、《弟子规》中有哪些内容是课程中没有的？如果必须把这些内容传递下去，难道白话不能表达吗？

这个话题很容易跟华侨子弟的中文教材连接，今天在"有海水的地方"，还有人主张子女读《三字经》和《论语》，加上《大学》。如果说这三部经典里面有许多内容是英文课本里没有的，我可以相信，如果说这些内容都是英文不能翻译的，我十分怀疑。美文也许不能依赖翻译，如李商隐、温庭筠，玄文也许不能依赖翻译，如《道德经》，现在连《孙子兵法》都有可信的译本，孩子有何理由一定要读"学而时习之，不亦说乎"！师生费了偌大的力气，一同攻进文言的城堡，孩子进去一看，不过如此嘛！

　　孩子们生在异邦，认几个之乎者也，懂一点平上去入，可以增加对祖国的认同，可以听到自己的血液循环，可以对同文同种的人觉得"本是同根生"，这些都很好，但这些对尚在练习飞行的"华雏"来说，也都是不急之务。真要传播中国文化，国内应该有人做白话的工作，国外应该有人做英文的工作，万勿仰仗一本原典了事。

硬笔软笔，都是好笔

（一）

钢笔、铅笔，早年还有"石笔"、"粉笔"，后来又有原子笔、签字笔，它们合起来称硬笔。硬笔受人歧视，由来已久。我记得，小学读到某一年级，就不准再用铅笔写作业了。读到某一年级，必须用毛笔作文，老师也得用毛笔批改。我还记得，正式文书必须用毛笔书写，官衙看到用钢笔写的陈情书，一律拒收。后来办公室有了中文打字机，但呈给上级长官"亲启"的密函，仍然要毛笔端楷。

那时候，人们说，硬笔只是工具，没有文化。有一位书法家，从来没有用硬笔写过一个字。他出席活动，如果接待人员没有准备毛笔，他便拒绝签名；如果是书画展览，他会很生气，斥之"堕落"；他上馆子吃饭，也在家中事先用毛笔写好菜单。当然，这张菜单被人视为名家手迹，半路便遭到劫夺。

第二次世界大战结束后，美国人发明了原子笔。所谓原子笔和后来的原子袜一样，都跟"原子"毫无关系。因为两颗原子弹结束了世界大战，原子时代来临，商人利用这个热门词汇推出品牌，后来正名为圆珠笔。一九四六年，美国商人雷诺到上海为原子笔做宣传，我在华北看报，知道上海的银行拒收用原子笔签发的支票。硬笔遭受歧视，至此到达顶点。

一九五六年我到台北一家中学兼课，主张学校教师用硬笔改作文。我对校长说，毛笔写字拖泥带水，教员能少写一个就少写一个。你希望批改作文要仔细，目标很难实现。我劝他对原子笔开禁。校长同意试办，附带了一个条件："用红色的原子笔。"台北市教育局的督学来查核教学情形，我奉校长之命说服了督学。后来我进一步建议准许学生用硬笔写作文，我说硬笔可以使学生文思活泼，挥洒自由，他就连连摇头了。上世纪八十年代，纽约的学生家长会办中文学校征文比赛，我建议在征文办法中规定可以用原子笔，朱宝玲会长采纳，我三十年前的"抱负"得以实现。

书法家排斥硬笔，认为硬笔写出来的字不美。容我再说一遍：字无所谓美不美，要颜柳欧苏写过才美。日本的"假名"不美，日本的书法家把它写美了；中国的简体字不美，大陆的书法家把它写美了。"美"是艺术家创造的，客气一点说，是艺术家建立的，再客气一点说，是艺术家表现的。今天的书法家如果常用钢笔写字，如果常用圆珠笔写字，写出来的字也会有一种美。如果我用毛笔写字，即使用百元美金一支的高档毛笔，写出来的字仍然不美。

人民大众早已风快地接受了硬笔，海外异域更是硬笔的世界。硬笔也是书写工具，书写工具是书法的依托，"硬笔族"是中国书法的新殖民地，硬笔受歧视，"硬笔族"有自卑感，即使他是中国移民，也不愿意再写中国字了。

硬笔绝非只为写楔形文字而设。书法家用硬笔写字就有了硬笔书法，有了硬笔书法，就会有硬笔美学，有了硬笔美学，硬笔也为中国书法而设。绝非多了一个硬笔中人，就少了一个书法中人，你可以使情势相反。"硬笔族"除罪化，放心接受美学洗礼，可以跟毛笔书法殊途同归，进而认祖归宗。

这件事要由使用毛笔的正统书法家倡议躬行，才有意义。如果由使用硬笔的人嚷嚷，人家认为你只是自掩其短而已。今天的正统书法家要想超越古人，可由此处致力把"书法家族"扩大，而非以稀为贵，努力把自己缩小，这样书法史上，或者文化史上可以有半页之地。

（二）

书法是什么呢？我是否可以说，书法就是线条的组合？所谓书画相通，我的理解是指两者都出于线条。硬笔也可以画出线条，硬笔线条和软笔线条不同，各有特色。我是否可以说硬笔软笔也相通？

硬笔难表现墨法水法，这话没错。是否离开墨法水法就没有书法？甲骨呢？石刻呢？铜器铭文呢？"铁笔"刻成的印章呢？如果我说中国书法"本来"是硬笔的作品，是否强词夺理？如果我说中国书法"也有"硬笔的作品，是否游谈无根？

如果书画可以相提并论，炭笔画、蜡笔画、铅笔画都用硬笔，水彩画用软笔，油画软硬兼施。水彩画的成就，蜡笔不及，蜡笔画的趣味，水彩也尺有所短。油画一览众山，也得有群峰罗列环绕，蔚为大观。软笔硬笔都以自己的特性加入美术家族，发展自己的审美价值，硬笔也可以凭自己的特性加入书法家族。

硬笔软笔未必绝对互相排斥，可以我中有你，你中有我。我总怀疑那些书法大家对硬笔线条并未忘情，我是否可以说，"屋漏痕"是毛笔线条，"锥画沙"是硬笔线条？他们为什么用"铁画银钩"、"长枪大戟"形容毛笔字？"力透纸背"何以成为褒词？他们心里想的难道不是一个"硬"字？

我想，钢笔圆珠笔受歧视，恐怕是因为外国进口，非我族类。若是在"欧母画荻"以后中国发明了硬笔，今天就无须多费唇舌。到今天为止，多少人仍然觉得宫灯美，日光灯不美；扇子美，冷气机不美；小园曲径美，高速公路不美；风筝美，飞机不美。无以名之，这是审美的"血统论"。

　　我是否可以说，毛笔、钢笔、原子笔，凭着线条，千里因缘，百代血脉。我是否可以说，毛笔是硬笔的祖国，硬笔是毛笔的移民。毛笔是硬笔的法身，硬笔是毛笔的应身。毛笔是硬笔的古装，硬笔是毛笔的时装。毛笔是硬笔的老年，硬笔是毛笔的青年。譬诸音乐，硬笔是简谱，毛笔是五线谱。譬诸自然，硬笔是"删繁就简三秋树"，毛笔是"立异标新二月花"。

　　硬笔也是书写工具，从艺术工作的角度看，多一种书写工具就多一种表现方法，工欲"富"其事，必先"多"其器。雕刻得用几把刀？作战得用几种枪？做学问得会几种语言？摄影得有几种镜头？写字，十几亿人怎好只用一种笔？纵然十几亿人可以用一种笔，又怎能使国外四千万华人也用那种笔？

　　要欣赏硬笔，要善用硬笔，硬笔增加书法的一彩一姿，硬笔是资产而非负债。用硬笔写出毛笔韵味，用硬笔写出独有韵味，引领硬笔族喜欢写中国字，把中国字写好。只要他肯写中国字，就要拥抱他，帮助他，你还挑剔什么？宁见有人用原子笔写"中华"，不愿见有人用毛笔写China。利用硬笔扩大中国书法的空间，使写中国字的人没有自卑感，只要能写中国字，只要能把中国字写好，管他硬笔软笔，都是好笔。

虎妈悍母

"中国母亲是否比较优越？"一本回忆录，一个新闻标题，居然震动了美国主流社会。看铺天盖地而来的读者反应，好像美国人患了两种病：一是儿童受虐过敏症，一是人口素质下降国力衰微的恐惧症。

资料说，在美国，虐待或疏于照顾儿童的个案，每年近三百万件，换算下来，"平均每五十二分钟就有一个孩子受虐，每八天就有一个儿童死于大人施虐或携子自杀。"儿童是国家未来的主人翁，必须保护，于是中国新移民遇到他大惑不解的怪事：自己的孩子自己不能管教，警察和社工人员上门把孩子带走，父母面临控诉。在这方面，美国神经紧张，防患惟恐不周，自有背景因素。

"儿童"的含义是十八岁以下未成年的人，"虐待"的定义包括"强迫孩子做他不愿意做的事情"，依据当然解释，在某种程度上也包括了禁止孩子做他喜欢做的事情，于是把千千万万的孩子宠坏了，人口素质降低，美国军队的战力、科学的发明创造力、工商业的竞争力，都面临考验。美国也有人先天下之忧，他们的潜意识里有焦虑。

保护儿童和造就人才之间有矛盾，这一次有关"中国母亲"的强烈反应，显露了美式父母的左右两难。我是否可以说，他们有人对正宗的美式的教育方式失去信心，充满了危机感，居然肯定中国的"虎妈"？我是否可以说，有些华人早已融入主流，他们只能维护主流价值，肯定自己，因而指责中国的"悍母"？

这些人是否真正了解"中国母亲"的教育理念？美国的"中国父母"也早已在某种程度上入境随俗，放弃亲权至上，可是在他们看来，孩子饮茶还是饮咖啡可以由他，如果是饮酒还是饮茶，岂可缄默？孩子进网球场还是篮球场，可以由他，要是进赌场呢？必须反对。孩子倾向哪一党哪一派，可以由他，要是倾向帮派呢？必须用心堵塞预防。他们如果在这些地方"尊重孩子的选择"，那就连朋友也不如，怎么配为人父母？

中国父母又何尝愿意这样做！如果能选择，他们宁愿像王安石的诗："愿为五陵轻薄儿，生在贞观开元时。斗鸡走犬过一生，天地安危两不知。"如今有多少美国孩子正是如此或接近如此。"美国父母"让美国孩子享此特权，也许对得起他们开国诸贤，"中国父母"若让孩子跟进，愧对列祖列宗。美国人席丰履厚，他们付得起代价，中国移民付不起。再说美国人中的有识之士也早已看见账单就皱起眉头了！

"虎妈"的示例也许并不适合美国人，一如美式"以子女为朋友"的示例并不适合中国人。他们有他们心安理得、死而无悔的事情，我们有我们心安理得、死而无悔的事情，大家都是为美国造就健全的下一代，各行心之所安而已！可以预料，谁也没有百分之百的成功，谁也没有百分之百的失败，一个孩子，如果因父母放任后来成为学者，他也决不会因为管教而成为文盲，如果他因管教而成盗贼，也决不会因放任成为圣贤。

"虎妈"的示例也并非为全部中国人所必需，想想古圣先贤怎么说："或生而知之，或学而知之，或困而学之。……或安而行之，或利而行之，或勉强而行之。"要看孩子的根器资质来考虑，中国父母也只是尽心焉耳矣！他想制造听话的机器人？有些人有那么大的权力，那么周密的配套，尚且劳而无功，身在美国的"中国母亲"怎么配？听起来简直"欲加之罪，何患无辞"嘛！

谈"虎妈"的文章已经够多了，可是我想到一点意思，还有分享的价值。

反对"虎妈"的人，竭力申说美国的教育并非如此，诚然。可是这些朋友似乎忘了，"美国母亲"的信马由缰，正是"中国母亲"上紧发条的理由，这里面有生存策略的考虑。华人新移民的子女来美，与老居民的子女争一席之地，人家若是疏懒散漫，咱们就要勤苦自律，人家若是虎头蛇尾，咱们就要一贯有恒，人家若是自暴自弃，咱们就要"知其不可而为之"。子女不懂事，父母加把劲，使下一代困而学之，勉强而行之。中国母亲本是绵羊，披上虎皮背水一战，希望化劣势为优点。

策略之下，当然有技术问题。以学习音乐而论，"拳不离手，曲不离口"，课外的练习比课堂上的学习重要。假如其他条件相等，练琴六个小时当然优于五小时，五小时又优于四小时。尝见有些孩子羡慕人家会演奏乐器，父母为他买了提琴，也带他投了名师。上课时老师指点作业，学生回家练习，下一次上课时拉给老师听，老师知道你偷懒，斩钉截铁一句话"next week"，叫你立刻回家。下一次你仍然毫无长进，老师就说："你不适合学提琴，下礼拜不必再来了。"他不愿意陪你浪费光阴。于是提琴挂在客厅的墙壁上做了装饰品。如此这般又岂足为法？

今天一般中国第一代的移民家庭，颇像百年前中国的低门矮户面对豪强巨室，惟一的机会就是人家的家里出了"兔妈"，自己的家里有个"虎母"。上天公平，无形中有个自然律，"人家"的子弟容易娇惯放纵，荒废光阴，不能抵抗各种恶习，"咱家"的子弟若要争一日长短，只有乘势反其道而行，以勤对惰，以劳对逸，攻其所不能救。"人家"的不足之处，自有家庭条件、社会人脉可以补救，咱们没有，咱们只有对他们思想行为采取批判的态度，建立"有中国特色的美国家庭"。

没错，读书之外，三百六十行，行行出状元，学提琴失败的人后来可以经商致富，但是也要知道这样的自然律在任何一行中都会出现，竞争的战略相同。贵族盛极而衰，在很大的程度上由于子女不能进德修业，家长又不能纠正；平民否极泰来，由于忍人之不能忍，为人之不能为。此一历史教训，中国母亲不会忘记，除此以外，她也实在不知道还能怎么做。"美式母亲比较优越"，她怎么也不会相信。什么折中调和，取长补短，说来容易，榜样安在？她连这样一出电视剧也没见过。

你可以说"人生贵适意"，退出竞赛，把一切放弃，决不可以说退出竞赛反而可以成为赢家。教育不能决定一切，没错，但教育又岂是全无作用？有学问的人说，人生是"教育、遗传、环境构成的三角形"。我们完全无法掌握遗传，我们又有多大能耐左右环境？只有教育，我们有较多的自主能力，对遗传和环境，教育可以发挥两者的优点，弥补两者的弱点。人性复杂，孩子不是植物，不能完全委之于春风化雨，教育总有方向，总有人为和强制的成分，比例和程度因人而异，因时因地而异。若说教育子女是艺术，那也陈义过高，"中国母亲"靠的是意志和运气。

世上永远有"虎母"，也永远有"兔妈"，"兔妈"的角色比"虎妈"容易扮演，也容易讨好观众。情势所迫，"虎妈"行其所不得不行，局外哪知局里难！谈"虎妈"的文章太多了，料想作者们都写累了，读者们也看累了吧？好在"虎母"、"兔妈"都不能绝对注定子女的成就，变数还有很多。祝福她们吧！

母亲的心，子女的脑

"中国母亲是否比较优越?"在这里，"中国母亲"和"美国母亲"两个名词的含义都有规范，"中国"代表严格的管教干涉，"美国"代表过度的放任自由。"中国母亲"着眼孩子的全程，"美国母亲"着眼孩子的一段。以抽烟为例，"中国母亲"看见孩子在十四岁时抽烟，眼前连续出现一张又一张画面，四十岁的"烟容"(抽烟改变人的仪容)，五十岁的肺癌，六十岁的心血管阻塞，她的急迫感、责任感，"美国母亲"难以体会。"美国母亲"当然也劝未成年的孩子不要抽烟，若是劝阻无效，也不会采取打骂搜查等手段，抽烟的后果是孩子自己的事，现在孩子需要有一个快乐的童年，这才是她的事。

从历史上看，中国的贤母都是严母，大都出自清寒之家，这位母亲知道孩子立身处世别无凭借，只有教育，督责孩子用功读书是她对子孙的抢救。中国母亲的此一特质，一九四九年在台湾集中表现：几万个家庭从大陆流浪到台湾，没有家世，没有财产，没有亲族，没有任何依靠，子女教育是她们在大海中的一片浮木。那年代，台湾也出现了一群"魔鬼教师"，手里永远挥动一根藤条，这批严师得到家长的充分支持。

到了美国，中国母亲的此一特质又一次集中表现：充满了危机感的母亲，教育出一批有专业成就的子女。功课成绩全A的学生可能缺乏组织能力和领导才干，教育家的理论没错，这些人可以做教授，难以成为大学校长。可是"中国母亲"的想法是：如果孩子用坐在图书馆里的时间去打篮球，搞游行，做义工，当助选员，就能当上大学校长吗？若是连教授也做不成呢？"中国母亲"很少后悔她们的选择。

"中国母亲"伤害了她的子女吗？中国民间有个说法，子女长大以后有一个阶段开始"回味"，重新了解他在少小时期和父母的关系，他开始发现父母对他的禁令和督责对他都是有益的，他对父母充满感激。如果当年有些事情父母对他太"客气"了，以致贻患久远，他反而抱怨父母："你为什么不打我呢？为什么不骂我呢？为什么没有揪着我的耳朵警告我呢？"可以说，中国母亲施教，用的是"心"，中国子女受教，用的是"脑"，施教者情感充沛，受教者理解困难。直到有一天，据说是到四十岁左右，两者自然融合了，两代的关系这才进入黄金期。万一子欲养而亲不待，或者白发人送黑发人，那就抱恨终天了！

事实上，数据显示，中国的第二代"融入主流"以后，"虎妈"、"悍母"纷纷软化或流失，中国移民的第三代，健康、敬业精神、承受压力的能力普遍下降。多少母亲打牌、不打毛线了，做头发做衣服、不陪孩子做功课了，关心账单税单、疏忽孩子的成绩单了。美国学者给为人父母者提供了一套亲子教育的方法，美国母亲要用"脑"来做，让孩子用"心"承受，美国母亲也只有很少数人做得到，那做不到的就投降了！依我之见，这一次美国社会对"虎妈"、"悍母"根本是过度反应，放心吧，没有多少"母亲"会虐待你们的下一代，你们把下一代交给帮派、毒贩、拐卖人口者和血汗工厂去虐待吧。

母亲节与模范母亲

许多年前，有人在报上登了一个广告：

征求女性一人，能烹调，缝纫，洗衣，护理病人，照顾小孩，补习功课，打扫清洁，早起晚睡，永远忍耐，每周工作七天，每天工作至少十八小时，必要时二十四小时不眠不休，可能在紧急危难中牺牲性命，没有娱乐，没有休假，没有薪水，终身不辞职。

怎么可能呢？你怎么能找到这样一个人呢？答案是：这样的人很多，她就是"母亲"。（见拙著《开放的人生》）

现在美国有专家认真计算了一下，如果"母亲"有薪水，她的年薪应该是五十万八千七百美元，外加医药保险和退休金。母亲要做十七种工作，当然，"母亲的感情无法计算"。我们还得再加上一段：单亲妈妈和未婚妈妈做的工作更多，"年薪"也应该更高。

林语堂说过，如果没有母亲，所有孩子都会在四岁以前死掉，因为在那个时代，孩子要出麻疹。我小时候听家乡父老相传，水灾旱灾大饥荒的时候，总是母亲先饿死，孩子后饿死，只要母亲没死，孩子不会死。不止一位学者说过，如果没有母亲，孩子长大以后会缺乏同情心，不知道感恩，没有能力爱别人，除非后来宗教能给他补救。

人类应该有普世价值，肯定母爱，推崇母亲，就是其中一项。中国自古就有"母亲节"，每个子女的生日就是他的母亲节，或者说，每个母亲的生日是她的子女的母亲节。到了现代，西方的风俗传到中国，中国人最容易接受的是母亲节，不是圣诞节，中国人对圣诞节是有条件有限度的接受，对母亲节是无条件无限度的接受，从理智到感情都投入。

表扬"贤母"也是中国的传统，哪家的母亲有很好的品德，教养出很好的子女，地方士绅报告官府，官府报告朝廷，皇上降下圣旨来表扬她，当年叫作"旌表"。受到表扬的人，官府对她们家特别客气，以后她的传记写在家谱里，写在县志里。

中国移民来到美国，华人小区海纳百川，接受了西洋的母亲节，再把公开表扬模范母亲的习惯带到西洋，这就是"融入美国文化的主流，保持中国文化的特色"，中国移民在美国安身立命，这是最理想的一种情况。一个移民的家庭，母亲的责任更重更大，她们还得开车、开会、开店、开香槟、开支票，她们处处吃得开，替丈夫替孩子开路。如果父亲是这个家庭的头，母亲就是这个家庭的心脏，每一位母亲都是模范母亲。

小区闻人陈秋贵先生说，"我们拥抱辉煌，母亲累积沧桑"，说得好！庆祝母亲节，我们把荣耀归于母亲，让母亲拥抱辉煌。

一胎「话」

史小弟来，他正搜集材料写毕业论文。中国控制人口数量，每家只许生一个孩子，媒体称为"一胎化"，该控制实施已满三十周年，他探讨一胎化的成因、现况和对社会产生的影响。他认为一胎化造成负面恶果，要怪国人重男轻女的观念作祟，此一观念原是由于小农经济形成，男孩子是生产必需的劳动力，关系一家生计，当年由于种种原因，女子没有独立生活的资格，夫家又把她"贴补娘家"列为大忌，只有养儿才可以防老。

我称赞史小弟的研究精神，随即提出补充。穷人家生了男孩以后，种田多个帮手，没错，可是地主商人官宦喜欢生儿子也是事实，他们并不种田，生活宽裕甚至富有，何以也和自耕农的想法相同？想当年唯物史观居思潮前锋，他们往往把经济条件列为社会风气的惟一原因，想不到数十年后还是这个说法。

据我所知，天下父母心不止如此。家里没有男孩子，人家列为"绝户"，民间信仰认为绝户是由于缺德所致，严重威胁家庭的荣誉，家主为得男不择手段，包括暗示侍妾与外面的男人私通借种。此其一也。

传宗接代，有一个两个儿子够了，何以又强调多子多福呢？当年社会强欺弱、多凌寡，家里多几个男孩子，别人不敢"到你门口撒尿"，孩子们长大了，几兄弟互相照应，也容易争取比较公平的对待。"打虎还是亲兄弟，上阵还是父子兵"嘛！此其二也。

还有当年医药卫生条件太差，婴儿死亡率高，战争频仍，政府征兵，军队任意抓兵，成年后的折损率也不低，"独子如无子"，多生几个儿子才算你真有了儿子。此其三也。

除此三者之外，我们得承认情感也是一个因素，有人特别喜欢男孩，希望家里多几个男孩。有一个现象那时特别严重，养子一旦知道自己另有血统，立刻与养父母关系恶化，千里寻亲、万重寻亲的戏剧上演，你喜欢孩子只有自己生。此其四也。

史小弟喜欢我的补充，可是论文引证需要出处，他看到的学术著作没人说得这样多。我告诉他，学术界陈陈相因，积累了许多偏见，别人没这样说，你可以首先这样说。至于论据，许多华人为了抗拒一胎化政策，留在纽约争取庇护，不妨做一番抽样调查，这一份调查报告应该有价值。史小弟怦然心动，他说要先和指导教授商量。

一胎化的弊端，海外言之者众矣，上海青少年研究所所长苏颂兴的说法不同：独生子女在家庭中受到的限制少，鼓励多，智力发展比较高，而且父母必定重视独生子女的教育投资，采精兵主义。还有子女众多的家庭中，子女的人格是不平等的（指父母偏心），对子女不利，独生子女没有这个问题。这位所长的说法显然为政策辩护，但是也未可因人废言。

我是赞成节制生育的，与其有五个孩子将来都是贫户，不如只有一个孩子过得很殷实。贫而多子，兄弟姊妹很难和谐亲睦，与其有五个孩子互相嫉妒甚至仇恨，还是只有一个孩子比较好。

我知道这个说法会引起责难，我不争辩。搞一胎化，问题出在他的方法，不在目的。领导人治理众人之事总是那么急躁，如果你砍了我的头我就可以成仙成神，你也不能说砍就砍，总得我甘心愿意让你砍，你说对不对？

以我对这个题目的了解，"传统"是指传统的价值观念，"保留"是说在美国仍然可以奉行。我来到美国以后，不断听到专家学者的指示，我们传统的价值观念和美国文化冲突，它妨碍我们在美国发展，你必须把它完全丢掉，像婴儿一样从头学习。专家的话当然是可信的，可是我总怀疑是不是太强调了。

美国的价值观念有很大一部分是由《圣经》形成的，中国人的价值观念有很大一部分是由《论语》形成的。当年欧美的传教士到中国传播福音，发现《论语》里面的话跟《圣经》里面的话有很多是相通的，他们传道的时候，常把基督宝训和孔夫子的教训挂钩，争取中国人认同。由这个例子看，中国传统的价值观念和美国传统的价值观念有一部分叠合，中国移民来到美国，这一部分价值观念仍然可以身体力行，甚至发扬光大。两国传统的价值观念互相叠合的这一部分究竟有多大，应该有人做过研究，不过我读书少，没有见过。

一个国家的价值观念，很大一部分保存在民间流行的格言和谚语里。很多朋友好心好意把美国的格言谚语解释给我听，它的含义跟中国人传统的价值观念相反。后来我看到一本书，有一位梁淑华先生搜集了一千几百条英谚，每一条都译成中文，我打开书一看，似曾相识嘛，再往下看，简直如归故乡！这些英文谚语绝大多数跟中国传统的价值观念吻合，换句话说，中国传统的价值观念有很大一部分就是美国的价值观念，这一部分是我们随身带来的传家之宝，应该保留。当然，单靠这一本小册子不够，需要有人做专门的研究。

还有，一个国家的价值观念，很大一部分保存在他的法律里。都说美国不讲孝道，美国移民法规定，公民的父母移民到美国来没有名额限制，不必再优先这个优先那个排队，可以说是最最优先，这就是把父母看得很重。美国法律不强制你如何如何奉养父母，可是不许你虐待老人，这就保护了全美国的父母，很有"老吾老以及人之老"的意思。

还有美国的宪法，人人知道，台湾的"宪法"在很大的程度上以美国宪法为蓝本。想当年孙中山先生领导革命，他对日本的新闻记者说，中国文化自尧舜禹汤文武周公孔子孟子形成一个道统，这个道统就是他革命的中心思想，也就是他的价值观念。他推翻了皇帝，建立民主共和，宪法是革命最后的成果，一部根据中华道统产生的宪法，为什么比照美国宪法来写成呢？应该是因为美国宪法里有中国的价值观念，中国的价值观念可以借着美国宪法的形式来体现，换句话说，有时候在某种情况下，我们中国移民可以借着中国的价值观念来发扬美国的精神。

我总觉得亚裔的传统价值有很多可以保留下来，中国人来到美国，不必那么自卑，不必那么惶恐，中国美国一时也许还不能水乳交融，也绝不是水火不容。在这方面也需要做很专门的研究，提出令人信服的结论。

还有一段话我忍不住要说。今天我们亚裔移民面临道德上的危机，人远远离开家乡，道德观念薄弱，容易放纵自己，何况又听说原来处世做人的信条要作废了，干脆处处反其道而行。短线操作，他个人占了一些小便宜，可是影响很大，拖累全部亚裔移民，他自己也逃不出去。从"老美"的角度看，新移民的品行比较败坏，某一国某一省来的人特别败坏，一般美国人从协助新移民、庇护非法移民，演变到反对移民，并不仅仅因为新移民和非法移民吃苦耐劳夺走职业而已。当然，在这方面需要做很多的研究，我在这里说的话只是提醒。

名言与微言

比尔·盖茨（William Henry "Bill" Gates III），美国的大企业家，曾连续13年蝉联世界首富。网上流传他的十句话，我前后多次收到，至今陆续不断。这十句话原是他在演讲时对年轻人的忠告，网友夸张称为十大名言，十项定律，甚至视同十诫，我一直没放在心上，最近得暇细读，不禁大吃一惊。

第一条，盖茨说生活是不公平的，你要去适应它。真是开门见山，石破天惊！生活是不公平的，没错，实际如此，谓之"实然"；然而社会应该是公平的，平心而论，应该如此，这是"应然"。身居社会上层结构的人士，一向把"应然"当作"实然"来表述，空包弹满天飞，据说可以保护青年心灵，预防社会戾气。盖茨居然直言无隐，一语道破，他简直像个革命家。

盖茨当然不是革命家，他接着说你要去适应它。事实证明，即使是革命团体，内部仍然难公难平，你跟着孙中山革命，就得适应孙中山，你跟着毛泽东革命，就得适应毛泽东。革命团体的纪律严明，适应更为屈辱而艰难。

怎样适应呢？我没看见进一步说明。盖茨在哈佛大学演讲的时候有一段话，露出一个侧面。他当年根本没想到这个世界是如此的不平等，他强调：减少不平等始终是人类最大的成就。他希望能够找到一种方法，既可以帮助穷人，又可以为商人带来利润，为政治家带来选票，那就找到了一条道路，持续减少世界性的不平等。他知道这个任务是无限的，他不可能完全完成，但是他说："任何自觉地解决这个问题的尝试，都将会改变这个世界。"

盖茨的这一段讲词，使我想起基督教的两句名言："改变那不能接受的，接受那不能改变的。"世间没有不能改变的现状，也没有不能接受的现实，只是不能依照你我个人的意志定出时间表，但是每个人都可以努力，当下接受现状，有一天改变现实。这样"适应"就有了积极的意义。

顺着这条思路想下去，盖茨的第二条和第六条可以和第一条合并阅读。第二条说，这世界并不在意你的自尊，这世界指望你在自我感觉良好之前先要有成就。我接到的另一个版本文句略有出入，它说"在没有成就之前切勿强调自尊"。我比较喜欢后一说法，虽然它可能距离原来的意思太远了。

两种说法倒也各有短长，第一种说法指出维持自尊有一定的条件，否则就成了妄自尊大，第二种说法的优点是强烈暗示自尊心妨碍前途发展。两种说法也都表达了同样的信息，自尊是身份地位的装饰品，你得先有成就后有自尊，你无法先有自尊后有成就，你甚至无法二者同时兼得。

盖茨啊盖茨，我佩服你，新移民应该是牺牲自尊的人。美国教育太强调自尊心了，弄得吃苦耐劳的新移民手足无措、心虚胆怯，弄得华裔青年过分膨胀自己，像一个信心饱满的气球，受不了压力，经不起挫折，嬉笑自如，朝不保夕。你这些逆耳真言，家长不敢说，教师不敢说，教育学博士更不敢说，多亏你说出来了！

第六条，盖茨说，如果你陷入困境，那不是你父母的过错，所以不要尖声抱怨他们，要从中吸取教训。这一条本是中国人的老生常谈，可是他把父母扯进去有些奇怪，有一个译本索性把父母云云删除了。盖茨文词精辟，他既然这样说，倒也值得思量一番。

难道"正统地道"的美国孩子，也抱怨父母没有留下丰厚的遗产，使他至今买不起房子？难道美国孩子也抱怨父母出身寒微，使他在社会上得不到有力的奥援？难道盖茨也知道华裔第二代在恋爱失败以后，归咎父母没有带他住在长岛？难道盖茨也听人议论，华裔父母望子成龙，不过是希望他的投资能得到最多的回报？

名言都是"微言"，有蕴藏可以发掘，有幽深可以烛照，有同声可以共鸣，有异议可以争辩。对盖茨的名言，我所闻如此，所见如此，不能下酒，但愿可以伴茶。

留学生卢刚曾在爱荷华大学枪杀师生十人"抗议他所受到的歧视"，一时颇有"于无声处听惊雷"的震撼。可是没有用，"歧视"依然随处可见，随时可受。

于是另一留学生赵承熙在弗吉尼亚理工大学枪杀师生三十三人，并留下"声色俱厉"的录像带，声明惩戒歧视的行为，青出于蓝，后来居上，一时也博得许多同情，可是他的心愿能达到吗？以我居住的城市而论，不但许多白人歧视华人，也有许多老华侨歧视新华侨，依然故我，看不出收敛或悔改。

恨不得起卢刚、赵承熙而告之："杀"是没有用的！想当年张献忠入川受到歧视，发誓要杀四川人，后来他得势泄恨，只杀得四川省人烟稀少，以致朝廷鼓励外省人向四川移民，他的作为总算是惊天动地、创巨痛深了吧？总应该可以使人惩先毖后、知所炯戒了吧？人的习性在这方面又有多大改变？抗战期间"下江人"在重庆和当地人的互动经验又是如何，天知地知，你知我知。至于我的家乡山东，更是把张献忠当作异域传来的奇闻逸事，说说听听也就罢了。

不仅如此，想当年世间"罪恶滔天"，上帝曾经"洪水灭世"，索性把全世界的人类杀光，只留下一家八口做"种子"，希望人类从此改过迁善，"杀"之为用，至矣尽矣，登峰造极矣，可是后来怎样呢，现在又怎样呢？

所以"杀"是没有用的，任你有多大本事，你比不过张献忠，更比不上耶和华。

世人看来，"杀"已是最后的手段了，除此之外还有什么办法？宗教家说，还有一个办法就是"爱"：爱仇敌，割肉饲虎。

为什么要爱他？为什么要爱他？简直违反人性嘛！仔细想想，这个标准倒也没有那么孤绝，中国成语有"倒行逆施"之说，这四个字的意义本来并不坏，前面既已无路可走，当然要原路折回，再寻出口。对日抗战时期，我随族中长辈打游击，"敌进我退"，被日军追入山区。记得连夜爬山，天降倾盆大雨，只有空中打闪的时候才看得清脚下的路。走着走着一阵惊呼，前有峭壁，旁有悬崖，部队陷入绝境。记得司令官断然下令：向后转走！后面有追兵啊？那也得回头走，总不能在峭壁之下束手待毙。我们终于走出来了！这件事给我的印象非常深刻。

今天人类"穷途末路"，只有"倒行逆施"。为了保护生态环境，生活方式向"原始"倒退，很多人能够接受，他歧视你，你爱他，大家就愕然了，怎么爱得下去？爱是一种能力，可以学习，佛教基督教都有课程可以选修。爱他有用吗？也许有用，也许没用，你必须一试，因为"杀"已证明无用，"爱"是最后的、惟一的努力了！

天使何时走过

有一年，我在佛光道场参加座谈会，开头一句话我就说："我一拿起麦克风，心里就充满了贪嗔痴。"听众大笑，有人鼓掌，可见我道破了演讲人普遍的心态，这才发生了喜剧效果。

发言者伸手抓过麦克风，越讲越有瘾，这是贪。对限制发言时间极为反感，藏怒在心，悻悻然现于五官，这是嗔。自以为所说的话人人爱听，人人受用不尽，以为我的隽词妙语将流传四方，这是痴。其实都不必，都多余。

现在有个名词叫话语权，说话是一种权力，麦克风就是令牌。权力在手，恋恋不舍，于是话越说越多，时间越拉越长。这恐怕也是一个普遍现象，"下面我简单讲两句"已入选当代十大谎言。

如果发言有技巧，有内容，多说几分钟当然受到欢迎，但是不要忘了，讲话不比唱歌，无论讲得多精彩，也从来没人喊"安可"，还是不要越过约定的时间为佳。如果越说越高兴（自己高兴），俨然"山中无历日，寒尽不知年"，计时员举牌，牌上写着时间已到，他已丧失视觉；主持人送过来一只手表，暗示时间已到，他也丧失记忆力；听众有人打瞌睡，有人"抽签"出场，他也不能举一反三；直到全场毫无理由地热烈鼓掌，硬生生地切断他的滔滔不绝，他还是微笑点头，坦然接受大家的热情，无法领会弦外之音。这时候，我十分怀念那种设备完善的场地，每人面前一只麦克风，每一只麦克风的电源可以单独切断，主持人授意把你的喇叭弄哑了，让你英雄末路，侘傺失气。继而一想，如果在那种场地座谈，某些人也根本上不了台面。

最近读到一句话："讲话讲到十分钟停下来，就会有一个天使走过。"这句话，要参加过许多座谈会、忍受过许多疲劳轰炸的人才写得出来。为什么说天使走过？当听演讲成为折磨时，停下来就是解救。为什么说十分钟？如以演讲稿的字数而论，十分钟可以讲两千字，等于报纸的一篇社论，可以承载丰富的内容。电视台一分钟可以报一条新闻，电影导演听编剧推销自己的故事，限一分钟讲完。请恕直言，除了学术专题或总统咨文，你我在普通公众活动中讲话，实在没有任何内容值得你超过十分钟，数量不能决定质量，多不如少，少不如好。

容我接着演绎下去：讲话讲到十分钟停下来，你家里的玫瑰就会开花；讲话讲到十分钟停下来，会场桌子上的假花就会冒出香气；讲话讲到十分钟停下来，我马上出去买一张奖券，一定可以中奖。还有讲话超过预定的时间太多，就会有魔鬼出现，听众坐在那里，或苦眉愁脸、忍辱苟安，或怒火闷烧、七窍生烟，多少面孔变成一副魔相。如何选择，真是"不待智者而后辨，不待卜者而后决"也！

唉，上台讲几句话算什么，想不到诱惑力大得出奇。有人不做科员做教员，有人不做厨师做牧师，只是为了说个痛快淋漓，说个唯我独尊，一旦出席公众活动，绝不会三言两语就把手里的棒子交出去。他要试试在座的各位有多大的耐性，他要看看主持人脸上的微笑能维持多久。公共集会发言盈庭的场合出现了反淘汰，越不会说话的人讲话越多，这种集会仿佛是废话收集站，如果有研究生以废话作论文的题目，这里倒是提供了方便。

我们向往简洁的语言，倘若可能，加上隽永，倘若可能，再加上机智。至少要保持简洁，文化修养的表现在乎简洁，思路清晰的表现在乎简洁，语言简洁的人敬爱公众，也得到公众的敬爱。

我猜同性恋

"同性相斥，异性相吸"，没错。可是男女相悦才是常态，同性恋是变态，这话我有些怀疑。

世上真有百分之百的"纯男"和百分之百的"纯女"吗？"阴中有阳，阳中有阴"，所谓男人，大概是他体内的阳刚比阴柔多一点吧，所谓女人，大概是她体内的阴柔比阳刚多一点。那么两个女子相爱，焉知不是甲女体内的"阳"吸引了乙女体内的"阴"呢？两个男子相爱，焉知不是乙男体内的"阴"吸引了甲男体内的"阳"呢？很可能，他们仍然是异性相吸啊。

别问我要数据，我只能指出一个现象，"同性恋"的两个男人，总是有一个人很女性化，或者两个女人中总有一人很男性化。你见过两个人猿泰山搞同性恋吗，你见过两个林黛玉搞同性恋吗，我没见过。我总觉得同性恋中有一个人构造错误，本来应该是男人，偏偏给了他一个女人的身体，反之亦然。这不是变态，这是"变体"，这是造物者的过失，不是"他们"的错。

常态变态，一言难尽。有一位男画家约了一位女模来供他作人体写生，两人在画室里见了面，画家一看，时间尚早，就倒了两杯咖啡和女模对饮。不料他凭窗一看，大惊失色，催促女模："别喝咖啡了，快脱衣服！快脱衣服！我太太来了!"在这位太太眼中，这时女模裸体才是常态。

还有一个故事。天体营在海滩开会员大会，邀请市长演说，市长上台一看，会众都一丝不挂，只有他衣冠楚楚，这太不"正常"了，心中大为窘迫，坐立不安。第二年天体营又开大会，市长又去演说，他吸收上次的经验，脱光衣服才走出汽车，谁知会员个个服装整齐，只有他一人"天体"，他又几乎无地自容。

天下事，常态变态，往往如是。

有人认为同性恋破坏家庭制度，必须反对。我说，你当然可以反对同性恋，至于家庭制度嘛，我猜没有同性恋，他也未必肯照规矩结婚，结了婚，也未必有快乐的生活，让他搞同性恋，对家庭制度的威胁也微乎其微。君不见独身、离婚、外遇何其普遍，加上晚婚和逃家，林林总总，对家庭制度也没产生多大破坏力，何况同性恋区区少数？至于"如果人人都搞同性恋"，过分担心了吧！借用先贤说过的话：其理或有，其事必无也！

我得声明，我绝不"鼓吹"同性恋，我只是想知道，由"反对"同性恋发展到"歧视"，再发展到"仇视"，其中"性嫉妒"究竟产生多大的作用。旧日习俗，洞房花烛之夜，亲友对新郎新娘百般虐待，称为"闹房"，可视为"性嫉妒"的样板，社会清议对寡妇再嫁、尼姑还俗、一树梨花压海棠、鲜花插在牛粪上，都曾加以"诛罚"，大抵都是"性嫉妒"的伪装和变形。假"正常"之名，那些"丑化敌人、夸张敌人"的老招数，才破坏了社会上的什么什么。俱往矣，现在轮到同性恋者出题，"我们"来解答了。

同性恋古已有之，成为一个严肃的话题，则是"现代"的事，这或者显示今天个人主义已成主流。同性恋者的口号："骄傲做自己，勇敢站出来!"呼喊出了时代精神。今天的青年，没有几人愿意再为抽象名词受苦（即使那是正义），没有几人愿意在集体的大旗下受委屈（即使那是国家），没有几人愿意迁就别人的感受（即使那是父母）。于是"只要我喜欢，有什么不可以"？比同性恋更"变态"的行为还少吗？我们也是小人物，不能兼善天下，"骄傲做自己，勇敢站出来"的人需要空间，你我都得退后三步，把"个人"的交给各人，也把自己的留给自己吧。

富而仁，贫而乐

远牧师讲道引黑格尔的话："罪恶是推动历史的原动力"，传道人能借黑格尔说事儿，具有神学家的格局，小区难得一见。

我联想起伏尔泰所说："巨大的财富背后一定充满巨大的罪恶。"我相信他们所指乃是宗教家所谓罪恶，而非法律家所谓罪恶。我又想到当年基督布道以社会底层大众为对象，争取苏友贞先生所说的"最渺小、最末后、最被遗忘"的那一群，为了接引方便，有些言论接近仇富，那些话很有煽动的力量，后来一度成为政治革命家的口号，不该成为宗教的终极信条。

凡是历久悠久的宗教都经过不断演进，观察演进的痕迹可以得到许多有趣的话题。后来宗教终于跟财富和解了，现在大部分教会说，钱是上帝的，资本家是上帝的管家，他"管"的钱越多，越能得到上帝的喜悦。谁也没本事拿五饼二鱼让五千人吃饱，你得有五千个饭盒，天下岂有白吃的饭盒，你背后得有一个人捐出支票来。耶稣曾说，穷寡妇捐出两枚钱，胜过富人一掷千金，这句话何等了得！可是教堂漏雨的时候，牧师不能凭这两枚钱付清修缮费，更别说兴建那些庄严的大教堂了。

巨大的财富背后是否有巨大的罪恶，我不知道，我知道巨大的财富"前面"才可以有巨大的善行。没有富人捐款，多少艺术工作、慈善事业、教育计划都不能兴办，或兴办而无法持久。美国大富翁盖茨一出手就是五十亿美元，他并非孤例，只是代表。大资本家赚钱的时候不会温良恭俭让，可是盖茨表示身死之后资产全部捐给公益事业，只留一千万美元做家属的生活费用。"温良恭俭让"的人有何理由菲薄他？

美国有些基金会和教会浪费善款，惹人争议，但是捐款人并未灰心，新闻报道说，丑闻年年有，捐款的总数年年有增无减！佛教徒常说，捐款是"我"的功德，滥用善款是"他"的业报，各有各的账本儿，何况浪费只是九牛一毛，即便是浪费了九牛一牛，其他八头牛还是物尽其用了。富人底气足，容易有这样的胸襟气魄，如果他省下菜钱捐给孤儿院，发现院长拿公款回家养宠物，恐怕立时有切肤之痛，发誓再也不上当了。

也许因为中国穷人太多，先贤鼓吹"贫而乐"，立下很多典型。颜渊全家营养不良，但"位阶"仅次于孔圣人。古希腊的一位哲学家，一身之外只有一个饮水用的东西，有一天他经过河边，看见一个孩子用双手捧起水来喝，顿时醒悟这个饮水用的东西也是多余的，马上把它丢入河中。亚历山大大帝来看他，问他有什么要求，他说"请你闪开，我要晒太阳"。这个人物也进了中国教科书。中国可能是最尊敬穷人的地方，至少打开书本是如此。

富人的形象就难说了，上世纪三十年代，中国的小说和电影之中，历数富商巨贾大地主，哪个是正面人物？当年也许出于革命需要，以后呢？也许因为作家都穷，也许大家对富人缺乏了解，也许……大部分富人毫不在乎社会观感，以致作家缺少"模特儿"。总之，委屈了富人也局限了作家。

　　我常怀疑"贫而乐"不如"富而仁"，后者能解决更多的社会问题。我也怀疑"贫"很容易，贫而乐很难，那要先天的性情，后天的修养，还要介乎两者之间的境界和悟性；"富"很难，"富而仁"就容易多了，一点同情心，一点荣誉感，愿意少交一点所得税，就可以了！由"贫"到"乐"犹如逆水行舟，由"富"到"仁"坐的是顺风车。都说今天的教育只知道教下一代赚钱，影响多么恶劣，我倒想说，我们也别再鼓励下一代立志做贫而乐的人，那只能做我们的第二志愿。

善人门前是非多

　　"爱，直到成伤。"特蕾莎修女的名言。爱怎么会成伤，我很疑惑。有一天这句话中间的"直到"两个字引我注意：爱，起初不会成伤，如果一直爱下去，爱下去……爱得浅不会成伤，如果爱得很深，很深……痴心父母古来多，父母受伤，地老天荒不了情，男女双方都受伤。耶稣爱世人，世人把他钉死在十字架上，如果你不接受神迹，请你接受寓言。

　　前贤劝人行善，但是也暗示善行适可而止，不要越过中线。"升米养恩，斗米养仇"，斗米使他盼望一石，使他认为他应该得到一石，这时你给他一斗，就是欠他九斗了。先贤教我们"施人慎勿念"，如果你不能忘记有惠于人，就会期望回报，然后是失望，是愤怒，是后悔。先贤"为善不欲人知"，如果你夸耀，求助的人会像雨后春笋冒出来，你穷于应付，你在关闭善门的时候挤痛了很多人的手指，种下多少恶因。前贤的用心是保护你不会受伤。

　　宗教家并不在乎。信仰的实践永不休止，爱也永不休止，"有了爱，还要加上爱，还要加上爱……直到受伤"。这也许是宗教家跟"好人"的一大区别，一般信徒只是好人，好人仍然是人，需要保护，宗教家无我，世俗纷扰没法伤害他，他不需要保护。但是好人要修成宗教家，通常都要经过受伤，受了伤还是不退缩，不停止。这番话容易说，要想人家听得懂却很难。

陈光标行善，把几千万现钞堆在桌子上当众发放，受施者鞠躬如也，恭敬接受，有人当场下跪，叩头感谢，相机、麦克风四面环绕，第二天传遍四海。陈先生说，做了善事没人知道，他心里很郁闷，这话天真可爱。但四十多岁的人天真烂漫，并不能免于公评，他的境界还在"助人为快乐之本"的层次，他是慈善家，并非宗教家，他大概不会受伤，但是可能伤害受施的人，他的高姿态使善行成为一种压力，媒体夸而大之，称他为"善霸"。

你看这就是境界问题，关于境界，不能用辩论说服，我们姑且自言自语。高调行善最坏的副作用，前贤也许说过，也许没说；它使行善的人在公众之前成为取悦自己的演员，丧失慈善家的尊严，使受施者感到屈辱，认为自己业已付出代价，无须感恩；一部分人对善行滋生敌意，找机会反对。高调行善使某些人觉得默默行善没有意义，使某些人觉得以自己微弱的力量行些小善没有意义，善行对社会大众失去潜移默化的力量，小人物认为与自己无干。

请恕直言，社会上大力行善的人到底是少数，百倍千倍于此的人，或者没有能力行善，或者有能力而不肯行善，这些人并不恶，姑且称为"非善人"。这些人为了使自己的"非善"心安理得，就时时对别人的善行做出负面解释，我们常常听见有人议论，资本家捐出巨款支持慈善事业，乃是为了少交所得税。他们使人得一印象，省税是捐款惟一的动机，公益立即化为私利，不肯捐款的人反而显得高尚许多。

人要看透了才放手行善，"非善人"表示他们连善人也看透了，他们"傲视"善行，非不为也，是不屑也。行善的人不仅要保护自己，更要紧的是保护字典里的那个"善"字和"爱"字。有人说高调行善有何不可，总比守财奴强多了，诚然。可是，如果慈善家仅仅比守财奴好一些，等于说天空仅仅比我们的屋顶高一些，太阳仅仅比我们的烛光亮一些，这个世界也太乏味了。

小国的大政治家李光耀是当代智者，他说过的话这一句那一句都成了世界名言。天地间怎么会有这样的人，人跟人怎么会相差这么远。

他最近有一段公开谈话，引导我们深入这个话题。他表示，领导者特质是天生的，他不相信可透过教导产生。他认为，你可以教导一个人成为一名管理者，但不是成为领导者。他不相信美国书中所说，领导者是可以教出来的。他又说，人在娘胎时，有七成就已经注定。

"天生"之说，中国人很熟悉，自古以来，中国人就说君王是天子，将相都是星宿下凡，奇才异能是天纵，高言妙句是天成。从前，中国正统教育并不是培养领导能力，而是培养你服从领导，即所谓忠臣孝子。拿军队做比喻，谁能用兵如神你不用操心，你可以尽力的是如何使他有兵可用。相形之下，美国人著书主张"领导者可以被教出来"，承认你也有可能，也给你机会，这样的心态似乎"民主"得多了。

当然，可以理解，选择学校的人总会想到自己的志趣发展，学校招生也总会审视学生性向才能，双方都会考虑自己的投资和报酬，一个旨在培养领导人才的学校，总会招到一些有领导人特质的青年。这时候教育就有用了，它的功用大概会超过十分之三。

李光耀在"领导者"之外另设"管理者"一词，认为教育只能培养管理者。以我体会，一个组织之内，有人"自己做事"，有人"教人做事"，领导者和管理者都是教人做事的人，领导者是大领袖，管理者是小领袖，大领袖无法靠训练产生，小领袖应该可以。领导者和管理者两个名词无须对立起来。

下面还可以有一个名词叫"服从者"。中国人用生理做比喻，说是"身之使臂，臂之使指"，国家要大量生产"臂"和"指"。西洋人用机器做比喻，说是齿轮和螺丝钉，社会需要制造足够的小齿轮、螺丝钉。比喻的功能有其限度，养马驯马的人何以成为大将，如卫青，建筑工人何以成为名相，如傅说，其间过程有待进一步解说。

李光耀也说遗传之外还有三成靠后天，他可能把遗传的决定力估计得高了一些。"玉不琢，不成器"，假定两人天赋相等，一个有机会受教育，一个没有，两人的结果总有差异。如果这两个人所受的教育相同，他们各人有各人的机缘，也就是"遇"与"不遇"，这时遗传的作用就很小了。

古人也说过"自古英雄无大志"，大志是随着因缘机遇触发成长的，这一过程可称为广义的教育。汉光武刘秀的梦想本来是"娶妻当如阴丽华，为官当如执金吾"，执金吾，京城的治安首长而已。曹操的偶像，最初不过是典军校尉，为国家讨贼立功而已。等到曹操想做周文王，他已读过多么复杂的一套教科书。李光耀说领袖的"特质"不能靠训练，请特别注意"特质"。除了特质，还有技术层面，那些也不能单靠遗传。

即使李光耀完全说对了，咱们还是要敲锣打鼓为教育造势，坚持"教育、环境、遗传"这个三角形。教育是现在的依靠，将来的希望。一切有助于教育发展的，像学校、教师、家长会、教育基金会，咱们别忘了赞美支持；一切妨碍教育发展的，如裁减教师、削减图书馆经费、校内卖垃圾食物、校外出售色情影碟，咱们怎么也得抽出时间鼓起勇气表示反对。

这是兰德公司说的吗？

兰德公司（RAND）是美国著名的智库，网上流传一份文件，据说出自该公司的研究报告。这份文件对中国人充满偏见，但中国读者（我想主要的是华裔移民）在网上竞相推荐，共鸣之声盈耳。兰德公司太有名了，这些读者可能有"服从权威"的惰性，或者他们离开中国太早太久，对中国文化的认识已经模糊不清。我想提醒一句，我下面引述的那些话，可能与兰德并无关系，不管风从哪里来，他都说得不周严，不正确，我们身为华裔，也要拒绝随声附和，勇于辨正。

文件说："普通中国人通常只关心他们的家庭和亲属，中国的文化是建立在家族血缘关系上，而不是建立在一个理性的社会基础之上。中国人只在乎他们直系亲属的福祉，对与自己毫不相关的人所遭受的苦难则视而不见。"

他评说的不是中国文化。据我所知，中国文化讲的是"修身、齐家、治国、平天下"，以家庭为基础而非以家族为终端。"恻隐之心，人皆有之"，源于两千多年前的孟子，成为金科玉律。"禹思天下有溺者，犹己溺之也，稷思天下有饥者，犹己饥之也"，那是中国人普遍尊崇的典范。中国人也知道每个人的禀赋高下有别，有人只能修身不能齐家，有人能够齐家不能治国，"六亿神州尽舜尧"乃是苛政暴政，中国文化让每一个"位阶"上的人都能心安理得。

文件说："中国人不了解他们作为社会个体应该对国家和社会所承担的责任和义务。……中国人的价值观建立在私欲之中。……中国人的生活思想还停留在专注于动物本能对性和食物那点贪婪可怜的欲望上。"

他不可以这样概括评说中国人，他至少应该了解中国在春秋战国时代出现了一些什么样的人物，他至少应该听说中国到了明代末年还有一名言："天下兴亡，匹夫有责。"古代的中国人"不识不知，顺帝之则"，他们"纳了粮不怕皇帝"，国家对他们的要求很少。等到国家发出号召，八年抗战血肉长城，四年内战大义灭亲，"三面红旗"、"土法炼钢"，他们只知有党不知有己，只见任务不见苦乐，西方早已用"铁板一块"形容那个时代的中国人，墨迹方干，居然又说出这样一番话来！

文件说："中国移民太容易忘记他们作为社会个体应该对美国所承担的责任和义务。……中国移民的价值观建立在一时的物质成就之中。……中国移民的生活思想还没离开'搬个好地区找个好邻居'的最初动机。"

这话有些着落，但是应该把各句中的"中国移民"都改成"美国人"。每个中国移民仅仅是落进湖海中的一滴水，坦白地说，中国移民一脚踏上美国土地的时候，都比"美国人"更关心美国，他们总觉得美国社会太散漫，难以凝聚国力，总认为美国人太现实，不能为抽象的目标献身，他愿意提醒美国人居安思危，可是不知道向谁诉说。等到孩子从学校里回来，他发现美国教育太强调个人，戚戚以为不可，然而他又能如何？难道你指望他做堂吉诃德？

中国文化博大浩瀚，中国人形态万端，以致"中国文化"和"中国人"这两个名词极难遣用。文件中口口声声"中国人",敢问执笔者见过几个中国人?这几个中国人的言语造作,又有多大成分是源于"中国文化",多大成分得自异文化感染?"中国移民太容易忘记他们作为社会个体应该对美国所承担的责任和义务。"究竟是中国文化使然,还是美国的种族成见诱发?

这份文件与兰德公司应无关系,华人移民请勿随口附和,我们当然有些缺点需要检讨改进,不过账单送过来我们得看清楚再签字。

　　稍早的消息：英国有一对夫妇，长年购买乐透奖券，他们选了一组号码，每期必买，永不更换，据说这种办法叫"包养"。六年之中，这一组号码两度中了大奖，一次850万英镑，一次487万英镑。评论者说，同一组号码两次中奖，只有一百九十六兆分之一的机会，比"被陨石击中"还难，有个叫"波黑普里耶多尔"的地方，有人在三年之内五次被陨石击中，以致他出门戴着钢盔。

　　"奖券和赌博不同"，但是你如果见过轮盘赌，就会联想到买奖券很像赌轮盘，这是几百万人同时下注的超级豪赌，只是赌客坐在自己家里互不谋面，不会因相互感染而情绪冲动失去控制，所以进赌城赢来的钱也叫奖金。

　　最近的消息：两星期内，接连有三位赌客，从大西洋赌城的"吃角子老虎机"拉下大奖。一名来自新泽西州的男子，抱走496万美元奖金。一名来自纽约的赌客，得到70万美元奖金。另外一名来自纽约史泰登岛的男子，也投下赌注，顺手一拉，赢得奖金349万美元。"奖金"美化了漂白了赌金。

以上这一类消息，赌场或奖券局乐意对外公布，以广招徕，使人恍然以为中奖赢钱是很容易的事情。有人中了奖立刻遍告亲友，让大家分享喜悦，如果得主合作，也有人为他举行记者招待会，让他把自己的幸运昭告四方，享受衣锦荣归的满足。咱们到底是少数，还没听说哪位中国人中过这样的大奖，如果中奖的是中国人，他大概不敢公开炫耀，他怕有人强借、强捐，甚至绑票。多年前有一个大奖的得主，委托律师警告奖券局，对他个人的一切资料绝对保密，否则他会有生命危险。这位得主是个中国人吗？

美国有一个人叫拉斯汀的人，先后中过七次大奖，因此成为名人，他乘势进取写了一本畅销书《如何提高中奖机会》。我想起曾国藩说过"不信书，信运气，公之言，告万世"。有一条消息：在纽约州政府住宅和小区更新部门任职的一位公务员，到办公室附近的商店买奖券，有一个人插队抢在他前面买了一张，不料他"因此"中了3.19亿的大奖，那个插队抢先的人好像是专门来成全他中奖的。除了运气，还能怎样解释？我在一家出售奖券的商店门口看张贴的广告："不买不知财运到，不试不知时运高。"促销的效果会超过那本书。

曾国藩的十二字真言很精辟，不圆满，我想加上"信运气，不靠运气"。奔跑的兔子撞树昏迷，我相信发生过这样的事，但是你不可整天守株待兔。离开努力，运气没有意义，一如离开了"买"和"试"，财运时运没有意义。买一张奖券，做几分钟白日梦，在生活中加一点调味料，也是很好的余兴，如果超过这个限度，问题就复杂了。不信偶然，人生太无趣，不信必然，人生太危险。运气是"偶然大过必然"，人生在世，他的生活态度最好是追求"必然大过偶然"，否则，谁的运气也好不了。

至于赌博，我坚决反对，因为这个游戏很危险，前面说过，赌客集中在同一空间，每一注的胜负在几分钟之内揭晓，情绪步步升高，终于像中了邪，沉醉昏迷。借用戒赌组织的标语——赌博不止使人输掉金钱，还可能输掉健康，品德，家庭，生命！事关隐私，谁也不能具体举证。不得已我才搬出那条"定理"：抛掉"偶然超过必然"，进入"必然大过偶然"。人生在世，怎么可以用这样大的代价去换那个无影无踪的偶然？这时，你我还是不信运气，那就信书吧，书里讲的是必然！

一条背带的故事

人之一生到底要经过多少危险？美国消费者产品安全委员会提出婴儿背带安全警告，因为婴儿背带（baby sling）已造成数名婴儿窒息，还有数名婴儿从背带摔出。想不到人生还有此一险，船过险滩，事后才知道害怕。

婴儿害怕独处，母亲要做家事，使用背带，既可贴近孩子，又可空出两手，当然很好。我见过两种婴儿背带，一种吊在母亲的两肩，容易滑脱，所以婴儿会摔出来。另一种背带吊在母亲颈部，不会滑脱，但是婴儿以弯曲的姿势贴在妈妈的胸腹部，颈部无力，鼻子贴在母亲身上，阻碍自己的呼吸道，所以易造成窒息。

专家说，背带还有一险，母亲把孩子背在背上，走来走去操持家务，孩子的头部不停地摆动，会影响脑部发育，甚或造成脑震荡。可不是？我小时候眼见邻家婴儿在他母亲的背上睡着了，脑袋像货郎鼓左右摇晃，当时也曾怀疑他莫不是昏倒了？这念头当年一闪即过，今天被新闻报道唤回来。专家没提到婴儿的颈骨，这个部位非常脆弱，君不见战争影片中敢死队偷营摸寨，一只手按住敌方卫兵的头顶，轻轻一扭，卫兵就变成尸体了！想到这里一阵心惊肉跳。

我见过一条三代相传的背带，它由一位中国母亲在一九三八年制成，时为对日抗战发生之次年。背带主体呈"回"字形，中间那个小口用成束的细线编成网状，为的是夏天透风，婴儿不生痱子，细线非常坚韧，据说是从空军降落伞的废品取来，绝不断裂，据此推测，这位母亲可能是空军眷属。"回"字外围那个大口，以日本进口的阴丹士林布为原料，这是抗战发生前中国民间最坚固、最细软而且最合算的布料，那时就是这玩意儿打垮了中国的土布，加速农村经济破产。"回"字四角有四根布带，使用时上面两根拴在母亲的颌下，下面两根拴在母亲腰间，婴儿的臀部就用那个网状的部分兜住。

我仔细观察了这条背带，这位母亲由大东南战场辗转于大西南战场，用它背大了五个孩子，然后她的女儿取去，由台湾迁徙到纽约，背大了三个外孙。背带不换新，并非出于经济因素，而是女儿感念慈母，象征承传。这条背带负重致远，历尽沧桑，居然针线完好，大口和小口的连接处，四角和布带的连接处，针脚密如刺绣，固若焊接，使用时绝对安全。亲眼见过，亲手摸过，才知道孟郊的"临行密密缝"太简单太浮泛了！

虽说背带对婴儿有危险，这一家三代八个孩子，平安度过国家最动荡的岁月，人生最脆弱的时期，我深深为他们庆幸。母亲万能，想当年家家自己缝制背带，未见商店出售，也从未听说谁家的孩子掉出来，谁家的孩子大脑受了伤害，老天疼憨人，天何言哉？中国老百姓的遭遇大抵如此。

书上说，博物馆的陶俑有母亲使用背带的塑像，可见起源甚早。在纽约这样多民族聚居的城市里，可以看见形形色色的母亲用背带背着她们的孩子，背带的质料、款式和花纹、颜色也是多元文化的一个样相，可见使用甚广。有什么代替品可以淘汰背带呢？完全没有迹象。

　　新闻报道说，使用婴儿背带的安全方法，是把孩子安置在母亲胸前，让孩子直着上身，婴儿的腹部贴在妈妈的胸腹部。我在地铁站看见许多族裔的母亲这样做，有人同时背两个孩子，一个在胸前偏左，一个在胸前偏右。她们的背带都是工业化大量生产的货物，别有一番繁华。每个孩子分外可爱，如果你要告诉人家"世人都是上帝的儿女"，这是恰当的时机。

"废除死刑"的议题在台北刮起一阵强风，我们的小区却是水波不兴。我倒是认真想了一想，无他，为的是训练思考。

我也曾经反对死刑，那是青年时期根据自己所见所闻而下的判断。那时求知欲旺盛，读过百篇相关的论文，把自己武装起来。若是要我申述"废死"的理由，我可以考一百分。但是后来我明白，这些都是"在野"的清谈，人生在世，做官说一种语言，坐牢说一种语言，发财说一种语言，破产说一种语言，结婚说一种语言，失恋说一种语言。倘若时空错位，人家就说你胡言乱语。

依政府的设计，判刑是司法，行刑是行政，设置"司法行政部"负责执行。官居"司法行政部长"而反对死刑，拒不批准，而且宏论连篇，振振有词，倒是官场的一个怪现象。他当"部长"以前，卸任以后，都可以反对死刑，既然坐上那个宝座，"个人意见"应该收起来。或者说，既然坚持"废死"，何以接下这个职位？既然上任，又怎可以让这个职位做主张"废死"的发言台？

这个争论发生以后，你可以发现很多人的思路紊乱或模糊。也许理想的人类社会没有死刑，若说"国家不该有死刑"，这句话恐怕说得太快了。治国要有工具，死刑是治国的工具之一，执政者要看自己手中有哪些工具可用，犹如赌徒看他手中有什么牌。犯罪者手中有一张王牌，就是不怕死，执政者手中也有一张王牌，就是杀死你！"民不畏死，奈何以死惧之？"答案是两张王牌对决。这是社会的不幸，但是你单单把政府的这张牌取走，也并非什么福音。

"废死论"中有一条理由："任何人无权取走别人的生命。"可是杀人犯已经先取走了另一个人的生命，你怎么看待？杀人犯已经先取走了三个五个人的生命，你又怎么看待？这件事你我束手无策（甚至束手待毙），只能靠司法插手处理，那人不是"任何人"，而是有特定职责的人，他高出于"个人"。我知道这个说法有危险，但是取消了这个说法同样有另一种危险。

还有，冤狱也是"废死论"的一张牌。"世人无冤屈，牢中无犯人"，意思是说所有的受刑人都冤枉，这是一种语言；高唱"明镜高悬、无枉无纵"，是另一种语言。既然有死刑存在，法律难免有时杀错了人，大错一旦铸成，"生命是不能补偿的"。什么是可以补偿的？光阴可以补偿吗？你把一个青年人送进监狱，等他变成老翁时发现关错了，你怎么补偿他？有些受刑人的婚姻破碎了，幼子夭折了，前程断送了，如果这是冤狱，你又怎么补偿他？那么，既然无法补偿，一律废除？

看起来我好像是支持死刑的了？非也，我只是训练思考的能力，这是我的一次作业练习。看看前后左右，多少人太容易接受一个简单的说法就停止思考，许多纠纷都由此而生。利害之争不能凭理念解决，而理念之争又往往不顾利害，学会了看问题要面面观，多少口舌是非都是多余。

有人告诉我，天下大乱是历史学家造成的，如果把历史学家都关进监狱，把历史著述都烧了，那就出现大同世界。我为之愕然，他怎么会相信这样的说法，难道在所谓史前时代有过大同？

还有人告诉我，飞机是最安全的交通工具，他说以空难人数除飞行里程，要多少多少里才死一个人。我也愕然，他应该以空难人数除飞行时间，看多少时间死一个人，再和火车轮船做比较，结果一定不同。

当然，各种说法都是"言之成理，持之有故"，根据自己所见所闻而下的判断，进一步否定别人不同的判断。倘若作面面观，我的愕然也都是多余的了。

欢迎受刑人新生

"妇女联合会"欢迎各位恢复自由的难友，分享各位的心路历程，迎接各位重新回到社会上来，我们共同努力建设一个比较好的社会。承她们的好意，我也有机会躬逢其盛。

各位难友都受了委屈。我看各位的气色很好，精神也很好，情况还不错，每个来参加欢迎会的人也就放宽了心。当年我在咱们祖国的时候，也跟受刑人有过接触，那时候受刑人面黄肌瘦，垂头丧气，再不然就是两眼冒火。那时候社会歧视受刑人，没有什么社工人员去看他们。当年中国有一句话，宁住美国的监狱，不住中国的旅店。他们对美国监狱有很多想象，现在你也可以对当年的中国监狱有一番想象，如果乡镇的小旅馆都不能住，那么监狱呢？咱们幸亏在那个年代那个地方没住监狱。

我是一个信教的人，我知道人是犯错的动物，我们天天犯错，犯各式各样的错误。各位难友当然也是犯了错，交错了朋友也是错，跟错了老板也是错，不知道避免嫌疑，瓜田李下也是错。进了法院才知道办案的人也会犯错，坐了牢才知道手里拿着手铐拿着钥

160

匙的人也在犯错。我们也许会很不服气，很不甘心，那样我们也许变得很偏激，很虚无，很忧郁，很疯狂。那样我们就会继续犯错。

人人都会犯错，这一次"妇女联合会"没错。她们十年一贯，按时到各地监狱探望受刑的难友，关怀他们，物质上给一点儿，精神上给一点儿，替他们祷告。她们这样做，为的是希望里面的难友不要一错再错，不要让别人犯的错误毁坏我们，更不要让自己犯的错误毁坏了自己。避免社会付出更多的成本，社会付出的，我们每一个人要分摊，所以"帮助受刑人就是帮助你自己"。

天生我材必有用，各位难友都是人才，进去也不是一条虫，出来仍然是一条龙。月有阴晴圆缺，明月永远是明月。"妇女联合会"的义工真热心，听听她们的见证，真叫人感动。别说这世界上都只知道锦上添花，还真有人雪中送炭，别说人人都在趋炎附势，还真有人慧眼识英雄。

信教的人相信人是通过自己的错误成长的，是通过别人的错误锻炼的，人人都是从罪恶里得救。信教的人说世界上有一种地方叫"苦地"，苦地提升人的心灵，使人高尚虔诚。监狱是一种苦地，对于从苦地来的朋友们，我们有祝福，有期待，我们不担心。上帝说我要像锻炼精金一样锻炼你们，他这样做了，诸位难友也通过了洪炉，以后这社会上有你们的岗位，有你们的成就，今天参加欢迎会的来宾，都有机会和各位再见面。我们共同努力建设一个更好的社会。

辑三 听，听！别忘记你有耳朵

人生经验一席话

　　人有了一把年纪，难免有人请他谈人生经验，他提出来的答案往往并不是他真正的经验，就像奶粉公司推销产品，海报上印出来的那个胖娃娃并没有吃过他家的奶粉。不过那天我说了真话。

　　我的经验可以分成两大部分，一部分是太平的经验，或者说是正常的经验，一部分是乱世的经验，也就是非常的经验。这两种经验有很大的差别，你可以说太平人和乱世人简直是完全不同的两种人类。

　　一九三七年，日本军队制造卢沟桥事变，中国开始八年抗战，这年我十二岁。在这年以前，我是个太平人，长辈灌输给我许多正常的生活经验。这一仗打了八年一个月又零多少天，抗战结束了，接着又是四年的内战，前后一共十二年，这十二年是乱世，我做乱世人，乱世有乱世的生活。人在太平时期的生活经验不能应付乱世的生活，我得一样一样否定以前的太平经验，一样一样换上乱世的经验，每一次都像挖肉补疮，或者挖疮补肉，很费一番挣扎。

　　十二年以后我到了台湾，我在台湾住了三十年。开头几年台湾还在准备打仗，还是一个乱世，或者叫作"准乱世"，我凭我的乱世经验还可以应付。以后台湾越来越太平，你不能用非常的经验过正常的生活，我得一样一样把我的乱世经验淘汰了，遗弃了，换上太平经验。这又是一次被动的重生，勉强的改造，我得交很多学费，走很多弯曲的道路。

太平经验和乱世经验的区别在哪里呢？长话短说，我年纪小的时候，那些太平长老告诉我，人有一百个心眼儿，九十九个坏心眼儿，一个好心眼儿，你把这一个好心眼儿摆在上面，九十九个坏心眼儿压在底下，你待人接物先用这个好心眼儿，实在不行，你再把坏心眼儿拿出来。后来我长大了，我成了乱世民，一个长辈告诉我，你有九十九个好心眼儿，一个坏心眼儿，你得把坏心眼儿摆在上面，好心眼儿压在下面，你对人对事先用这个坏心眼儿设防，先用这个坏心眼儿探路，你的好心眼儿最后才用得着。

我常想，台湾在一九四九年前后为什么所谓外省人和所谓本省人很难融洽呢？一九四九年前后，大约有一百万人从大陆迁移到台湾，这一百万人可以说都是乱世民，他们来和六百万太平人混合居住，这两种人的生活经验差异太大，居然在同一时间、同一空间有如此密切的关系！乱世民先用他的坏心眼儿对付太平人的好心眼儿，错了，等到乱世民用好心眼儿的时候，晚了，正赶上太平人开始用坏心眼儿。双方都没错，只是阴差阳错。这可能是一切问题的根源。

到了一九八〇年、一九九〇年，台湾的两千万居民可以说都成了太平人，大陆的居民，刚刚度过三年灾害、十年浩劫，可以说都是乱世民。大陆对外开放，千千万万太平人涌进去和乱世民摩肩接踵，这一次，台湾的好心眼儿碰上大陆的坏心眼儿了！两方面都发觉不对劲，两方面都换个心眼儿，两方面都没错，又是一番阴差阳错。历史绝不重演，只是往往类似。这也是许多问题的根源。

有时候，我觉得我像个画油画的，油画可以一面画一面修改。我很用心地画一幅山水，画着画着忽然叫停，我得重新画一群大炮和坦克车。好容易画得差不多了，忽然又不算数，要画纽约那一排摩天大楼，画家的生命就这样浪费了。世事变幻无常，你我一转念之间，周围的八阵图已经换了一百种排列的方式，那一点子生活经验有什么价值呢？我们能不能建立一种永久的东西，无论乱世、太平世都行得通呢？

现代君子铭

　　"君子"的定义，是成德之人。"成德"的意思是德行圆满，"德行"的意思是抽象的价值标准化为无数具体的日常行为。

　　谈到具体行为，话题骤然复杂。古今君子都随身提着一只箱子，打开箱子看，里面的东西大不相同。今之君子是怎样做成的？

　　多年前文友茶话，有感于古今之变，共同研拟现代君子守则：古之君子忌举债，今之君子爱记账；古之君子爱处女，今之君子爱熟女；古之君子千金重诺，今之君子千金换诺。当时希望凑足十二条，博大雅君子一笑。其实说说而已，事后也就没有下文了。

　　整理旧日剪报，忽然读到萧立坤先生的《现代君子铭》，给我旧话重提的机会。他的想法很丰富，看来有深切体验和长期思考。现在选出几条和读友共同琢磨。

　　例如："君子同邦异俗，同堂异志，同业异市，同席异味，同胞异艺，同床异梦。"这一条说出君子生存在多元的社会里，古之君子撑起一元文化，今之君子适应多元文化。

我们现在生活的地方，人等形形色色，走进工作场所，你尊崇资本主义，他信仰共产主义，我憧憬无政府主义。我们一同参加宴会，你不吃肉，我不吃豆腐，他不吃介壳类。回到家中，你过中国的阴历新年，左邻过公元的阳历新年，右邻过犹太新年。咱们都是中国人，你靠计算机程序为生，我靠线装书为生，他靠教"手语"为生，这些都不妨碍我们成为现代君子。

例如："君子有三伪：遇盗必伪，课税可伪，见大人宜伪。"会心一笑吧！古之君子一生努力存诚去伪，不在话下。现代人做学问做到人性大解剖，认为无害的谎言，适当的掩藏，某种程度的双重性格，不可避免，也不能没有。在种种必需的权宜之下求"成德"，才是真本事。

以上三伪，请注意必伪，可伪，宜伪，用字经过斟酌，暗示"行而宜之"。"遇盗"不必解释，反映今日大都市如纽约盗贼多，抢劫、小偷、扒手、金光党，使我们的人际关系也多元化了。"课税"应指合法的省税避税，"见大人"这一条最有趣，注意这个"见"字，或偶然应对，或不期而遇，或广场稠人之中，表面应付一下就好，不可惊为奇遇，许以知己。

再看："君子十五好嬉，二十好斗，三十好色，四十而立，五十而知天命，六十止足，七十眼顺，八十耳顺，九十忘形，百岁忘年。"这一段是论语《志学篇》的改写，同样是天下大文章，没有能力议论，又不能置之不论。

现代君子的成长，少了"志学"，多出好嬉、好斗、好色。古人也承认人有好嬉好斗好色的阶段，但是否认那是君子必经，现在一一恢复，可称为君子的人性化。"耳顺"延后到八十，之前增加了"眼顺"，也比较符合我们的了解。忘形忘年，近乎道家矣，孔圣人没活到那么大岁数，来不及说。此一黄泉旅店是中国文化的建筑，现代君子西方色彩浓厚，最后叶落归根，善哉。

"耳顺"一词费解，注解说，耳顺能听各种不同的意见。张群曾告诉孙立人，耳顺就是听话，劝他听蒋公的话。现在有"眼顺"做伴，眼顺是顺眼，耳顺就是顺耳吧，天下莫衷一是，不逆耳，也不入耳，顺耳而已矣，是这样吗？这般修为，六十岁早了一点，还没退休呐。眼顺，耳顺，都是忘形忘年的前奏，应该放在七老八十。

　　萧氏君子铭五十条，太多。用论语笔法，多处难以准确掌握含义。想从中选出十二条来，取舍也不易。浅尝之，至此为止吧。

"开卷有益"，这句话是宋太祖说的；"不开卷也有益"，这话是谁说的？

如果你常逛书店，如果你一有机会就到图书馆走走，你也能说出这句话来。举个近例：现在联经出版公司办理规模宏大的书展，进去一看，这真的是座书城，这是用书营造的特殊环境，它熏陶我们，变化我们的气质。森林和大瀑布怎样影响我们，书城和书世界也照样影响我们，你我即使一本书也没翻开，书香和书卷气就自然上身了。

逛百货公司已进入很多人的生活方式，想想看，你我何尝立意要买东西？你走进去，走出来，何尝每次都买了东西？为什么要去逛呢，因为"不买也有益"。看见新产品，用不上，欣赏一番也好。看见对你更顺手的工具，记在心里，等大减价的日子再来。看见朋友迫切需要的东西，回家打电话告诉他，给友谊加分。也许有一样东西，你从来没感觉需要，因为你不知道有它，忽然看见了，才知道少了它不行！还是厂家想得周到，幸福感洋洋而生，做个现代人真好……等等，逛书店、看书展也是相同。

来到书店，你我可以看见出版界的变迁走向，体会大势所趋。书店是河，图书馆是湖，河水的流变很清楚。书店是军营，书展是大检阅，若是那些书都直放在书架上，书脊向人，更仿佛一行一行的分列式，作家的特色和实力历历在目，后浪前浪，浮浮沉沉。你我看见新作家锐气凌人，破土而出，一惊；看见老作家恐惧灭顶，奋力挣扎，一惊；看见有人一个急转弯，否定昨日之我，抢搭畅销列车，又一惊。这些惊中带喜。有时候，看见狡狯的人如何操作大众趣味，或者大众趣味如何愚弄老实的人，也是一惊，惊中无喜。这地方训练观察力，启发思考，然后人非草木，可以触类旁通，设想百步之外看自己的生活行业、社会定位。

今天出版书刊，美术设计的地位重要，他的重要性可能超过文字编辑。一本书的装帧、字体、画图、色彩、开本，都从天才、灵感加上两杯浓浓的咖啡得来。这一行吸引了很多优秀的画家，他们有些人把自己设计的封面视同重要的创作，拿来开展览会、出版画册。看书展，即使书直立在书架上，你我也可以管中窥豹，如果书平放在台面上，那就一览众山了。人非草木，对万物有通感，这时看书展也像看画展，神游语文之外矣，浑然万紫千红矣，忘其路之长短矣。

书展难逢，书店易寻。书展一时，图书馆永久。夫如是，人生何处不相逢，何不在书店图书馆中？人之一生要费多少光阴等待别人，有人站在人行道旁边等朋友，可曾想到尘土？扒手？有人进茶座等朋友，志不在茶，消费额太低，侍者慢吞吞，杯盘响当当，心急喝不得，朋友来到了，起身就走，浪费钱也浪费资源。有人逛百货公司等朋友，那地方到底刺激物欲，钱到用时方恨少，败坏了和朋友清谈的兴致。年轻人约女朋友，她满口称赞的物品咱舍不得买，后事如何？约在书店里碰面，她爱书，书很便宜，她不爱书？更给您省了！

近书，总会爱上书本的吧？总要开卷，才会得到实实在在的利益。你看那些书，多少人的聪明才智，山河岁月；多少人的胼手胝足，劳碌奔波；多少人的善心美意，委婉曲折！每本书都在等着向我们奉献一点什么，书使我们自尊，每位作者都有一些胜过我们的地方；书使我们谦卑，读书，书在你我脚底下，一寸一尺把你我垫高，不读书，书就压在你我头上了。

老狗新技学计算机

计算机的功能很多，我能享用的很少，对我而言，它是书写工具的革命。

我幼时开始习字，用毛笔，入小学后加上铅笔和钢笔，抗战时做流亡学生，也曾削木为笔，抗战胜利看报，知道美国商人雷诺到上海推销原子笔，四年后流浪到台北，这才亲眼看见亲手使用。

书写工具不断改变，每一次都给我很丰富的感受，最后计算机出现，它也许是终结者，书写工具的最后形式。

我以"写字"为职业，咱们的方块字写来很费力气，尤其是我写繁体字，"郁"字使人忧郁，"凿"字像凿井一样辛苦，"艳"字实在很丑，使我黯然失色。早就有人说，拿破仑字典无难字，中文字典有五个难字，难写、难查、难认……早就有人要凭这几项罪名废除汉字，改用拼音，早就有人研究，写英文时要牵动多少块肌肉，写汉字要牵动多少块肌肉，写汉字特别劳心劳力，中国古代的书法家都练气功。

我没练气功，青壮时文章一挥而就，岁数大了边写边改，修改过的稿子要重抄，老来得了职业病，写作时右胸肌肉痛，早晨起来右手四指僵硬，半小时一小时后才正常。行到水穷处，我开始注意计算机处理中文的功能，关心它的发展。

汉字"难查"，索引一直是个难题，我对各种输入法都很畏惧。我也熟知那句话："老狗不学新技"（有人译作"老狗学不会新把戏"）。一九九七年，纽约的"展望计算机"推广写字板，我动了心，这年我七十三岁，英文补习班雇用临时工人在大街上散发传单广告，他们已不把我当作招徕的对象，大概认为这个人丧失了学习能力，算命的也不送传单给我，大概认为这个人的命何必再算。他们的判断多多少少对我是个刺激，谁说我不能再学习？我去参观了"展望计算机"举办的展示会。

"展望计算机"的许老板科班出身，谈吐有书卷气，听他解说，看他示范，我立刻爱上计算机。手写板很平滑，用硬笔在上面写字就像溜冰，而且写字可大可小，不必规规矩矩填进小小的方框里，反映到字幕上整整齐齐，大大节省腕力。它的搜索能力很强，输入档案标题的一两个字就可以调出全文，汉字的检索也完全不成问题。如果想把写好的一段话删掉，或者删掉之后再恢复，想把后面一段调到前面来，或者把前面一段移到后面去，只是举手之劳，稿面整洁如新，不留痕迹。这就够了！它洗刷了汉字难写难查的罪名，它救了汉字。

这个新把戏一定要学！初学乍练，我买了一台桌上计算机，许老板替我装好95窗口和汉笔精品的软件，免费培训六个小时。我后来改用手提型笔记计算机，XP窗口，蒙恬软件，进出图书馆得心应手，八年来完成了百万字的文稿。"工欲善其事，必先利其器"，诚然是至理名言。可是"展望计算机"却老早歇业了！听说许老板改读神学，打算去做传道人，我很怀念他。

学习计算机，我有继续成长的感觉。我知道有一位退休的老教授，以没齿之年还牙牙喃喃学拉丁文，有人问他学来做什么，他说他每认识一个生字，好像年幼时又生了一颗牙齿。我学计算机体会到这一境界，万金难买，希望能与同侪分享，老年人学习新事物可使生命不再萎缩。有人理直气壮说他拒绝计算机，好像很光荣，其实没有什么可以夸耀的。有人说计算机伤眼，诚然，可是一个作家怎能为了保护眼睛而放弃写作？他只能放弃电影和电视，选择计算机。

学会了书写之后再向周边扩展，首先是用E-mail收发信件。我从未料到，你把信写好，只消在一定的位置点一下，对方立即可以收到。一封信同时寄给一百个人，比起只寄给一个人来，也没增加多少麻烦。用E-mail寄信，不但信封信纸邮票邮局全免了，寄往通信管制的地区，谁也没法中途检查。传送十万字的文稿也不过多点几次，对我更是很大的方便。以前一本书写好了，原稿两寸厚一沓，费许多力气才封装起来。拿到邮局的窗口，邮务员照例问寄什么东西，我说"文稿"，他听不懂，在他们的社会里，投稿是稀有的行为。我说"论文"，他勉强会意，我写的东西能叫"论文"吗？严格地说，这有欠诚实。

现代人不喜欢写信，亲友交游都疏远了。咱们中国人写信讲究起承转合，如果太简洁明快，那好像不是信，那是写便条、批公文，对上不礼貌，对下不亲切。当你面对信笺的时候，写信的那套规矩就摆在信笺上，你无法摆脱它的支配，如果面对计算机窗口，不管是写信的一方还是收信的一方，都好像觉得计算机是咱们历史文化里没有的东西，窗口上也没有那套规矩，一封信可以像一封电报那样实实在在，有时候，像王羲之"送橘三百枚，霜未降，不可多得"！这样潇洒的短简也会突然涌出来。这就增加了沟通的频率，也未必就减少了回味。

写信之外，进一步学习上网查找数据，网站之中，Google最享盛名，有人把它译为"古狗"，丁是"把那只古狗牵出来"成为计算机族的新兴语言。"古狗"搜罗丰富出乎想象，我写《关山夺路》的时候，它引我找到中国全国的铁路公路里程表。我这才算出来，内战四年，我在中国流离了六千七百公里，这个数字对表现那段经历有画龙点睛的作用。有一天，输入我自己的名字，打开一看，居然一万五千八百条，我好像被聚光灯突然锁住，吓了一跳。那就看看鲁迅吧，嗬！三十六万七千条！

文章结束之前，还有两件小秘密可以公开。

有一天，我发现窗口打不开，向附近一家计算机行求助，技师说修理费要美金五十元。那时候大家还在用方形的小磁盘复制副本，关机后要把小磁盘取出来，下次才可以顺利开机，可是我不知道，那技师收了钱也没把"秘诀"告诉我。

有一天，我在写字板上写字，窗口没有字迹反应，技师说，写字板坏了，再买一套吧，多少钱呢，美金六十元。后来知道，写字笔有个塑料笔芯，我的笔使用日久，笔芯磨平了，只要换一个笔芯就行，多少钱呢，七块钱可以买五根。

这就是学习，你总得走些冤枉路，花一点冤枉钱。可是"不怕慢，只怕站，不怕站，只怕转"，只要往前走，终于可以走出来，小奸小坏小便宜，由他去吧！

由『五恨』到无恨

彭渊材，北宋音乐家，他的侄子惠洪在《冷斋夜话》里称渊材生平有五恨事：一恨鲥鱼多骨，二恨金橘太酸，三恨莼菜性冷，四恨海棠无香，五恨曾子固不能诗。

我们天字第一号的才女张爱玲抄而袭之，也说："一恨海棠无香，二恨鲥鱼多骨。"不过这两句只是陪衬，下面的主文是："三恨曹雪芹《红楼梦》未完，四恨高鹗妄改。"

近代人张翼廷亦有五恨：一恨河豚有毒，二恨建兰难栽，三恨樱桃性热，四恨茉莉香浓，五恨三谢李杜诸公多不能文。他说的三谢应是东晋政治家谢安，南朝宋名士谢灵运，南朝齐诗人谢朓。李白在他的作品中曾一再推崇谢灵运和谢朓的诗。

步武前贤，我也有五恨：菜根难嚼，长安太远，英文太不规则，身后的好书读不到，毛泽东未转型。

且说以上大家的恨事都有一条和读书有关。"我们都是读书长大的"，请以食物为喻，为进修读书，"一样米养百样人"，大家有共同必修，但是人人各有独得。为兴趣读书，"百样人吃百样菜"，各人个别选修，但是大家有共同所得。为研究读书：有终有始，在压力下读书，古人称为苦读、攻读，其中有登山之乐。为兴趣读书：有始无终，随兴之所之，在无压力下读书，今人称悦读，其中有游湖之乐。

读书，吸收知识，技术上副作用最少，其结果比较接近教育家的目标。文字是抽象符号，刺激欲望煽动野性的力量较弱，试想，如果"软玉温香抱满怀"变成光盘……这就是为什么说，爱读书的人品性大概都比较好，我是说"大概"。陈果仁在酒馆里被人用球棍打死，如果在图书馆就安全了。《圣经》，我不相信可以变成电视连续剧，那种虔诚敬畏，灵性的成长，独自面对上帝的感觉，只有阅读。

有许多能力只有阅读可以得到，培根认为读史使人明智，读诗使人灵秀，数学使人周密，科学使人深刻，伦理学使人庄重，逻辑修辞之学使人善辩。这话被人无数次引用。可以引申补充：只有读书可以引人有系统地深度思考，慢慢组织成一个体系。

我们偶尔会遇见一个人，言语支离破碎，发言三分钟都无法起承转合，如果他身体健康，剩下可以推求的原因大概是没有阅读的习惯。我们一面阅读，一面增加语言的能力，画面转为语言的能力则比较困难，专家说，语言的能力是生存竞争力的一种。今天生存竞争剧烈，我们汲汲以求的岂不就是比并驾齐驱的人超出半步吗？

与好友谈书，一乐也。我们难免介绍自己爱吃的菜，希望别人也尝尝，难免称述自己游过的山水名胜，希望别人也去过。如果别人不尝，不游，也可以约略得之。一人读书，十人分享，这才是益友。我想我们对作品有主观的爱憎（文字因缘），也有客观的标准（文章有价），两者未必一致，不必各执一端，但各抒所见也足以互相发明。好读书的人可以互相成为畏友、挚友，有别于语无伦次的俗友，隔离向你倾倒语言垃圾的肮脏之友。

明代一位史学家自述读书之乐，怒而读之，悦然；忧而读之，欣然；躁而读之，悠然。南宋一位藏书家说，饿了，读书等于吃肉；冷了，读书等于披裘；寂寞了，书就是朋友；忧郁了，书就是音乐。现代人能证明阅读有更多的好处，治疗焦虑症和压抑症，防止老年痴呆，培养幽默感，使人圆通豁达，处世为人减少争执，增加朋友。如此说来，读书的时候，"五恨"就变成"无恨"了！别人不读书，所以我们不必读书？否，否，如果别人不读书，那正是我们要读书的理由。

我搬过二十二次家，可以说是流离失所，书是随手买、随手丢，买的时候很伤感，丢的时候也伤感，所以我的藏书很少。这些年为了写回忆录，不断买书，人在外国，买中文书很费周折，转弯抹角地托人帮忙，千里迢迢、万里迢迢地寄来。买书才知道自己的房子小，回忆录一本一本写好，买来的书一批一批清理出来，难割难舍，大割大舍。张大千先生收藏很多古人的画，有时候急着用钱，拿出一张两张卖给人家，他特别刻了一方图章："别时容易"，盖在卖掉的画上，其实分手的时候也不容易。

我这些书中并没有珍本善本，但是都有参考价值，对于不需要它的人来说没什么意义，对于需要它的人来说却是宝贝。我读这些书的时候，有时感动，有时惊愕，有时愤慨，有时沉吟不语，有时恍然大悟。我仿佛觉得每一页都是一个"照相机"，它会记下我丰富的表情。我的生命在里面！

我已经养成了习惯，一本书我要离开它了，我会最后拿来翻一翻，读它一段，然后合上，离手。这一次我打开东方白的自传，又看见他记述的一个小掌故：

抗战胜利了，台湾回归中国了，住在海外的台湾人想回台湾看看，他们不能再用日本护照，他们向当地的中国领事馆申请护照，中国领事馆不敢发护照给他们，因为外交部没有指示。我又打开张良泽的自传，第一章写他的童年，他写得非常生动可爱，有一天选家会把这一章挑出来编进文选，普遍流传。小说家子于在建国中学教书，他退休以后写了一本书，书名是《建中养我三十年》。退休的人往往抱怨自己的青春贱卖了，子于的角度不同，我对着这个名字看了又看。

我把书送到台北文化经济纽约办事处，我的心情不像捐书，不像赠书，像是"嫁书"，替女儿找婆家。中国人有一句话："儿娶女嫁以了向平之愿"，向平是汉朝人，他在儿娶女嫁以后就入山修道去了，咱们比那位向平先生多一桩心事，儿娶女嫁之外还得给藏书有个安置，然后才可以安心去见尧舜禹汤基督释迦。蒋夫人宋美龄在纽约长岛住的房子卖掉的时候，多少中文写成的东西当作垃圾堆在地下室里，叫人又是感慨，又是警惕。今天文经处肯收留这些书，这是我的大幸，也是这些书的大幸。等我最后一本回忆录写完，我还有一批书要送来，文经处的大楼在曼哈顿的钻石地带，可以说是金屋藏书，出出进进谈笑有鸿儒，往来无白丁，书在这里会遇见它希望遇见的人。

四余读书记

古人"三余"读书：夜者昼之余，雨者晴之余，冬者岁之余。我加上一条："老者生之余"，故曰四余。

183

失真，求真，近真

　　有人提出来，所有的回忆录都不真实。他们说，人对自己的过去不可能有完整的准确的记忆，无意的遗漏，加上有意的选择，可以说每个人都在编造自己的故事。下笔写作的时候，"文字"这种工具有缺陷，所有的表述都似是而非，你的记忆和你的文字绝不等同。然后，作品脱离了作者，属于读者。读者在吸收内容的时候，加上误解，加上附会，加上"借他人酒杯浇浇自己块垒"，进行加工。经过这样的流程之后，所谓回忆录还有什么意义？

　　这种看法，古希腊时代就有了：我们没有能力认识事实的真相，即使认识，也不能准确地说明，即使能说明，别人也不能正确地了解。我想，中国人听见这种说法会觉得很熟悉，古圣早就说："所传异辞，所闻异辞，所传闻异辞。"佛教告诉我们，一切有为法都是梦幻泡影，我们的经验知识都是幻觉和错觉，语言表述看似沟通，其实增加了障碍。借用冯友兰的话，这个说法极高明而不中庸，如果只是如此，经验如何传承？文化如何累积？如果只是如此，人类不能办教育，不能有新闻传播，不能有历史记载。如果这一切都不能有，人类怎样生存发展？

我想，这种说法能从古希腊到当代千古不衰，而且代代有人发扬光大，必然有它的价值，但是我不愿意推向极端。我想，"真实"虽然不可得，不可及，人反而应该努力倾向真实，接近真实。先贤留下名句："书不尽言，言不尽意。"你写出来的，只是你想说出来的一部分，你说出来的，只是你内心意念的一部分。对我而言，这些话是警告我、督促我，在文字表述的时候尽量求真，而不是放任我索性造假，许可我有权失真。

还是说个比喻吧。我们都没见过王羲之书法的真迹，现存的法帖都是双钩摹本。双钩是古代的一种复制技术，把真迹的轮廓描下来，填上墨，当然"成色"差一些。但是双钩者也是书法家，而且受过严格的专门训练，为的是尽量减少差误。双钩的原件放在博物馆里，我们平时看到的，是摹本的照相制版分色印刷，比摹本又差一些。但是博物馆也要审查复制者的训练、经历，过问机械的品牌、年代，印刷厂的设备、水平，为的是尽量减少再度的差误。然后，报纸杂志介绍王羲之的书法，又从印刷的复制品上翻拍，造成第三度差误。报纸杂志取材翻拍的时候讲求版本，选用离双钩摹本最近的版本，印制水平最高的版本，力求减少第三次差误。

人不会因为王羲之没有真迹传世，就把双钩摹本丢进字纸篓。人不会因为"金无足赤"，就把14K金18K金和黄铜等量齐观。我想，写历史，写新闻报道，写回忆录，也是如此吧？我们因不断失真而不断求真，我们知道怎样做可以近真，或者无法达到哲学上的真实，一定可以达到常识上的真实。"把戏，把戏，原来是假的"，但是手杖不见了，只见一束鲜花，倒是真的。红玫瑰？白玫瑰？黄玫瑰？也不会混淆。在这方面有专业的训练，有足够的警觉。

真实，有主观上的真实，有客观上的真实。我所见如此，所闻如此，并未存心弄虚作假，这样的真实并不如想象中困难。在我之外，别人也有别人主观上的真实，他的真实和我的真实不同，无妨。世相本来就复杂，而每个人经验范围很小。也许这种主观上的真实，正是客观真实的一部分，也许客观的真实就是无数主观真实的总和。

文从胡说起

　　三家村学究教作文，告诉学子"文从胡说起"，没几个人听得懂。若是改成"作文从胡思乱想开始"，效果会好很多。文章写不出来，好比钱用完了，闹穷，胡思乱想好比四处奔走，见了熟人就借钱，救穷。

　　今天胡思乱想的成绩如下：

　　蓝天是母亲的眼睛，乌云来了是眨一下眼，而游子是西沉的太阳，从她的眼底流失。暗夜，是母亲永远休息了；星月，是她不能瞑目。

　　有圣诞红还有圣诞白，怎么解释？劫波过后，圣母的血泪总要流尽？种花人多事，大丛圣诞白下面开一小片圣诞红，亭亭一片苍白如何掩饰那永恒的吞声？

　　丘吉尔说：酒馆关门时，我就走。我说：酒馆快要关门，我不进去了。他问：酒馆在哪里？如果根本没有酒店，如果这个世界并非一家酒馆，我们都落空。

　　勿人云亦云，笑藤萝抱大树的粗腿。藤若独立，只能在地上爬行，任牛羊践踏。藤萝有权选择自己的生活方式。所以，祝福他有棵大树。

别一直背诵"成则为王，败则为寇"。记住：有一种人成则为王，败则为圣。还有一种人成则为寇。成语多半以偏概全，我一面使用成语一面怀疑。

我听见一位败军之将说：爱民如子有何用，真儿子又有几个孝顺？传闻他在指挥大军作战的时候说：我们不是什么仁义之师。小说家怎能忽略这样的人物！

东坡对他的弟弟说："但愿人长久，千里共婵娟。"我对我的朋友说："但愿人长久，万里共文学。"有一个人不得了，他说："但愿人长久，百年共兴亡。"一兴一亡，人口大量减少，你我难得剩下。

问路者：Bird Pl. 在哪里？回答：我不懂英文。问路者开骂：你是白痴！民权分子说：这是种族歧视。社会工作者说：这人有精神病。法师说：大热天，这人找路找急了，骂你一句，出口气，没中暑。你救了他！教育家拍他的肩膀：还不快进英语补习班？免费的哟！贤内助的意见：闲着没事，少在马路旁边站着发呆！

推敲，推门还是敲门？其实还有很多选项：叩门，登门，踢门，临门，……月下门，夜静，分别在声音。叩门即敲门，轻敲，慢敲，恭敬敲，谨慎敲，声响不同。踢门即敲门，还有擂门，捶门，你得有音乐家的耳朵。大雪纷飞，诗人居然"听雪"。联想到吃雪，饮雪，味觉；吻雪，触觉；还有踏雪，触觉兼听觉；最普通的是看雪，视觉——撒盐或飘絮，或天使的羽毛零落。诗人，画家，美食家，恋物狂，苦行僧，各有领受。

坐在屋子里，望着肮脏的院子，幸而窗帘是美丽的，可也是单薄的。赖窗帘屏障，休养生息，等待整洁的欲望慢慢上升。有一天掀起窗帘，改造院子。

你可以踩着我的肩膀上去，但是勿穿钉鞋。你可以从我的荷包里取走币值，但是勿留下伪钞。你可以盗窃我的歌声，但是勿吞咽字句。你可以占据我的床位，但是不要死在上面。

好了，到此喊停，数一数，还真不少。这些话，不知哪句会发酵，不知哪句变成化石，不知哪句蒸发失去踪影。所谓发酵，你的胡说还有扩大、延长、添加的余地，一句可以变十句百句。化石，就这样留下。蒸发，淘汰了，不待腐朽。

再细看，虽说胡思乱想，还是有局限，出不了自己意识，还要更大胆，更放得开。看人家"鬼灯如漆点松花，恨血千年土中碧"，"羲和敲日玻璃声"，"呼龙耕烟种瑶草"……人家那才叫"胡说"。

病中只读自家诗

　　袁子才说"病中只读自家诗"，颇见性情，亦可人意，可是未能成为名句。

　　依我的体验，人在病中意志薄弱，你想安慰他很难，"自家诗"可以使病中人觉得如同小时候感冒了，母亲温软的手掌覆在前额上，满足，安全，陶陶然自我欣赏，病榻上的时间过得飞快。新闻报道说，有个机构发表研究结果，人在数钱的时候可以减轻痛苦。病中读自家诗的效果大概和数钱近似，除了读诗，小品文也可以，如果读长篇小说，那就另是一番滋味，那不是数钱，而是算账，病中不宜。

　　最近常常感冒，也就常常想起袁子才这句诗，也就常常翻出多年前写的一些短文来读。我在一九五六年引用美国小说家赛珍珠的说法，她指出看书的人越来越少，现在有很多玩意儿侵夺人们的时间和金钱，而且一般家庭中已没有地方放书，原来可以放书的地方，现在要放汽车、音响、电视，以及"像棺材一样的冰箱"。由最后一句话，你可以体会这位老太太的焦虑。

　　我已忘记在四十多年以前就有这样的现象和论调

出现，四十多年以来，有过一波又一波的淘汰论，广播将淘汰报纸，报纸将淘汰图书，电影将淘汰小说，电视将淘汰广播……结果网络将淘汰一切。无常的年代，好像每天睁眼一看都是夕阳西下，四十多年过去了，一切安然俱在，但危机感仍在增长，我简直不知道每天在做什么。

我在四十多年以前写的那篇短文，并未收入任何文集，我当年从报纸上剪下来夹在一本书中，幸存至今。文中引《道山清话》一则故事：有个读书人，穷得没饭吃，拿了家中仅有的一件古董入城求售，换钱买米。途中在一棵大树下休息，遇见另一个读书人，那人也穷得没米下锅，进城去卖家中仅有的一套善本书。两人在树下谈得很投机，两个人都非常喜欢对方的东西，彼此一商量，交换过来。那个本来想卖古董的人欢欢喜喜拿着善本书回家，他的太太看了，大吼一声："他的这件东西你拿来能当饭吃吗？"此人始而愕然，继而恍然，"我的那件东西他拿去也不能当饭吃啊！"言下之意，他这一笔交易并未吃亏。

联想到英国的一位散文家一度十分穷苦，他去买面包充饥，"不幸"看见德国诗人海涅的一本诗集，很想买下来，可是他的钱只够买其中之一，他想了又想，结果是拿着诗集空着肚子回家。当年无论中外还真有爱书成癖成痴的人，今天还有那样的人吗？有人也许要反问一句：今天还有值得你在面包和阅读之间挣扎的书吗？如果当下好书太少，甚或没有，或者好书埋葬在字纸堆底下不见天日，买书读书就成了眼界较低的人，也就无怪有人登台宣称他已十年没摸过书本，引以为傲，而台下报之以热烈的掌声了。

现在常常有人出来奖励读书，怎么读书还要奖励？想当年我们见了书如饥似渴，想望作者如慕父母少艾，现在书要靠摸彩摸到飞机票，或者要校长上台扮成天鹅才有人读，听来未免有些凄惨。这些作者一旦生病，看自己的书只有自思自叹，加重病情，"病中只读自家诗"也得有那个资格！袁子才一方诗宗，粉丝不计其数，自家诗才可以入药，当安慰剂镇静剂使用。这句诗代表性不高，它未能成为名句，也就无怪其然了。

秘密知多少

闲读中国历史得一印象，有关保密的故事极多，叛变和出卖的行为也不少，这两者有没有关联？算不算中国历史的一项特色？有没有人拿来和西洋史做一比较？我是"书到用时方恨少"。

学问小，谈小事。中国唐末进入"五代十国"，那时南吴由残暴多疑的徐温当权，徐温的养子徐知诰很想有一番作为，常和谋士宋齐邱密商大计，为了防人窃听，他们在湖心亭对谈，亭子没有墙壁，亭外四面一片汪洋，"间谍"根本无法接近。到了冬天，他俩在大厅里围着一个很大的火盆，撤除所有的屏风，两人用铁筋在炉灰上写字，写完了立即压平。

由此联想到几个故事。早年有人把密件用毛笔写在纸上，墨汁渗透纸背，在下面的纸上留下墨迹，坏了大事。早年流行用蘸水钢笔写字，再用吸墨纸把笔画上的墨水吸干，字迹留在吸墨纸上，泄漏了机密。后来原子笔（圆珠笔）出现了，这是硬笔，一笔一画压伤了下面纸张的组织，有本事的人用仪器观察那些伤痕，也会有重要收获。

常言道"凡走过的必留下痕迹"，现代人用计算机，留下的就更多了。计算机保密最难，有本领的人可以进来盗取资料，我们自己写上去的文件永远不会消失，你虽然把它销掉，实际上它是"掉"进一个我们不知道的地方，有本领的人仍然可以把它取回。"李文和"案发生后，我们从新闻报道得知，他在计算机打一个字，涂掉了，打上另外一个字，整个过程都有记录可以查考。

目前台湾政争激烈，有一种战术武器叫"爆料"，暴露对方的隐秘行为，使之发生爆炸性的效果。要防爆料，须先保密，专家说电邮、电话、电传（fax）都不安全，只有面对面口述可靠。有些数据内容复杂，并非口传可尽，他们用计算机把文件打出来，但是并不储存，打印之后，使它流失，这样就真正无影无踪了。

"君不密则失臣，臣不密则失身"，这话出自《易经》，可谓大有来历。但是"臣"参与了"君"的最高机密也可能送命，例如燕太子丹和田光见面，商量谋刺秦王，田光推荐荆轲，太子丹对田光叮嘱了一句：此事关系全国安危，务请先生严守秘密！田光说"是"！他竟然自杀了。何苦如此呢？仔细想想也有必要，太子丹有这么一句叮嘱，使田光觉得自己并未受到绝对信任，这件密谋的运作还要有好几个人参与，谁能保证其中没有敌人的间谍？谁能保证其中没有人酒后失言？何况秦国的谋士也可能料敌机先，万一敌方先发制人，田光跳到黄河也洗不清，所以他要用自杀保证秘密绝对不是由他外泄的。

咳，参与机密并非幸事，最佳状况是无密一身轻。如果朋友说"我告诉你一个秘密"，你最好立刻说："既然是秘密，你不要告诉我！"

我们今天在世为人，有一大堆"机密"要保守，不密则失财。上网、发电邮、开保险箱、装防盗警报器、使用银行提款机，甚至进大楼里的公共厕所，都有一个密码，谁有那么好的记性个个记得住？有些老年人把所有的密码写下来贴在墙上，自己方便，小偷来了也方便。

有人指点，如果把密码倒过来写（例如说把 8241 写成 1428），这个号码就对别人没有意义，此法好像出于达·芬奇的"镜书"，镜子里的影像都是反过来的，后来由军中使用，再传到民间，毕竟不是尽人皆知，也许能一时瞒过扒手。

咳，人间有多少秘密，又有多少方法保密破密，秘密成就了多少事，也害死多少人，古人要想摆脱秘密的压力，只要"三代不见官"就可以办到，今人却得跟现代文明告别，太难了！

从美感到美化

轮到我谈美化人生，这个题目对我难度很高。

文艺作家常常把人生和自然合在一起说出来，以我的感觉，人生不美，大自然美，常常出国旅行的人都有类似的经验，某些地方自然风景很美，人间就是天上，你去了只能看风景，你如果跟人接触，天上立刻变成人间。山水美，人生丑陋，形成极大的反差。

自然美，人生丑，从古到今有很多人这样说。中国有所谓隐士，他讨厌人类社会，如果能住在乡下，他不住在城里，乡下比城里人口少；如果能住在山上，他不住在乡村，山上比乡村人口更少。有一位隐士号称梅妻鹤子，他连太太孩子都没有兴趣，他宁愿要动物花草做他的家属。

我常想，对于爱好文学的人，自然和人生这笔账算不清。自然也是人生：山是眉黛聚，水是眼波横，云想衣裳花想容，我见青山多妩媚。诗人看山，看见饱经风霜的老人，诗人看云，看见漂泊不定的游子，诗人看水，看见后浪推前浪，看见人的世代交替。"天地者万物之逆旅，光阴者百代之过客。"天地之间都是人间。

对于爱好文学的人来说，人生也是自然：天行健，君子以自强不息，逝者如斯夫不舍昼夜，阿里山的姑娘美如水，阿里山的男子壮如山。生老病死也不过是春夏秋冬，成功失败也不过是花开花谢。古人创立了一个名词叫作"大化"，大自然是一种无边无际的变化，无尽无休的变化，没有任何力量可以控制它的变化，人的一生是大化的一个小部分。

为什么隐士们看自然是美的、看人生是丑的呢？因为他对大自然没有意见，他对人生有意见，美感和意见是对立的。一个人，他在政府里做官的时候，他时时提意见，处处有意见，他的意见和别人的意见碰撞。这个人一旦辞职不干，跑到山水之间，盖两间茅屋，他对山水不会有意见，他不会问这座山为什么是尖的，他不会反对水从山上流下去、硬要主张水从山下流上来。如此这般，他的压力完全解除了，压力不能产生美感。

大自然很美，但是台风飓风就不美，我们对台风飓风有很大的意见。张爱玲曾经说她不喜欢海，因为地球上的水太多了，她对海有意见。我到现在不能真正欣赏名山，中国有过八年抗战，"抗战靠山"，我在山区里生活了很久，由这座山到那座山，爬来爬去非常痛苦，山是我灵魂上的一个烙印，我有意见。

人生的丑可以转化为艺术的美，这门功课我始终没有修好。我知道如果把人生看成自然，把自然看成人生，美感就生出来。《论语》二十篇，其中有一章孔子让弟子谈谈各人的志愿，有一个弟子叫曾点，他的一段话很有美感，那一段记述也是极好的小品文，原典是文言，有人把它翻成白话，还押了韵：

点啊点啊你干啥？俺在这里弹琵琶，嘣的一声忙站起，咱可不与他仨比。比不比，各人说的各人的理。三月里，三月三，每人换件白布衫，也有大，也有小，跳到河里洗个澡，洗洗澡，乘乘凉，回头唱个山坡羊。夫子听了哈哈嘻，满屋子学生不如你！

孔门弟子言志，有人要做外交家，有人要做慷慨好客的大丈夫，他们都没有给我们美感，他们都有意见，有功利观念，都想改变现状。惟有这位曾点先生他很自然，他把自己纳入了大化，孔夫子忽然受了他的影响，老夫子把"知其不可而为之"放下了，我们几乎看到老夫子悠然神往的样子，他对曾点说："唉，我也穿着白布衫跟你在一起啊！"在那一刹那，孔夫子走进了美，你可以说曾点先生就是在那里美化人生。

这时候，我们说美化人生，大概就是少一些人为，多一些自然，亲近自然，或者模仿自然。路旁多种几棵树，公园里多种一些花，客厅里挂画，院子里铺草，爱惜动物植物，不要随便杀树。通常我们说美化环境，美化环境也就美化了人生。本事大的人更去野餐、露营、划船、登山，叫人好不羡慕。加拿大有一家报纸，调查华人的生活习惯，提出一份报告，它说华人的生活有十大特征，有一项是华人喜欢把他院子里的树杀掉；还有一项，华人喜欢把草坪铲掉铺上水泥。好像咱们更爱现代文明。

有一门学问叫美学，我对它肃然起敬，一碰不敢碰，他们的经典著作要多难懂有多难懂，他们的说法也不一致。也许美不美是个态度问题，是美是丑，很大的程度上由你的态度决定。比方说从前办酒席，满桌鸡鸭鱼肉，最好的厨子掌勺，色香味一等一，我们认为很美，可是现在提倡素食的人就认为不美，再好的厨子，再高的手艺，脂肪还是脂肪，胆固醇还是胆固醇。如果学佛的人看见这桌菜，他也许觉得很恐怖，这是杀生造业啊！

再举一个例子，以前白人认为黑人的模样不美，黑人也承认自己不美，穿白色的衣服，用白色的油漆漆房子，他只是不许你说他丑，这是歧视，他可以告状。后来黑人的领袖说这不行，我们要建立黑人的美学，黑就是美，黑人长的那个模样也是美，你不但不可以认为我丑，你还得认为我美。他们可以说成功了，黑人从此有自尊心，我们也觉得看他们很顺眼、很耐看，我们坐地下铁车厢里，增加了很多顺眼的人，当然是一件好事。

我刚才说我认为人生很丑，也许我的态度有问题，如果人生可以美化，我们也许要首先检讨态度，也许丑没有那么多，大家把许多事情丑化了。这种习惯，这种风气，很久以前已经出现。多年以前，一个世界上有名的芭蕾舞团到台北公演，团员都已经是有名的艺术家，可是他们仍然每天上午练舞，下午休息，晚上登台。那时候严家淦礼贤下士，约他们全体团员到"总统府"喝茶，他们说实在抽不出时间来，天天晚上公演不能停，天天上午练舞他们也不肯停。消息传出来，居然这里那里都有人说，这些跳芭蕾的人真可怜。他们敬业，他们忠于艺术，他们不慕虚荣，怎么能算是可怜？

每年感恩节，美国总统照例赦免一只火鸡，送它到农场养老，我们如何看待这件事情？一个美国人，每年平均吃掉十八磅火鸡肉，每年感恩节，全美国要杀死一千万只火鸡，公开表演赦免其中一只，表示慈悲，岂不是虚伪？换一个态度看，人必须吃肉也是不得已，仅仅赦免一只火鸡当然不够，人活在世界上，非仅无法赦免全部火鸡，也不能赦免所有的牛羊犬豚，苍蝇蚊子。赦免一只火鸡等于提出一个问题，什么时候人类能够不再为了维持自己的生命而侵害其他生物呢？这一念很重要，有此一念，人心会柔软一些，没有这一念，人心会更坚硬一些，柔软当然比坚硬好。

这时候，我们说美化人生，那又多了一个意义，那不只是美化环境，既然把美化提高到人生的层次，也就有了更多的要求，我们希望人生圆满完善，光明洁净，没有卑鄙龌龊。我们希望对人生也能没有意见，它的一切都是好的。这时候，美和善的关系很亲密，我们说到丑的时候，常常用丑恶，这时候，我们把丑和善对立起来，善和美通分了。我们在审美的要求之外，又有道德的要求。

有时候，善或恶也在乎你怎样解释它。美国的资本家拼命赚钱，拼命省钱，又拼命地捐钱，一笔一笔善款捐给慈善事业救苦救难，捐给教育基金会培植人才，捐给教会寺院提高人的心灵，这当然是好事。可是也有另一种解释，资本家捐钱沽名钓誉，也为了少交一些所得税。即使如此，那又怎么样？难道不捐钱才是对的？看一看另外某一些国家，也有一些人发了大财，他们不捐钱，他们用不着省税，他们自有办法逃税漏税，他们也不沽名钓誉，他们到赌场去豪赌，一夜输掉一百万两百万美金，绝对不让外人知道，难道这种人会使社会更好？

现在有一个名词叫解释权，有解释权的人很奇怪，他在人间专找兽性。孔雀开屏他专看孔雀的屁股眼，不管什么事情，经他一解释都很丑，而他解释得兴高采烈，津津有味。他解释人以前的行为，也就指导了人以后的行为，这就污染了社会人心，人生就越来越丑，人越来越不相信有美。

今天谈美化人生，我们就从说话做起吧，一言既出，可以与人为善，也可以与人为恶。一个人一天可能要讲几百句话，一个月要讲几万句话，一年要讲十几万句，人生多少美、多少丑都是你我讲成的，它甚至能左右人心，改变世界。《创世记》说上帝用"话"造世界，我看不懂，现在懂了。你我自己的小世界，在很大的程度上也是用"话"营造的，你吐什么丝，就得什么样的茧。各位要抓紧自己的解释权，不要轻易随声附和。

快乐？哪一种快乐？

有人列举世上最快乐的人：刚刚完成作品的艺术家，为婴儿洗澡的母亲，挽救了患者生命的医生，正在用泥巴修筑城堡的儿童。

联想到中国的四喜诗："久旱逢甘雨，他乡遇故知，洞房花烛夜，金榜题名时。"这是古人列举的四种最快乐的人，把两种答案比较一下，你会想到什么？好像后者比较偏重现实功利，即使他乡遇故知，恐怕也因为来到人生地不熟的地方有个照应吧。咱们前贤有谁把母亲为婴儿洗澡、儿童用泥巴修筑城堡列为人生至乐？母亲的快乐，恐怕要等到儿女扬名声显。儿童用泥巴修筑城堡，后果大概是大人的呵责吧。

再想下去，不会忘记金圣叹的三十三条"不亦快哉"，他的快乐包括当和尚偷吃肉，不喜欢的人死了，烧掉借款的契约不必还债，看人放风筝断了线。这人的趣味未免太"低级"了吧？如果说这是文人狂士的个人癖好，倒也罢了，怎么成为后世文人快乐的原型？文豪梁实秋，国师也，他也把如下云云列为"不亦快哉"：早晨遛狗，狗的便溺遗留在别人门前。夜晚坐汽车回家，走近巷口，司机及早按喇叭叫人开门，

201

四邻八舍全都惊醒。穿睡衣上街。边走边吃甘蔗，随地吐渣……（梁先生不遛狗，也不会在大街上吃甘蔗，他的这些"快哉"也许是游戏笔墨，存心讽劝世人，可是没人这样解读。）

这么说，我们今天的"不亦快哉"，大概是一阵秋风把庭院中的落叶吹到邻家；挂上公用电话的话筒，忽然哗啦哗啦，"退币口"出现一把硬币；邮差把别人的信错送到我家，打开一看，里面有两张名贵的入场券；寄宿岳家，昏暗中在庭院漫步，见娇妻迎面来，急拥而吻之，对方亦甚合作，忽然惊觉怀中抱的是小姨；匿名上网，痛骂自己讨厌的名人，辱及三代……

移民在外，有些人得了忧郁症，专家好心劝告平时要找快乐。一般人认为要快乐就得有钱，专家说错了，要放任性情，做"与众不同的自己"，不为他人而活。金圣叹的"不亦快哉"出乎性情，可是因此我们就得奉为经典，代代繁衍？我们学他，就可做"与众不同的自己"？"性情"也有品牌，我们难道不能评比分别？挽救了患者生命的医生，看人放风筝断了线的金圣叹，一笔写不出两个快乐，因此我们不能加以抑扬？

说到性情，我们家乡的老农流行一种说法，人生有四大乐事：坐大车，走沙地，穿旧鞋，放响屁。"大车"就是牛车，人可以躺在上面。那时人人穿手工做的布鞋，新鞋又硬又窄，挤得脚痛，富家子弟都是把新鞋交给听差跟班先穿两个月，他再穿就柔软舒适了，你看这里面有性情。城里某些居民的性情不同，他们认为人生乐事乃是：其一，赌博赢钱；其二，与美女同居，她负责生活费用；其三，做败家子挥霍万贯家产；其四，做官浪费公帑。这些也都出乎性情，所以你都给他 100 分？你若问我意见，我会直言，其中有些人的心地这样龌龊，他还是去得忧郁症吧。

永固法师在他的专栏里说，阿根廷的一位高尔夫选手赢得一笔奖金，他把钱送给一个素不相识的妇人，因为"她的孩子重病垂危，紧急需要一笔医药费来挽救"。几天以后，警察告诉那位选手上当了，那妇人是个骗子，根本还没有结婚。那选手的反应是："太好了！你是说根本没有一个重病将死的小孩？这是我这个星期听到的最好的消息。"看他如释重负的口气，简直可以用圣叹笔法形容"不亦快哉"！可是这一"快"和那一"快"，境界高下差得多么远！

　　我曾经有一个疑问：在历史的重大事件中，某人的一篇演说常能造成群众运动的高潮，决定历史发展的方向，今天我们读演说词，为什么总觉得那些文句并没有那么大的力量？后来知道，演说的魅力除了文句，还有声音表情和动作，尤其是声音"非语文的成分"，表现力超过语文，视觉的文献失去了那一部分，难免减色。

　　有这样一个故事：美国某地的一所学校里，历史老师在教室里讲到林肯在盖茨堡的演说，他念出其中的名句："Of the people, by the people, for the people." 重音都在第一个字。恰巧有一老兵经过听见了，他走进教室告诉教师念错了，他说林肯总统演说的时候，他是现场听众之一，总统是这样说的："Of the people, by the people, for the people." 三句话的重音全在最后一个字。这样两种读法表示两种治国的理念，可谓"差之毫厘，谬以千里"，这就是语言文字以外的部分。

　　林肯总统这三句话，孙中山先生译为"民治、民有、民享"，我想是符合林肯的原意。咱们中国人喜欢四个字的成语，以后这三句话就以"为民所治，为民所有，为民所享"的句式流行，也就出现了两种读法：有人把三个"为"字读成平声（与"围"同音），这样"民"是主体，有人把三个"为"字读成去声（与"味"同音），人民就很被动了，大人物的心态就在这些地方泄漏出来。

美国的盲聋作家海伦·凯勒曾经慨叹许多人没有好好使用他的眼睛，可有人惋惜我们未曾善用自己的耳朵？比较而言，大家对视觉还算认真，听名人演讲主要的收获是看到这个人如何如何，台下坐的大半是"观众"，即使听音乐，也得亲眼看见台上有个交响乐团才满足，此时若有电视转播，总得安排一些特写镜头，其实可有可无。阅读一篇文章的时候总会集中精神，听人讲话的时候往往有一句没一句，他是在听人讲话吗？他是在找机会插嘴讲话，一副猫等老鼠出洞的样子，你怎能希望他"会心"？

文盲众多、印刷术未发明的时代，在文化传播和人际沟通中，耳朵是第一顺位的器官，许多典籍都是口耳相传的文件，为人持诵，"有耳可听的就当听"。也有人慨叹，许多人没有好好使用自己的文字，可有人惋惜我们未曾善用自己的语言？有人说中文没落，可有人指出中国话更没落？

敌人比朋友更难得

图书馆专家王岫先生退休后，犹常常著文介绍出版界的新知，热心可感。最近他谈到美国作家艾瑞克·拉森（Erik Larson）提出"作家生活十个不可或缺的基本要素"，引发我一撰写此文的动机。

这位美国畅销作家所说的要素，有些很容易具备，例如早上起来喝一杯好咖啡，"一早一杯好咖啡，犹如一把能启动你写作车子的钥匙"。有一条删去也罢，例如一定吃某个品牌的饼干。有几条很难，尤其是第九条"至少要有一个值得信赖的朋友或亲人，做你草稿的第一个读者，当你文稿的评论者，又能公正、恰当地指出你作品中的缺失"。他的第一个读者是他的太太，哈！如果她不是尊夫人，她肯"公正、恰当地指出你作品中的缺失"吗！

这一条难在哪里？第一，写作的人总以为自己的文章很完善了，以前文章在平面印刷的媒体发表，有个"守门人"需要对付，迫使作者投稿之前揣摩设计，退稿之后反省检讨，计算机时代上网如入无人之境，没有任何栏栅需要越过，天远地阔任我行，一句"得失寸心知"，其中多少自足、自满、自珍、自慰、自傲、自信，别人的唠叨免了罢。

第二，为他人出谋定计，必须那人有条件有能力做到。从前忠臣进言常遭皇帝罢黜，原因之一是他要求有一个圣主贤君，开的条件太高，使皇帝产生自卑感，恼羞成怒。做作家的第一个读者，文学史上有所谓一字师，你只建议他改一个字，容易实行，所以受到他的欢迎，今天充其量你也只能找到"一字师"而已。所谓一字师，仅限于技术支持，小处着手，至于立意、选材、布局、结构，他已筑好碉堡，更遑论风格境界了。

第三，最重要最耐人寻味的是，一个人如果有了成就，他明知你说得对，他听了也很烦，他明知自己错了，也希望有人称赞。当你规劝一个人的时候，你是俯视，他有压力，如果阿谀，你是仰视，他有优越感，这个优越感比文学艺术的美感重要一百倍。皇帝当然知道他天年有限，但是他鼓励臣民喊万寿无疆，在这里，"万"并非岁月数字，而是代表自己最高的权位，最大的尊荣，代表别人无限的仰望与期待，到了太子就只能称"千岁"了！

来，我们一同学习这"人性"的一课。面对一个有成就的人，你对他的肯定越夸张他越喜欢，你的称赞离事实越远他越相信，你虚伪，但是他期待。他冲量了自己也衡量了你，深深觉得他强你弱，他巧你拙，他有你无，你现在对他有所求，或者以备将来不时之需，"阿谀"证明了这一切，经商要发了财，做官要掌了权，才尝到成就的滋味，而写作这一行不然，只要白纸落满黑字，他就有成就感！

我们厌闻忠言，犹如在打麻将的时候不愿听到电话铃声，煞风景，乱人意，败清兴，天下最不识相之人来做此不识相之事，你本来想救一个朋友，反而由此失去一个朋友。这番话并非只褒贬别人，我自己也包括在内。结果我们每个人都被朋友包围了，蒙蔽了，充满善意地陷害了！所幸天无绝人之路，密室之中尚有一条通风管，有成就的人必有敌人，惟有敌人口吐真言，文人相轻，"各以所长，轻其所短"，你正好趁机会以人之长，补我之短。我们惟一的导师，惟一受造就的机会，就在敌人，所以基督说"爱你的仇敌"。

并不是每一个口出恶声的都是敌人，抹黑、丑化，只是妄人，造谣、谩骂，只是小人。"敌"者，相等也，相称也，相上下也，相生克也，他得有一定的水平，配得上你。人生在世，不但选择朋友，也选择敌人，朋友难得，敌人也许更难得，"相敬如宾"之外也许可以增加一句成语，"相配如敌"。

再看艾瑞克·拉森这句话："要有一个值得信赖的朋友或亲人，做你文稿的评论者。"也许可以修改一下："要有一个值得敬重的敌人……"

"在亚当的时代，天堂是家；在我们的时代，家是天堂。"

人的第一个"家"是母腹，宗教家说人的前世经验可以带到今生，教育家说人在母腹里的经验支配长大后的行为，人在这个"大后方"接受最初的装备。

人在母腹里的姿势最舒适，环境最安全，全身被打击的面积最小，重要的器官都保护起来。痛苦时我们采取这个姿势，睡眠时我们采取这个姿势，罗丹雕刻的"沉思者"也近乎这个姿势。

人类的第一个"家"是女性建立的。

然后我们需要第二个家，于是有父母的爱和勇气包围在我们四周，他们的胸脯最温暖，臂膀里最安全。家是母腹放大，家是天堂的派出所，所以说"上帝不能亲自照顾每一个人，所以创造了母亲"。或者可以加添几个字，他也创造了父亲，父母各自代表上帝的这一面和另一面。

照小篆的写法，"家"字屋顶下面还有墙，像舞台拆去"第四面墙"那样，露出里面的"豕"，于是巴金借小说人物之口说，"家"是屋顶下面一窝猪！这句话很锋利，成为名言，影响极大，基督教会颇受压力，只得为"天家"另造一字，宝盖下面一个"佳"字。学者认为"豕"字代表家畜，代表居有定所，代表由畜牧进入农业。女子饲养家畜，代表这时有了婚姻制度。这第二个家也靠女性建立。

今天户籍上的"家"指结婚生子，否则只算"共同生活户"，一门出入。我们说家家户户，两者大同而小异。这个生儿养女的家也是女性建立起来，婴儿的哭声是沙漠驼铃，丢在客厅地毯上的玩具是人类的新石器时代，儿女是自己的回顾，青春期、反抗期，都有你已丧失的优点，也重复你犯过的错误。儿女是祖先再生，高帝子孙尽龙准，祖父曾祖父的腔调身段都可复制，贾母是老祖宗，宝玉是"小祖宗"，如此这般也许可以解释中国人人为何偏爱亲生。

房屋公司的销售标语说："家是人生最大的投资"，标语旁边画着一栋房子。这句话和巴金相反，但同样出自广告天才之手。"男子生而愿为之有室，女子生而愿为之有家"，有人说中国人喜欢造墙，真的吗？怎么欧洲也有城堡，印第安人也有wall st.？美国也用小洋房代表"美国梦"。阿姆斯特朗在月球上说"回家真好"。他们不是爱墙，他们爱那子宫的样式。

最后，我们会有第四个家，宇宙，蛋白包着蛋黄，子宫的样式，天家。"必有童女，怀孕生子"，道成肉身，完成人的救赎，这第四个家也是女性建立的。

依宗教家的说法，我们都是旅行的人，人生如寄，古人有"寄寄园"，庭园暂时寄放在我的名下，"我"又暂时被寄放在世上。终有一天乘风归去，琼楼玉宇，别是一番温暖。

"回家真好"，回到第四个家更好，我们的家又是天堂，亚当失去的，我们又得到了。人必须四个家都有，这一代中国人的悲剧是国太多、家太少。天国、天堂、天家，国太严重，堂太空洞，最好是天家。

方孝孺与隆美尔

方孝孺是明朝的大臣，隆美尔是纳粹德国的名将，这两个人怎么能合在一起做文章？实不相瞒，最近因教学需要，仔细温读了方孝孺的"深虑论"，忽然灵感一现，两个互不相干的人物竟然产生了组合。

"深虑论"的大意是说，自周秦以来，每一朝代都为如何确保帝位费尽心机，他们都在"人事"的层面上周密设计，可是他们的考虑都很肤浅，徒然"拆东墙，补西墙"，还是给亡国之祸留下很大的空隙。方孝孺引证广博，很有说服力。

方孝孺提出的"深虑"，就是人事和天理结合，至于怎样结合，他没有多说，这篇小文章要说的是，方先生虽然文章做得好，他却是一个未能深虑远谋的人。

明朝由朱元璋建立政权，是为太祖；死后传位给皇孙允炆，是为惠帝；惠帝削减藩王的权力，燕王举兵造反，占领南京，夺取政权，是为成祖，史称"靖难之变"。成祖即位，逼方孝孺写诏书昭告天下，方孝孺坚决拒绝，君臣之间有一段震古烁今的对话，成祖问："你不怕灭九族吗？"方孝孺回答："即使灭十族又奈我何？""好，那就灭你十族，高曾祖，父而身，身而子，子而孙，自子孙，至元曾……"再加上门人弟子凑数，一共杀了八百多人，流放了"数千人"。成祖死后，仁宗赦免方家残余幸存的后代，对流放的人也重新安置，这时候"数千人"只剩下一千多人了！

成祖残暴不仁，当然是千古定论，现在要谈的是方孝孺的"远虑"。削藩政策的得失，讨伐燕王战事的胜负，来不及讨论了，且说燕王攻破南京之时，方孝孺如有远虑，他应该料到燕王一定逼他做什么，如果他拒绝，他也应该早已料到燕王必然做什么。他这时最好自杀，即使"一门忠烈"，使妻子儿女免受暴君的羞辱，亦无不可。为何还要等到"篡贼"召见，再有那一场精彩的表演？为何要等燕王杀他，而且株连那么多爱他、追随他、完全无辜的人？

这时候，我想到第二次世界大战时期希特勒怎样统治德国，德国的一部分将领为了挽救国运，密谋除掉希特勒，可是他们失败了！名将隆美尔牵连在内。希特勒展开清洗屠杀，他给隆美尔两个选项：军法审判或服毒自杀。如果审判定罪，他的家人、同事、部下，大半都有悲惨的结局，如果自杀，官方的消息是"脑溢血身亡"，其他一切后果都不会发生。

隆美尔何等了得！他立刻选择了自杀。他毕生统军作战，官至陆军元帅，多少将校随他出生入死，"他的手指到哪里，我们打到哪里"。这些人是他的忠诚的伙伴，勋业的基石，德意志民族的精英，他一定得顾惜、保全这些人。军事法庭上的侃侃而谈，慨慨悲壮，可以给后世留下更崇高的英雄形象，他放弃了！这才是成"仁"，这才是取"义"，这才是深谋远虑！

虽然方孝孺和隆美尔考场不同，试卷有异，但两人的"挑战与响应"可以相提并论。面对挑战，隆美尔的响应，可议之处较少，方孝孺的回应，可议之处较多。论事者只说"不该有那样的明成祖、希特勒"，也要讨论面对明成祖希特勒时你该怎么办。由此延伸，我甚至想到孙立人。孙将军激烈反对政工制度，他也许是对的，但是"多算胜，少算不胜，况无算乎?"他也未设想自己的忠诚度和部下的生死祸福有因果关系，他本人幽囚至死，诚然可痛可惜，他的嫡系部属因此遭受无情的整肃，又岂是只骂骂蒋介石就可以结案?

眷村和眷村文化

　　当年在大陆，我不记得有什么眷村。军人的眷属住在民家的空屋里，甚或要求房主"挤一挤"，腾出地方来。部队调动的时候，先头部队提前一步到达，村长陪着他挨家挨户看房子，谁家的房子适合谁来住，他用粉笔写在大门上，称为"号房子"，在这里，"号"是动词，意思接近"预定，登记"。

　　那时军眷多半很穷，房租"当然"免谈，军民两家合用一个厨房，难免"偶然"烧人家的柴煮饭，用人家油盐炒菜。孩子不懂事，有时候跟房主的孩子打起来，军眷难免"护犊子"。有时候军官打太太，或者太太骂丈夫，"贫贱夫妻"的无奈，老百姓一一看在眼里。那时军民关系很坏，混合居住是一大原因。

　　了解这些历史背景之后，就能理解台湾为什么会有眷村。国民政府大败之后，痛定思痛，痛改前非，实行了许多"严于律己"的措施，其中一项就是军人的眷属尽量集中居住，要和民家保持距离。这时军眷更穷，必须防杜扰民的行为，也必须维护军人的形象。如果我是台湾本地人，我会欣赏这个措施。

　　眷村初创，十分简陋。破竹编墙，两面涂上泥巴，号称"竹骨水泥"，上面可能只有一层石棉瓦。空间狭小，最小的眷舍只有六坪（1坪=3.305785m²），难以计数的"媳妇"们，"国破家亡"之后，一家一家"圈"在围墙里面，茹苦含辛，相夫教子。

现在是个反思的时代，仔细一想，以前的事情好像什么都不对了。据说眷村形成封闭的小部落，妨碍眷属们融入台湾的本土社会。这话未免太"理想"了吧？"融合"照例伴着痛苦，当年无论本土外来，都没有足够的心理准备承受这种痛苦。现在有个名词叫"磨合"，回想当年人心敏感脆弱，怎么经得起"磨"？磨而后合，缓不济急，磨而不合，后患无穷。今天历述"前朝"的罪愆，被告的名单中没有军眷，这就是眷村的正面意义。

我得再说一次，当年大陆天翻地覆，她们家破人亡，千里奔波，她们是受了伤的野生动物。她们并未受过战斗训练，只是一般女子，却要和她们千锤百炼的丈夫一同担当"共业"。受伤的兽要找一个山洞舐伤，眷村是她们的洞。大劫大难之后，重新寻找人生的目标，身入眷村犹如闭关修行，她们不修今生修来世，孩子的成长就是她们的重生。她们奋不顾身顾孩子，砸锅卖铁交学费，眷村出来多少教授、将军、医生、律师、作家、良吏，甚至"名臣"，都是第一流人才。凡事总有意外，眷村也出流氓太保，连流氓太保也是第一流。

这是中国文化，这是中国的传统文化，正统文化。这是文化里面"君子固穷"、"穷则独善其身"、"困则聚而为渊"的那一部分。她们不能融入，她们的子女融入了，而且是社会的精英。这个"剥极必复"的定理，靠她们的"固执"而显现，从长远看，她们的"封闭"是对家庭的牺牲，也是对社会的奉献。在眷村之外，在农村里，在本土家庭里面，也有"放牛的孩子"做了特任官；在渔村里，也有老渔夫把六个孩子都培养成博士，他们的父母又何尝"融入"？那些太太们也都在"封闭"中做出奉献。这里那里，她们和中国历代贤母一脉相承，一念相通，她们都有共同的精神面貌，我看不出在文化上有多大区隔。

写在《关山夺路》出版以后

最近，我和作家朋友有一次对话：他说："咱们这么大年纪了，还写个什么劲呢？"我说："我们是干什么的，我们不是要为社会为读者写东西吗？"他说："现代人写回忆录时兴别人替你执笔啊。"我说："我是厨子，我请客当然亲手做菜。""你已写过很多了！""是的，我已经写过不少，可是我总是觉得不够好，总希望写出更好的来。""你现在写得够好吗？""我不知道，我听说'从地窖里拿出来的酒，最后拿出来的是最好的。'"

回忆录第一册《昨天的云》，写我的故乡、家庭和抗战初期的遭遇。第二册《怒目少年》，写抗战后期到大后方做流亡学生，那是对我很重要的锻炼。第三册《关山夺路》，写国共内战时期奔驰六千七百公里的坎坷。以后我还要写第四本，写我在台湾看到什么，学到什么，付出什么。我要用这四本书显示我那一代中国人的因果纠结，生死流转。

对日抗战时期，我曾经在日本军队的占领区生活，也在抗战的大后方生活。内战时期，我参加国军，看见国民党的巅峰状态，也看见共产党的全面胜利。我做过俘虏，进过解放区。抗战时期，我受国民党的战时教育，受专制思想的洗礼，后来到台湾，在时代潮流冲刷之下，我又在民主自由的思想里解构。经过大寒大热，大破大立。这些年，咱们中国一再分成两半，日本军一半，抗日军一半；国民党一半，共产党一半；专制思想一半，自由思想一半；传统一半，西化一半；农业社会一半，商业社会一半。由这一半到那一半，或者由那一半到这一半。有人只看见一半，我亲眼看见两半，我的经历很完整，我想上天把我留到现在，就是叫我做个见证。

今天拿出来的第三本回忆录《关山夺路》，写我经历的国共内战。这一段时间大环境变化多，挑战强，我也进入青年时代，领受的能力也大，感应特别特别丰富。初稿写了三十多万字，太厚了，删存二十四万字，仍然是三本之中篇幅最多的一本。

内战从哪一天开始算起，说法各不相同。内战有三个最重要的战役，其中"辽沈"和"平津"我在数难逃，最后南京不守，上海撤退，我也触及灵魂。战争给作家一种丰富，写作的材料像一座山坍下来，作家搬石头盖自己的房子，搬不完，用不完。内战、抗战永远有人写，一代一代写不完，也永远不嫌晚。

我们常说文学表现人生，我想，应该说文学表现精彩的人生，人生充满了枯燥、沉闷、单调，令人厌倦，不能做文学作品的素材。什么叫"精彩的人生"？

第一是"对照"。比方说国共内战有一段时间叫拉锯战，国军忽然来了，又走了。共军忽然走了，又来了，像走马灯。在拉锯的地区，一个村子有两个村长，一个村长应付国军，一个村长接待共军。一个小学有两套教材，国军来了用这一套，共军来了用那一套。一个乡公所办公室有两张照片，一张蒋先生，一张毛先生，国军来了挂这一张，共军来了挂那一张。有些乡镇拉锯拉得太快，拉得次数太频繁，乡长就做一个画框，正反两面两幅人像，一边毛先生，一边蒋先生，挂在办公室里，随时可以翻过来。这都是对照，都很精彩。

第二是"危机"。比方说，解放军攻天津的时候，我在天津，我是国军后勤单位的一个下级军官，我们十几个人住在一家大楼的地下室里。一九四九年一月十五日早晨，解放军攻进天津市，我们躺在地下室里，不敢乱说乱动，只听见咚咚咚一个手榴弹从阶梯上滚下来，我们躺在地板上睡成一排，我的位置最接近出口，手榴弹碰到我的大腿停住，我全身僵硬麻木，不能思想。我一手握住手榴弹，感觉手臂像烧透了的一根铁，通红，手榴弹有点软。叼天之幸，这颗手榴弹冷冷地停在那儿没有任何变化。那时共军用土法制造手榴弹，平均每四颗中有一颗哑火，我们有百分之二十五的机会，大概我们中间有个人福大命大，我们都沾了他的光。这就是危机，很精彩。如果手榴弹爆炸了，就不精彩了，如果没有这颗手榴弹，也不够精彩，叼天之幸，有手榴弹，没爆炸，精彩！

第三是"冲突"。比方说，平津战役结束，我在解放区穿国军军服，这身衣服跟环境冲突，当然处处不方便，今天想起来很精彩。后来由于一次精彩的遭遇，我又穿解放军的衣服进入国军的地盘，我的衣服又跟环境冲突，又发生了一些精彩的事情。冲突会产生精彩。

在《关山夺路》这本书里，对照、危机、冲突各自延长，互相纠缠，滚动前进。杨万里有一首诗"万山不许一溪奔"，结果是"堂堂溪水出前村"。我们家乡有句俗话："水要走路，山挡不住。"我还听到过一首歌："左边一座山，右边一座山，一条河流过两座山中间。左边碰壁弯一弯，右边碰壁弯一弯，不到黄河心不甘。"国共好比两座山，我好比一条小河，关山夺路，曲曲折折走出来，这就是精彩的人生。

由第二册回忆录到第三册，中间隔了十三年，这是因为：

国共内战的题材怎么写，这边有这边的口径，那边有那边的样板，我没有能力符合他们的标准，只能写我自己的生活、我自己的思想，我应该没有政治立场，没有阶级立场，没有得失恩怨的个人立场，入乎其中，出乎其外，居乎其上，一览众山小。而且我应该有我自己的语言，我不必第一千个用花比美女。我办不到，我不写。

我以前从未拿这一段遭遇写文章。当有权有位的人对文学充满了希望、对作家充满了期待的时候，我这本书没法写，直到他们对文学灰心了，把作家看透了，认为你成事固然不足，败事也不可能，他瞧不起你了，他让你自生自灭了，这时候文学才是你的，你才可以做一个真正的作家。

战争年代的经验太痛苦，我不愿意写成控诉、呐喊而已，控诉、呐喊、绝望、痛恨，不能发现人生的精彩。愤怒出诗人，但是诗人未必一定要出愤怒，他要把愤怒、伤心、悔恨蒸馏了，升华了，人生的精彩才呈现出来，生活原材才变成文学素材。我办不到我也不写。可敬可爱的同行们！请听我一句话：读者不是我们诉苦申冤的对象，读者不能为了我们做七侠五义，读者不是来替我们承受压力。拿读者当垃圾桶的时代过去了，拿读者当出气筒的时代过去了，拿读者当拉拉队的时代过去了，拿读者当弱势团体任意摆布的时代也过去了！读者不能只听见喊叫，他要听见唱歌；读者不能只看见血泪，他要看血泪化成的明珠，至少他得看见染成的杜鹃花。心胸大的人看见明珠，可以把程序反过来倒推回去，发现你的血泪；心胸小的人你就让他赏心悦目自得其乐。我以前做不到，所以一直不写，为了雕这块璞，我磨了十三年的刀。

多少人都写自传，因为人最关心他自己；可是大部分读者并不爱看别人的自传，因为读者最关心的也是他自己。所以这年代，人了解别人很困难。我写回忆录在这个矛盾中奋斗，我不是写自己，我没有那么重要，我是借自己的受想行识反映一代众生的存在。我希望读者能了解、能关心那个时代，那是中国人最重要的集体经验。所以我这四本书不叫自传，叫回忆录。有的年轻朋友很谦虚，他说他的父亲或者祖父那一代到底发生了什么事，他知道的太少，所以对父亲祖父的了解也很少，他读了这本书多知道一些事情，进一步了解老人家。他太可爱了！

国共内战造成中国五千年未有之变局。我希望读者由我认识这个变局。可能吗？我本来学习写小说，没有学会，小说家有一项专长："由有限中见无限"，他们的这一手我学到了几分。当初我在台湾学习写作的时候，英国历史学家汤因比的学说介绍到台湾，他说历史事件太多，历史方法处理不完，用科学方法处理；科学的方法仍然处理不完，那就由艺术家处理。他说艺术家的方法是使用"符号"。照他的说法，文学作品并不是小道，艺术作品也不是雕虫小技，我一直思考他说的话。

我发现，凡是"精彩"的事件都有"符号"的功能。"一粒沙见世界，一朵花见天国"，那粒沙是精彩的沙，那朵花是精彩的花。我本来不相信这句话，诗人帮助我，一位诗人颠覆庄子的话作了一首诗，他说："我把船藏在山洞里，把地球藏在船上。"还有一位诗人写"下午茶"，他说下午在茶里。牧师也帮助我："一粒麦子，落在地里死了，就结出许多子粒来。"法师也帮助我，他说："纳须弥于芥子。"四年内战，发生多少事情，每一天都可以写成一本书，每一个小时都可以写成一本书，我用符号来处理，我写成一本书。

中国人看国共内战，这里那里都有意见领袖，这本书那本书都有不同的说法。我写第一册回忆录《昨天的云》尽量避免议论，维持一个混沌未凿的少年。写第二本《怒目少年》，我忍不住了，我用几十年后的眼睛分析四十多年以前的世界。现在这本《关山夺路》，我又希望和以前两本不同，我的兴趣是叙述事实，由读者自己产生意见，如果读者们见仁见智，如果读者们横看成岭、侧看成峰，我也很高兴。

除了跟自己不同，我也希望跟别人不完全相同。有许多现象，别人没写下来，有许多看法，以前没人提示过，有些内容跟人家差不多，我有我的表达方式。我再表白一次，我不能说跟别人完全一样的话。我是基督徒，我曾经报告我的牧师，请他包容我，一个作家，他说话如果跟别人完全相同，这个作家就死了！做好作家和做好基督徒有矛盾，好基督徒要说跟牧师一样的话，说跟教友一样的话，作家不然，我的同行因此付出多少代价，大家衣带渐宽终不悔。今日何日，为什么还要勉强做学舌的鹦鹉？为名？为利？为情？为义？还是因为不争气？

我的可敬可爱的同行们！"自古文人少同心"，我说的话应该跟你不一样，你说的话也应该跟我不一样。东风吹，战鼓擂，今天世界上谁怕谁！一个人说话怎么总是跟别人不一样？这样的人很难做好教徒，能不能做好雇员？好朋友？好党员？可怜的作家！他只有一条路，就是做好作家，他是一个浮士德，把灵魂押给了文学。

文学艺术标榜真善美，各位大概还记得，有一首歌叫《真善美》，周璇唱过，咱们别因为它是流行歌曲就看轻了它，写歌词的人还真是个行家：

> 真善美。真善美，他们的代价是脑髓，是心血，是眼泪。……是疯狂，是沉醉，是憔悴。……多少因循，多少苦闷，多少徘徊，换几个真善美。多少牺牲，多少埋没，多少残毁，剩几个真善美。……真善美，欣赏的有谁，爱好的有谁，需要的有谁……

这首歌唱的简直就是一部艺术史！内战四年，千万颗人头落地，千万个家庭生离死别，海内海外也没产生几本真正的文学作品。我个人千思万想，千方百计，千辛万苦，千难万难，顾不了学业，顾不了爱情，顾不了成仁取义、礼义廉耻，看见多少疯狂，多少憔悴，多少牺牲，多少残毁。我有千言寓语，欲休还说。我是后死者，我是耶和华从炉灶里抽出来的一根柴，这根柴不能变成朽木，雕虫也好，雕龙也好。我总得雕出一个玩意儿来。……我也不知道欣赏的有谁，爱好的有谁，需要的有谁。一本书出版以后有它自己的命运，自己的因缘。

最后我说个比喻，明珠是在蚌的身体里头结成的，但是明珠并不是蚌的私人收藏，回忆录是我对今生今世的交代，是我对国家社会的回馈，我来了，我看见了，我也说出来了！

"南京大屠杀"，静听百家争鸣，想到这个重大的惨案至今有了三个面目。

第一，抗战文宣中的大屠杀。文宣的手段是诉诸爱国心和敌忾心，目的在激起报仇雪恨的义愤，情绪挂帅，立场至上。要知道那时日军在中国战场上到处任意杀害无辜，人人亲眼所见亲耳所闻，跟全部人命总数相比，南京一地其小焉者也，经验主义压倒证据主义，数字究竟多少并不重要，宣传效果百分之百成功。

第二，战争结束以后，出现了历史记述中的大屠杀。史家讲究史学方法，历史著述须符合专业标准，它的手段和目的另有不同，以致衍化出"南京大屠杀"和"南京屠杀"两个观念。某些日本人以此为借口，坚持没有南京大屠杀；请注意那个"大"字，至于"屠杀"，一般日本人的心目中还是存在的。

南京大屠杀究竟有多"大"？答案是三十四万人。南京屠杀又究竟有多"小"？据说根据现有的资料，大约三万多人。这九倍的差距怎么办？战后没有认真调查，而今去日苦多，已是一筹莫展。抗战八年，国民政府连自己的士兵战死了多少都没有准确的数字，何况老百姓！更何况敌人占领区的老百姓？

国民政府以南京大屠杀概括战争时期敌军的全面杀戮，又以局部证据概括南京的全部杀戮，多年反复争辩造成一种印象，好像日军只在南京一地杀人，而所杀的人数并不很多，这真是弄巧成拙！怎么办呢，有心人想到拍电影，这似乎是一个补救的办法，电影是艺术，艺术可以"局部代全体"，艺术能使人感同身受、不求甚解，历史沉睡电影醒，也许死结赖巧手而解。

电影拍出来了，可惜观众很少，新闻报道说，有些电影院临时辍演，因为没有人买票。如此这般产生第三个问题，电影里的南京大屠杀该是什么样子？电影讲求电影语言，电影美学，艺术境界，恐怕还得有回肠荡气的故事，视听之娱的穿插，仅仅标榜真材实料，那是历史观念，反复宣示"凡是爱国的中国人都应该去看"，那是文宣观念，电影艺术既有异于文宣也有别于历史。

一九九九年年底，美国《时代周刊》登出一篇文章，列举二十世纪的各项特征，其中一项竟是大屠杀流行！我想到当年有一种思潮，为了推动世界进步，一部分人（精英）有权消灭另一部分人（劣等分子），因此可以理直气壮残杀异己，何止一个日本军阀放手蛮干！时至今日，受害族群之中好像只有犹太人做出了成功的响应？

我们多少人好像还沉醉在抗战文宣的效果之中，使酒骂座，向电影观众要爱国心；多少人明知债主已销毁了贷款的凭证，却主张欠债的人自动归还，向日本政府要道德；多少人要求下一代争气、成器，将来以强制弱，讨回公道，向子孙要补偿。可有人讨论：对这个不加引号的南京大屠杀，我们如何向全人类的后代做有效的转述？如果我们仅有抗战文宣的思维，断简残编的史料，血淋淋的纪录片？

补足历史记述有待发现新的史料，要等奇迹。化全民记忆为艺术，创造经典之作，风靡当代，留传久远，要靠天才。我不祈求"河出图、洛出书"，只希望发现《安妮日记》、《扬州十日记》；我不寻找救世主、真龙天子，只希望知道谁是斯蒂芬·斯皮尔伯格（《辛德勒名单》导演）。历史不容你不信，电影不由你不看，如此这般大屠杀才会成为熔铸国魂的原料，才有向世界控诉的喉舌。

淘不尽的历史弯弯流

淘不尽的历史弯弯流，这个题目很巧妙，李又宁教授总是能想出很好的题目来。他要我谈谈自己在这个时代是怎么活过来的。历史往往是弯弯曲曲的，因为人心弯弯曲曲，历史的弯弯曲曲和人心的弯弯曲曲又互相影响，我们也就马不停蹄，脚不点地，一直到今天，才算站住了喘口气。今天谈这一段历史，你得把弯弯曲曲拉成直线，可就说来话长，淘不尽了！

依我的观念，"一九四九"这个符号不单单指某一年，它可以指国共内战爆发以后，一直到台湾解除戒严以前，或者说到大陆改革开放以前，这是一段很长的时间。要我谈自己在那些年是怎么活的，引用文天祥一句话，一部十七史从何说起？内战四年，我写了一本书，台湾三十年，我又写了一本书，两本书合起来 800 页，我不推销我的书，但是我也很难写出一个简单的提要，我只好把书里面的一首歌念出来，我不知道这首歌是谁作的，它很切合今天的题目。"左边一座山，右边一座山，一条河流在两座山中间。左边碰壁弯一弯，右边碰壁弯一弯，不到黄河心不甘。"

一言以蔽之，我是弯弯曲曲活过来的，那些年江山多娇，英雄豪杰的身段像过新年闹元宵舞动的那条龙一样九转十八弯，时势造出弯弯曲曲的英雄，英雄造出弯弯曲曲的时势，他们颠倒众生，扭曲乾坤，我得跟着连滚带爬，"人心弯弯曲曲水，世事重重叠叠山"，越过崇山峻岭，我一步也没法照直走。一九四九来了，我是一条虫，一条爬虫，弯弯曲曲爬过一重一重障碍。那些不能变成爬虫的人大概没法活，那些不能由爬虫还原成人的也虽生犹死。我很幸运，变成虫，又还原成人，成为一个新人！我感谢上帝。要问那些年我是怎么过来的，这就是答案，说到这里也就够了。

可是我的发言太短也不好，那样显得我太不用心了，我得填满时间，表示我对这个座谈会的尊重。我小时候，社会主义是显学，是主流，我心向往之，可是历史一转弯，我去读国民政府办的流亡中学。我本来很用功，可是学校变了质，我也变了心，我逃学去从军。本来我充满了正义感，可是历史一转弯，我进了贪官污吏的集团，变成一个小小的共犯。历史转了一个大弯，把我搭的这条船打沉了，我抓住一支笔当作浮木，变成作家。一开始，历史要我做一个教忠教孝的作家，说仁说义的作家，后来，历史又叫我做一个刺激欲望，鼓励消费的作家。我都不甘心，我也都做得很好。共产党说我是国民党特务，国民党说我是共产党特务，很可笑，我笑不出来。我们是上世纪五十年代文人相害，互相监视告密；上世纪六十年代文人相轻，有潮流派别；上世纪七十年代文人相忘，每个人只顾赚钱；上世纪八十年代九十年代文人互相抄袭，赢家通吃。我的从业经验也弯弯曲曲，随遇而不能安，我很少为如何找到一个工作发愁，常常为如何辞掉一个工作发愁。我第一次主动地谋求一件事情，第一次感觉到求人很难，是来到美国办移民，这件事情深刻地教育了我。

每一个时期有每个时期的感想，现在当然要说最后的感想。我是一个平民百姓，没有任何依赖，任何庇护。像我这样的人非常非常多，历史玩弄的就是我们，践踏的就是我们，"兴，百姓苦，亡，百姓苦"。历史像洗衣板一样揉搓我，像绞肉机一样搅拌我，我该死不死，两世为人。我是祖宗有德，上帝有恩，三生有幸。有一本长篇小说，书名叫作《永远的虎魄》，开头第一句话就说："在乱世，人活着就是成就。"照着镜子左看右看，这点成就有什么可以夸耀的？我得多么自我中心，多么不知世事艰难，才可以夸耀自己？只有感恩，只有回馈，只有听人家夸耀。

有一个故事，据说是美国总统林肯讲的。他说有一个国王，经常要出去剪彩、揭幕、证婚、主持各种典礼，每次都要预备讲话，实在麻烦。他问一个有学问的人，有没有一套话，在任何场合对任何人都可以使用，不必每次都预备新的。那个人说："有！不管什么场合，你上台以后只要说一句话就可以了，你对全场听众说'这一切都会过去的'！"

是的，一切都会过去！一九四九淘不尽，但是过去了，英雄豪杰剩下一个名字，黎民苍生留下一个数字。从前的"我"也过去了，我现在是一个新人，好比蚕做了茧，变成蛹，它不能退回来变成蚕，只有向前化成蛾。种种昨日，都成今我，今我已非种种昨日，我今是昨非做新人，脱胎换骨做新人，推陈出新做新人，新天新地做新人！

历史这条长河，还是要弯弯曲曲流下去，但愿将来的人不必弯弯曲曲地爬，他们始终可以站得直，顶天立地，可以照直走，挺胸昂首。可以像河里撑船，可以像河堤上散步，也可以跳华尔兹原地旋转，他们一以贯之，不闹人格分裂。该活的时候活，该死的时候死，用不着死去活来！

我能说的只有感谢

　　父母之邦苍山，为我的作品开学术研讨会，我不能参加，朋友们要我给大会写一封信。我说什么才好呢？我一九四三年离开故乡，从来没回去过，现在不单是近乡情怯，更是近乡辞穷，我只能说：感谢！感谢天地君亲师，感谢唐宋元明清，感谢金木水火土，感谢今天在座的专家、学者、文坛先进，感谢苍山的长官、父老、诸姑、兄弟、姊妹，我对桑梓没有任何贡献，你们给我的，远远超过我应该得到的，我心中无法用言语表达的，也远远超过我能够说出来的。

　　各位在这里评论我的作品，我感到莫大的荣幸。回想我在兰陵第五小学读书的时候，大老师荆石先生怎样修改我的作文，告诫我戒除当时流行的新文学腔调，奠定我朴素的风格。还有一位长辈田兵先生，他批评我的作文没有朝气，后来我痛改前非。我回想当年读叶绍钧、夏丏尊合著的《文心》，受到启发。我想起从北新书局的活页文选，对沈从文、谢冰心、郁达夫、巴金、鲁迅有初步的认识。我回想母亲怎样教我读《圣经》，父亲怎样对我讲解《荀子》的《劝学篇》，插柳口的疯爷怎样教我读唐诗。那时候，兰陵有位潘子皋先生，他是一个中医，他的太太朱老师在兰陵小学教书，他告诉我文学是没有用的。

苍山市，从前的卞庄，有我姨父姨母的家，我小时候在卞庄住过几天。姨父是个乡绅，古典文学的修养很好，姨母是基督徒，有口才，能上台布道，表哥表姐都是文艺青年，这个家庭也给了我很大的影响。我还记得姨父的深宅大院，院子里种了很多竹子，表姐和她的同学坐在竹影里读冰心。我和表哥在卞庄的大街上散步，他说读《坛经》的时候要烧檀香，来来往往多少乡亲擦肩而过。姨父的书房里有很多书法家的碑帖，他说："自从出了个王右军，书法家就难做了。"当然，这些都不存在了，那座山应该还在，我还记得大致的轮廓，早晨的山和晚上的山颜色不一样。卞庄也是我灵感的泉源。

那时候，我偶尔能够看到文坛先进茅盾主编的《小说月报》，敝族尊长思玷先生是小说家，我在《小说月报》上读到他的《一颗子弹》，印象深刻，我也很想写小说。那时候，临沂城里有一家报纸，叫《鲁南日报》，报头四个字用木刻，"鲁"字中间四点写成一横，笔触很粗。我常常读它的副刊，有个人叫孔佩秋，常常在《鲁南日报》的副刊上发表新诗，他写什么我都忘了，只记得我也想做诗人。

这些都是对日抗战发生以前的事情。我在兰陵小学读书，学校里有一套王云五主编的万有文库，里头有一些翻译的童话和小说，我从那里第一次接触外国的作品，安徒生的《金河王》、史蒂文森的《金银岛》，都让我做过各式各样的梦。

抗战发生，我的世界就破碎了。"种种昨日，都成今我"，他们都是今天我要感谢的对象。今天面对研讨会，我是丑媳妇见公婆，不敢问画眉深浅，苍山父老瞧得起，认为我可以摆出来给各位贵宾看，苍山县的面子大，请得动各位远道而来。我不敢问各位何所闻而来，何所见而去。二十年前，我的一本选集在国内出版，我说过，我是一颗种子，漂流到海外落地生根，长成一棵树，结出很多水果，现在把一篮水果送回来。二十年后，我的家乡开这个研讨会，我觉得人生可以分三个阶段，第一个阶段是实用品，很好用，很管用。第二个阶段是装饰品，用不着，可以看。第三个阶段是纪念品，用也用过了，看也看过了，但是舍不得丢掉。我很侥幸能够从实用品到装饰品，下一步，我希望更侥幸，从装饰品到纪念品，想渡到这个阶段，就得有各位贵宾的加持，各位的一字褒贬，就是我的生生世世。

有人责怪我，为什么不到苍山来参加研讨会，我解释过一百遍，我已经多年不能坐飞机，我的女儿嫁到夏威夷，我不能参加婚礼。对我而言，人生的三个阶段可以换个说法，动物的阶段，植物的阶段，矿物的阶段。我在全国各省跋涉六千七百公里，再渡过台湾海峡，飞越太平洋，横跨新大陆，我是脚不点地，马不停蹄，那时候我是动物。然后我实在不想跑了，也跑不动了，我在纽约市五分之一的面积上摇摇摆摆，我只能向下扎根，向上结果，这时候，我是植物。将来最圆满的结果就是变成矿物，也就是说，一个作家的作品，他的文学生命，能够结晶，能够成为化石，能够让后人放在手上摩挲，拿着放大镜仔细看，也许配一个底座，摆上去展示一番。这时候，也许有人为他辩护，说"无用之用大矣哉"！有一种东西似乎没有用，但是少不了，那就是文学艺术，有一种东西很有用，但是你用不得，那就是原子弹。

今天面对用我的名字举办的学术研讨会，我会想到我的创作时代过去了，即使我的确很好，那也是个已知数，文学永远需要未知数，文学的辞典里没有知足，文学的世界里没有恤老怜贫，文学需要一代一代继续创造。我们兰陵、苍山、临沂都是文风鼎盛，人才辈出，各位先进、各位权威来检查一个已知数，分析一个已知数，是为那些未知数做预备。很惭愧，我不能为家乡的文艺青年做什么，我相信各位父老、各位长官，都会匀出一些精神时间来培植他们，容我用施洗约翰的一句话："那后之来者比我大，我就是替他提鞋也不配。"

谢谢！

白纸的传奇

大约在我出生前一年，父亲到上海谋职。那时上海由一位大军阀占据，军阀下面有个处长是我们临沂同乡，经由他们推荐，父亲做了那个大军阀的秘书。

那时上海是中国第一大埠，每年的税收非常多，加上种种不法利得，一向是谋职者心目中的金矿宝山，父亲能到那里弄得一官半职，乡人无不称羡。可是，据说父亲离家两年并没有一批一批款项汇回来，使祖父和继祖母非常失望。

大约在我出生后一年，那位军阀被国民革命军击败，父亲在乱军之中仓皇回家，手里提着一只箱子。那时，手提箱不似今日精巧，尺寸近似十九英寸电视机的画面，厚度相当于一块砖头，这只箱子是他仅有的"宦囊"。

箱子虽小，显然沉重，乡人纷纷议论，认为这只随身携带的箱子里一定是金条，甚或是珠宝。一个庞大的集团山崩瓦解之日，每个成员当然抓紧最重要最有价值的东西，上海不是个寻常的地方啊，伸手往黄浦江里捞一下，抓上来的不是鱼，是银子。乡下小贩兜售的饼干，原是上海人拉出来的大便！

可是，我家的经济情形并没有改善，依然一年比一年"紧张"，遣走使女卖掉骡子，把靠近街面的房子租给人家做生意。乡人驻足引颈看不到精彩的场面，也就渐渐地把那只手提箱忘记了。

我初小结业，升入高小，美术老师教我们画水彩，我得在既有的文具之外增添颜料和画图纸。这时，父亲从床底下把那只箱子拿出来。箱子细致润泽，显然是上等的牛皮。

他把箱子打开。

箱子里装的全是上等的白纸！

那时候，我们学生使用两种纸，一种叫毛边纸（我至今不知道这个名字的来历），米黄色，纤维松软，只能用毛笔写字，还有一种就是今天的白报纸，那时叫新闻纸，光滑细密，可以使用钢笔或铅笔。那时，"新闻纸"已经是我们的奢侈品。

父亲从箱子里拿出的纸是另一番模样：颜色像雪，质地像瓷，用手抚摸的感觉像皮，用手提着一张纸在空气中抖动，声音像铜。这怎会是纸，我们几曾见过这样的纸！那时，以我的生活经验，我的幻想，我的希冀，突然看见这一箱白纸，心中的狂喜一定超过看见了一箱银元！

当年父亲的办公室里有很多很多这样的纸。当年云消雾散，父亲的那些同事分头逃亡，有人携带了经手的公款，有人携带了搜刮的黄金，有人拿走了没收的鸦片，有人暗藏银行的存折。父亲什么也没有，他打算什么也不带。

他忽然看到那些纸。

做一个读书人他异常爱纸，爱这些在家乡难得一见的纸。紧接着他想到，孩子长大了也会爱纸、需要纸，各种纸伴着孩子成长，而这样的好纸会使孩子开怀大笑。他找了一只手提箱，把那些纸叠得整整齐齐，装进去。

在三代同堂、五兄弟同居的大家庭里，继祖母因父亲失宠而嫌恶母亲，可是母亲对父亲并没有特别的期望。母亲当时打开箱子，看了，抚摸了，对父亲说："这样清清白白，很好。"他们锁上了箱子，放在卧床底下，谁也没有再提。

倏忽七年。

七年后，父亲看到了他预期的效果。我得到那一箱纸顿时快乐得像个王子。由于纸好，画出来的作业也分外生色，老师给的分数高。

高小只有两年。两年后应该去读中学，可是，那时读中学是城里有钱人的事，父亲不能负担那一笔一笔花费。他开始为我的前途忧愁，不知道我将来能做什么。但是，他不能没有幻想，他看我的图画，喃喃自语："这孩子也许能做个画家。"

我用那些白纸折成飞机，我的飞机飞得远，父亲说："他将来也许能做个工程师。"

我喜欢看报，尽管那是一个多月以前的旧报。我依样画葫芦自己"做"了一张报纸，头条新闻用安徒生的《国王的新衣》，大边栏用《司马光砸缸》。这又触发了父亲的幻想："这孩子将来也许能编报。"

有一次我带了我的纸到学校里去炫耀，一张一张赠送给同学，引起一片欢声，父亲大惊："难道他将来做慈善事业？"

父亲也知道幻想终归是幻想，他用一声叹息来结束。这时母亲会轻轻地说："不管他做什么，能清清白白就好。"

清清白白就好。我听见过好多次。

现在，我母亲逝世五十年了，父亲逝世也将十六年了，而我这张白纸上已密密麻麻写满了几百万字。这几百万字可以简约成一句话："清白是生命中不可忍受之轻，也是不可承受之重。"

虽然写满了字，每个字的笔画很清晰，笔画间露出雪白耀眼的质地。白色的部分，也是笔画。可以组成另一句话，那是："生命无色，命运多彩。"

许振强先生在《侨报》副刊有一篇文章，谈他在纽约和一位Ｄ先生的交往，引发我许多联想。

我和这位Ｄ先生在上世纪五十年代就认识，那时我们都年轻，都在台湾。他是军中的文官，那时海峡隔断了战火，台湾的军人有闲暇读书写作，出现了多位军中作家。Ｄ喜爱编剧，常有广播剧发表。六十年代台湾创办电视台，到七十年代有三家电视台并立，他也写电视剧本，经常在编审和制作部门行走，是个自由的投稿人。

其实广播电视（还可以加上电影）并没有自由投稿人的空间，电视剧的制作是一个一个team work，如果你喜欢写剧本，想在电视界、电影界有表现，你得打入以导演或制作人为主的team，在高度的默契下与之合作，共存共容。这是一种特殊的生态，向内凝聚，向外排斥。剧本的出路狭窄，自由投稿多半如石沉大海，如果剧本写得实在好，其中的创意将立时被妙手剽取，"他留下糖，拿走了甜"（诗人郑愁予的譬喻）。那时候广播圈有位权威人士，好剧本到了他的手里，他用黄山谷的"夺胎法"自撰一剧，抢先播出，然后再采用来稿，圈内人戏称为"剧本初夜权"。听众不知就里，还以为别人都在模仿他，于是赫然有大师之名。不过原投稿人到底也赚了钱，露了脸，主其事者算是很有良心了。

那时，D不免也吃些暗亏，但他若无其事，从不张扬，剧作家到底比诗人能顺应社会规律。他写作勤苦，算是多产作家，作品的伤亡率和折旧率虽大，还是可以频频上榜。有些火红的编剧人忙不过来，就找他捉刀，稿费两人均分。在他看来，赚钱事小，急人之急事大，所以总是欣然应命，合作愉快。想那时台湾也有人克扣稿费，也有盗印，也有版税一欠十年，不了了之。作品被人拿去公开广播，或悄悄拍成电影，算是抬举了你。作家完成作品以后，他的权益通过一层一层滤网，最后一家老小张着大口在网底下啜其余沥。进入七十年代，这些小毛病不知怎么都消失了，D也从不说一句"苦尽甘来"。现在想想，他是个有智慧的人，知道人居劣势何以自处。仿老子句法，这是"知其失，守其得"，"知其暗，守其明"。他后来在美国奋斗，用的也是这套哲学。

台北三十年，D在圈内是把好手，在圈外籍籍无名。他的剧本当时合乎需要，排得上档期，然而色即是空。当年台北对戏剧管得最紧，因为剧场有组织群众之功，对电视也不敢轻心大意，因为电视深入家庭。那时小心到什么程度？如果有一场戏，一个少女和一个少男共处一室，这场戏的最后一个镜头，一定要让观众看见其中一人（少男或少女）离开房间，才可以cut，戏才可以转入下一场。为什么这样做？如果不这样做，青少年观众可能得到暗示，以为剧中两人公然在一间房子里过夜。试想，经过这般漂白手法处理过的戏，还能有多少戏味？编剧还有多少素材可用？D等于用"六百字英语"写文章，居然也文从字顺，有章有节。这一套训练成就了他，也毁坏了他。时代总是这样：不断地成就人，又不断地毁了它所成就的人。

七十年代，台湾有了三家商业电视台，为了抢夺有限的广告资源，彼此展开激烈的竞争。三台天天作违规比赛：剧中人本来不准带刀，你怎么带刀？好，我也带刀，而且要高你一招儿，把刀拔出来。你怎么拔刀？好，我也拔刀，而且插进一个人的肚子里。好，我也干脆白刀子进，红刀子出，再来个特写，拍刀尖滴血。……就这样，监督管制的机构一步一步后退，一步一步后退。

我想，当初在台湾这么个小岛上成立三家商业电视台，也许是一项错误。批准这规划的人一定不知道商业竞争的摧毁力。利欲驱人万火牛，拼起来那真是天变不足畏，祖宗不足法，人言不足恤。偏偏是，在新开发地区，守规矩难以赚大钱，要走邪门儿才可以；清心难以赚大钱，要放纵物欲才可以；推己及人难以赚大钱，要损人利己才可以。分寸在哪里？彼岸又在哪里？我们都茫然迷失，D却仍然不忧不惧，一直写他的剧本。

整个七十年代，商业挂帅的台湾流年偷换，意识形态也偷换。人们觉今是而昨非，认为一切抽象名词都是假大空，物质满足感官享乐才值得追求。论者说，电视强化了扩大了商业文化的发扬，使党文化衰落消亡。大智大勇的电视业对付睁眼闭眼的官署，得寸进尺的制作人对付得过且过的承办人，家家男女老幼昼夜洗脑触及灵魂。人们回到初民和孩童的时代，信奉个人主义，不为他人的利益牺牲自己的利益，也实践现实主义，不为将来的利益牺牲今天的利益。观众的结构好比一座金字塔，境界越低人数越多，电视锁定金字塔的底层揣摩逢迎，创造最高的收视率，最高的收视率才有最多的广告。大家力争下游，分期分级下坠。原来堕落也和上进一样有层次等级，要一步一步来，一步一步来。损失的何止是党文化！

台湾仍有自北伐以来世代相沿的政治节目，名称改为"社教"（社会教育）。广播电视界在这方面仍然列有工作的指标。这一类节目教忠导孝，说仁讲义，观众听众若有若无。这种"冰箱戏"演员怕演，导演怕导，编剧也怕写，但终需有人写、有人演。每逢制作社教戏，他们就想到D，"人弃我取"，D也从不推辞。D仍有机会编造他的"子孝臣忠万事妥"。沃野千里，任别人去遍植奇花异卉，D仍然守着他那三尺干净土，用心培植那长不大也死不了的忘忧草。

在电视台，编剧的职责是实现制作人的意图，发挥演员的专长，满足观众的趣味，并不是展示个人的艺术抱负。我曾有一篇长文析论其事，小说家姜贵看到那篇文章，他对我说，如此这般"编剧"根本不能叫编剧，只能称之为"文字"，与灯光道具服装并列。编剧家宋项如曾说，编电视剧乃是一门手艺，八十年代，作家阿城初现江湖，他说写小说是他的手艺。我想，小说"不必"是手艺，电视剧却"必须"是手艺，这就是D的创作环境。

八十年代之初，记不清是哪一年，我在纽约唐人街突然与D相遇。他苦相毕露，脸上皱纹如芭蕉扇面，门牙因牙周病拔去，使我想起"打落门牙和血吞"。我俩数年未通音讯，见他风采尽失，这一惊非同小可。

D说，他有亲人在大陆故乡，一别三十年。现在大陆对流亡台湾的各省人士不咎既往，欢迎探视，他赶快办了退役。那时台湾刚刚开放观光护照，此种护照的效期只有一年，除去半年的"预留效期"，只剩半年。美国签证效期照例低于护照的效期，只给三个月。D就拿着这样一本护照闯进美国，"来了再说，不计后果"。他要回大陆老家扫墓祭祖，照拂家人教育子孙。那时台湾尚未开放到大陆探视，由台湾去大陆最近的路是经过美国。

为人伦亲情奋不顾身，D并非孤例。在他之前，已有千千万万人从台湾经香港"偷跑"，临行前夕长夜痛饮，与长官同事慷慨道别，"就算回去给他们杀了，或者回来给你们杀了，我也要走这一趟。"据说那时大陆各地县市公安对政策还不熟悉，突如其来的浪子稍稍引起惊扰，干部言辞冷淡而神情戒备，游子白天有人跟踪，夜间睡在旅馆里不准关门，但依然可以来去自由，然后不久就出现了"热情接待"和"沿途协助"。一传十，十传百，多少人闻风继起，台湾三十年清扫射界，真空包装，一朝百窍生风，切断了的神经和血管次第接通。

由逾限居留到永久居留，过程艰辛。老D一不怕苦，二不怕难，百折千回，眼前总是有路。老D三十年编剧，反复申说有志竟成，为艰苦卓绝做演义，表扬那为信念以生以死的，他在创作中必定也教育了自己。他说话中气不足，接物恂恂如不及，但你永不知道一个人有多少潜力多大韧性。美国人自夸"美国没有绝人之路"，十年后我们法拉盛再见，他已肌肉放松，笑吟吟看阳光，但是他也有了心脏病。

这时，他说，宿愿已了，最后的尘缘是写三部长篇。当然很好，他本是作家。这些年在异域闯荡，多少观察多少体验，足使别的作家垂涎。现在，还有谁管他写什么？还有谁告诉他应该怎样写？台湾三十年，他最盼望的不就是写作自由吗？必须写，才顺乎天理，合乎人情。

他肯写，也能写，长篇一出手就是三十万字，故事还没结束。承他不弃，把手稿送给我看，我对他知无不言，但言有未尽。文心相通，点到为止，雄辩无益。现在他已离开这个世界，回想与他煮茶论文，我也许太保守、太世故，也许我应该痛快一些、大胆一些、无情一些。但是，他对我出示手稿时，笑吟吟颇为自信，也许他邀我作"第一个读者"乃是一种礼貌，一种通告。若是那样，我已说得太多。人与人"过招儿"，你很难拿捏多轻多重，多快多慢，很难恰如其分，了无遗憾。

由编剧到写小说，只在一转念间，小说是用散文叙述出来的戏剧。读D的新著我受到打击，他的散文粗糙，比台北时期退步。作家是患"文字过敏症"的人,这毛病应该是终身痼疾,D却不药而愈了。十年为移民奋斗,这十年,美国是他的劳改营,看来不仅是他的手磨起一层厚茧,还有更要紧的部位。美国没有绝人之路,咳,却有许多毁灭中国作家的魔障。

文字或者还是末节。看D新写的小说,我分明记起他在台湾三十年的手艺。他已养成了牢固的习惯,在构思中把人生简化、平面化。人物性情善良,行为合理,争执轻微,和解容易,一如他的社教剧,没有激烈的互动,也就不能累积紧张的局面或饱满的情趣,也就没有所谓最高潮。

老D绝非不识忧患的太平秀才。由抗战到内战,到隔着台湾海峡相峙,是中国人痛苦的时代,吞咽苦酒,老D不比别人少一杯。人离乡贱,孔雀开屏难得一见,走过中年人战场的中心,老年人地狱的边缘,人间丑陋,D不比别人少看一眼。但D的小说绝不表现这一类内容,他把这些抽出来,盖到地毯下面,而地毯用吸尘器打扫干净。这已是他的本能,他的自动倾向,莫之至而至。他的小说不沉重,太轻,不可忍受的轻。

D是忠厚人,"尽己之谓忠",从里到外全献上了,没有偷偷地另留一份家当,另立一副人格。别人换面具的时候,他还是原来那张脸。他没有学会在俯首帖耳的时候心怀异念,另有秘密的构想,以备不时之需。他也没料到,他奉行的规律诫命如此被人践踏,那颁布规律的手却去奖励那践踏的脚。理还乱,剪得断,索性不去管,我行我素,不停地写,就像时钟不停地走。

他说,他已损失了太多的时间。今天,文学的讣闻漫天飞,在他身上,文学的种子还活得这样顽强。我替他想过,要弥补以前损失的时间,得先拆掉他脑子里的"钟表发条",再也不要一提笔就重复以前的一二三。我想,怎么能替他换几根手指,重新排列文字。怎么能替他换一副眼角膜，重新摄取世相。他怎么能换一组味蕾，重新品味人情。他的头脑肝肠得产出一种能力，诠释人生经验，发现万事万物之间的生克抑扬。

一切循序渐进的办法都已来不及。但他毕竟是资深作家，训练有素，只要能"忽然"觉悟，还可以迎头赶上。我想，如果他能接受宗教，我的意思是基督教或佛教，或许可以出现转机。

宗教是一种突然射进来的亮光。是源源不绝的热情。是一种变化更新的能力。也是诠释人生的新角度。宗教尤其能帮助作家正视罪恶，描述罪恶，进而升华罪恶。"楼上晴天碧四垂，楼前芳草接天涯"，要信了教再写；"江流石不转，遗恨失吞吴"，要信了教再读；"我为失去了鞋子而哭泣，直到我遇见一个没有脚的人。"没有宗教情操，不过是庆幸自己比下有余，有宗教情操，那就是全心同情别人的脚而忘了自己的鞋。

我是在传教吗？不是，真正的信徒呵斥我"使用"宗教而不信仰宗教。依我的想法，一个作家如老D，若是知道有什么诀窍、什么工具可以改进他的文章，他必定不肯放过，就像武师知道练功的秘笈，商人知道赚钱的门路。为了文学艺术，晋人服药，唐人饮酒，宋人坐禅，明清人和妓女谈恋爱，现代人抽大麻……信个教试试有何不可？老D不然，他对宗教全不动心！他根本不听，根本不看，根本不想，他只是写、写、写，漏船多载，走的是熟路。办绿卡，他知道"往往是最后一把钥匙打开了门锁"，写小说，他宁愿一条路走到天黑。

终于，有一天，我正在耐着性子读老D的手稿，许先生来了电话，他说D去世了！怎么突然就走了，没有预告，没有过场，没有检查治疗，没有住院转院，没有"戏言身后事"，没有鲜花和祷告。许先生说，D喜欢跳舞，跳着、跳着，忽然倒地不起，这是善终，没有痛苦。

殡仪馆里瞻仰遗容，唁劳遗属之后，我想起"大哉死乎，君子息焉，小人休焉"。文学加给他的苦役，时代对他的戏弄，从此结束了。他的小说并未写完。其实所有的作家都是齐志以殁，他想写的还未写出，已写成的（自己觉得）都不够好。

死并不可怕，那致死的痛苦才可怕。D死于安乐，羡慕者大有人在。老D那三十年的手艺，想必也积了一些功德。《圣经》上说，一座城市里要有十个义人，上帝就会照顾那城。老D做手艺的那个城一定不止有十个义人，其中必定有几个义人，是D种下的善因、结出的善果。纽约舞会上最后一秒，还有他贤良俊秀的儿女和孙子，就是老天给他的报偿吧？

美丽的谜面

（一）

台湾新闻人张继高去世，北京投资在纽约设置的中文电视台播出新闻，称张氏为"张继高先生"。据我记忆，这是该台首次对台湾人物冠以"先生"的敬称，在此之前，无论何人一律直呼其名。

新闻播出的这天，该台"台湾新闻"时段仅有三条消息，张氏的丧讯为第一条。

然后，台湾出版的报刊不断出现悼念的文字，篇幅之多，持续之久，自一九四九年以来，在台湾新闻界从业员身后无人能及。

（二）

张继高先生一生受人尊敬，也一直准备接受尊敬。他的服装、仪容、表情、声调、语言修饰，使他在出台时能改变剧场的气氛。加上学识精进而又谈吐平易，内力深厚而又坦荡明朗，经营上流社会的管道而又在财富权势前从容矜持，他人不可两全，张氏则矛盾统一，高明自在。这一切使人佩服，因佩服而生敬意。

想当年他从高雄调到台北担任《香港时报》特派员，那时候台北市"总统府"前的广场上有个木材构建的露天球场，是当时重要的体育中心。有一次，某报社的社长入场观赏篮球比赛，看到兴浓烟瘾发作，伸手一摸口袋，忘了携带香烟，于是顺手掏出钞票，对坐在旁边的体育记者说："你去买包长寿来。"

第二天，台北市外勤记者圈轰然爆炸了一个话题，很多记者互相询问："如果你的老板要你到球场外去买包香烟，你如何应付？"这似乎成了一道考古题，测验别人的机智、自尊心及适应能力。谁也未曾拿这道题目问张继高，因为，"没有人会支使他去买烟"。

张继高一度到"中广"公司"国内广播部"做副主任，居名记者王大空之次。王主任口才犀利，经常制造反高潮，他讥刺权威，也暗笑弱小，妙语流传于文教界，为当时"四大名嘴"之一。他没有另一"名嘴"孙如陵那样忠厚，孙氏娱人而不伤人，王氏往往伤人以娱己，"中广"自总经理以下人人有机会被他点名，惟独对张继高语言正经，他说："张继高是个不能开玩笑的人。""四大名嘴"的对号本来也只是一个玩笑，所以张继高并不在内。

在台湾，每年少不了台风过境，大雨随之倾盆而下，如果风力雨量超过某种程度，可以经由广播电台宣告，各小学自动停课，这个办法是张继高促成的。在这个办法出笼之前，每当台风登陆过境的那天，学童照常到校，沿途险象环生。空中掉下来的招牌和电线可能落在他们身上。汽车驰过，水波四射，像刀劈墙压把学童弄成出水雏鸡。那时马路上有施工未完留下来的坑洞壕沟，在积水掩盖之下，行人看不清楚，学童可能掉下去，后果难测。那时升学第一，校规至上，谁也不敢"无故"旷课，可是挣扎进了校门，可能白来一趟，因为老师们困在家里。每次台风过后，总有大批孩子感冒，有时候感冒人数超过全校学生的三分之一，其中少数人病情严重，要打针吃药躺好几天。咳，那时孩子真苦。

我在报纸副刊的"小专栏"里陈述了孩子的苦况，张继高看到了。那天王大空出国，张继高代行，他趁机会牛刀小试，邀集教育部、教育局、气象局以及各小学的代表到"中广"开会。此举深得人心，大家热烈赞成，订出停课的办法，按下不提。且说开会那天，预定开会的时间过了五分钟，与会人士到齐，张继高才缓步入场。有开会经验的人都知道，会前的寒暄大家都很投入，声音不免嘈杂，但是，那天，大家看见张继高，全场"立地"沉静，所有的人站起来望着同一个目标。谢鹏雄先生近有一文，他给"文明人"定下标准，文明就是低声，"说话低声，吃饭低声，走路低声，关门低声"。张继高那天低声，甚至无声，但全场肃然，因为低声或无声之中有压力。似乎可以说，文明人低声，但"文明的领导人"低声而有压力。他那天轻轻走到每一个人面前，轻轻递上一张名片，轻轻报出自己的名字，转身就位，精气神完全领摄全局。我叨陪末座，暗中满心赞叹，这架势，这统驭能力，"中广"何曾有过。

（三）

我得与张继高过从，可说是非分的享有。那时收音机还在装置真空管，还在用七十八转一摔就碎的唱片，还在用电线杆的材料做天线，录音机上缠绕的还是铜丝。那时"中广"公司举办来台后第一次听众意见调查，身在南部的张继高得了第一名，奖品是"飞歌"牌五灯收音机一架。

张继高的意见专对音乐节目提出，洋洒五千言，表现了丰富的知识、宽阔的视野、远大的规划，"中广"当局惊为天人，张氏北来领奖，结识"中广"音乐组长林宽，复以燕京校友之故，特别见重于"中广"副总经理罗学濂。回首来时路，那时张继高对以后决心推广西洋音乐、并借推广音乐来开展人生的前景，应该已有大计。广播是传播音乐的利器，他由此"楔入""中广"。

当年"全国公私营各广播电台"合办了一个半月刊，名叫"广播杂志"，以宣传各台节目为主。第一任主编为"中广"资料室主任蒋颐，第二任是我。我接手后决定划出一部分篇幅刊载有关广播的文章，去信央张氏写稿，虽然广播杂志等级不高，销路不广，稿费也低，他立刻答应，稿子按时供给，并且经常附来长信。一九五七年他调职北上，走进办公室第一天就打电话给我，我立刻去拜访他。回想当时，他也许把一个为"全国公私营各广播电台"编刊物的人想象成一个枢纽人物，这是一个"美丽的错误"，使我早岁遇一高人。我敬佩他，他不拒绝敬佩，也希望多知道一些"中广"的内情，我们仍然密切交往了好多年，不过为广播杂志撰稿的事就此作罢了。

且说台北初会。记得他的采访部设在衡阳路附近的闹区，邻近所谓电影街，我那天想顺便看一场电影，先买了一张票，而且是高价购得的黄牛票。谁知在他的办公室里坐定之后，完全被他的谈吐吸引，竟把看电影的事完全忘记了！他那天所谈不过日常心意，过眼众生，只因他的语言组织有很考究的形式美，修辞方法糅合中西，听来如读周作人、陈西滢、梁实秋的散文。更胜一筹的是，纸上文章是"哑传播"，是"隐身传播"，缺少"声色香味触"的感染，那天我才确信：谈话果然可以成为艺术！

那时我们在广播电台工作的人早已发现，"哑传播"的文章移在"响传播"中使用有问题。五四以来的语体文是文言、方言、翻译文体和北京话的混合，其中有许多地方听不懂或听不清楚。"总统视事"和"总理逝世"是严重的混淆。（我在"中广"编审部门工作，曾及时向上级反映这个问题。"视事"因此改为复职，但"宪法"中并无复职之说。)"步下飞机的朴正熙总统的夫人身上穿着苹果"是可笑的误会。(下面还有"……绿的旗袍"，因句子太长，播音员仓促中断。)如何处理文言、方言、翻译文体求其"可听"，是我们那时的苦闷和努力。听张继高谈话我时时若有所悟，我们遭遇的问题在他的谈话中全不存在，从他的"说话"里汲取"响传播"的技巧，我写了一系列文章申述心得和主张，这些文章后集成一本书，名叫"广播写作"，它对"广播文学"的形成是有作用的。没有张继高先生就没有这本书。

（四）

人所共知，张先生具备各方面的知识，有渊博之名。他渊博，是因为他读书，他读书，是因为他敬业。

今天的新闻记者都是专家学人，手不释卷，当年张继高跑外勤的时候并非如此，记者出身、参与文星杂志创办工作的一位陈先生曾经愤慨地说："上一辈的新闻记者天天读书，我们这一代记者至少天天看报，晚一辈的记者只看麻将牌。"陈先生的话不免过激，但张继高读书之勤的确是他显著的特色。

为什么读那么多、那么杂的书呢？因为他是集大成的新闻记者，是驻首善之区的特派员，采访各式各样的新闻，涉及各方面的知识，固然不求甚解也可以对付，若是和采访一同成长更能自得其乐。记得某一天，中共宣布把领海由三海里扩充为十二海里，我当天看见张先生抱着一叠书在街上走，他说要了解领海到底是怎么回事，准备迎接新闻的发展。又有一次，他到处找"中英条约史"一类专著，我说你是忙人，怎么看这种"闲"书，他说近日要去访问叶公超，谈话涉及某某条约，必须知道条约原文。

人所共知，音乐是他的最爱，他下的功夫也最多。斯义桂第一次来台湾举行演唱会，他事前拿到节目单，反复听这位音乐家以前的演唱录音。节目单中有一段冷僻艰深的歌剧选曲，斯义桂不轻易唱，他找不到录音就听西方音乐家灌的唱片，直听到唱片出现沙声，直听到他能发觉斯义桂唱漏了一句。他在日常工作中随时这样"异常地"充实自己，超过工作的需要，芬芳四溢，让别人服了他。

中国的广播事业一向由工程挂帅，战前，大陆的每一个电台都有工程师担任台长，他们贡献很大。到台湾以后，广播的使命一再增加，节目部门越来越重要，形成工程为节目服务的局面，工程专家不能适应，时时与节目人员龃龉，总经理和节目部主任都不懂工程，一旦面对技术上的理由，任何构想只有妥协。后来"中广"想办电视台，黎世芬总经理决心消除这个弱点，他在百忙中读电视工程，到国外买书，订阅专业杂志。当黎总经理谈论工程方面的问题时，节目部只有一个人能接腔答话，那就是张继高，原来他也到国外买书，订专业杂志，研究工程。

近十几年我很少看见他，曾经听说他读《金刚经》，用英文译本。我听了会心一笑，这就是张继高行事的风格：目前佛家是显学，应该涉猎；出手要高，所以读这部"经中之经"；《金刚经》艰深难解，若读白话注解又未免低俗，英文译本则显出身份，英译事实上也就是用英文解释一遍。那时还没听说他生病，他一向很健壮，如果他那时已知自己有不治之症，咳，读《金刚经》的意义就深刻了！

（五）

如果我们拍一部名叫"张继高传"的电影，应该以"中广"的听众意见调查开场，这是一个象征，他后来以他的博闻强识向各界人士提供意见，"赠人以言，重于珠玉"，受惠者不计其数。我认为他类似梁启超，是现代化的启蒙人物，几乎对任何问题都能做出前瞻性的分析评论。他那百科全书式的知识未必都很精到深刻，但足以答复外行人的问题，也足以提出问题启发内行。

张继高在他的《必须赢的人》一书中指出有九种人不读书。有趣的是，他一生和这九种人接触频仍，这些人大半是社会枢纽，他们若是一向勤读，大概到不了这个位置，到位之后仍不读书，那就是社会的危机。上世纪六七十年代，台湾走向富庶，饮宴酬酢极多，九种人或十九种人酒会饭局无虚日，"爸爸回家吃晚饭运动"毫无效用，"今天不回家"一曲响彻南北。高度成长的张继高无可避免卷入了他们的生活方式，非常奇异的是，他把饭桌当成讲台，我多次亲见他谈论在座诸君子最关心的问题，因人说法，几乎无所不知。他和九种人乃至十九种人分享所得，甚或专为了这九种人乃至十九种人做巧妇之炊，含饭哺人。

台湾的炎夏很长，大家平时只穿香港衫，有正规活动才用得着西装领带。像王大空、张继高这般层次的人，都在办公室里挂一套"行头"，下了班立地换装直赴饭店会场，不必回家。张先生曾戏称这是"穿衣陪酒"。（当时台北的色情业有所谓脱衣陪酒。）据我所见所闻，张氏入座以后并不急于发言，多半是别人说，他听，等"酒过三巡，菜上五味"，他知道今天该说些什么，这以后，几乎全是他的时间。他说话，第一，没人打断、乱以他语；第二，没人质问、反驳；第三，没人另立话题，割据一方，开小组会。凡是有社交经验的人都知道，这真是太难了！尤其是，座中有些人比他职位高，或是比他有钱，或是在社会上更有群众。

能到这般地步，除了张氏语言有味、面目可亲以外，还有别的因素。例如，当年有知识垄断的风气，一位任职某大学图书馆的朋友说，每一位系主任都把本系最重要的参考书全部借去，放在家里，使别人读不到，以维持自己的优势。为人处世，平时谁也不说与人有益的话，"助人为失败之本"，社交的要领是"言不及义，皆大欢喜"。环境如此，张继高的谈吐就近似沙漠中的绿洲。还有，依照宴会文化，席上莫论人非，莫露己才，莫问国事，对一般人来说，可谈的话实在填不满散席以前的时间，没有张继高这样的人，势将满座不欢。

"名嘴"王大空也能"高谈雄辩惊四筵"，往往一句既出，满座倾倒。他的幽默机智也曾深深启示了我。王先生给一般人的印象是永远称心满意，兴高采烈。他，老实话夹杂吹嘘，自负中有自嘲，经常制造永不逊色的愉快。然而他像国庆节的焰火，漂亮，没有营养。而且他谈话要短、要集中，时间一长，难乎为继。

（六）

张继高在台北未尽其才，《征信新闻报》和"中国广播公司"争相延揽，征信余董事长求贤若渴，捷足先得，"中广"节目部同仁颇有挫折感。我对那时的"中广"当家副总经理李荆公说："'中广'晚了一步。"荆公垂下眼皮，看着烟斗里冒出来的烟，徐徐而言："不晚，中国的事要有耐性。"

我问张先生何以舍"中广"而就征信，他说："征信新闻由一份四开油印的单张发展为大报，咱们得去看看人家怎么成功的。"

张继高"进出"征信，复归"中广"，"中广"果然"不晚"。张氏到征信取经，未知所获几何，我只觉得他仿造了几副面具，从此世故深沉，没有以前容易相处了。

当时"中广"有两个职位供张氏选择，一个是"海外广播部"主任，一个是"国内广播部"副主任，而他愿在"国内广播部"工作，

"开高走低"。海外广播部以天涯华侨为对象，理论上也包括外国政府，那不是他培育音乐花朵的土壤。由此一事可见他志在乐事，心念中国。

张氏借口需要休息，迟迟不到"中广"上班，"休息"期间连开五个高水平的音乐会，这在今天恐怕也是大动作、大手笔。"他人有心，予以度之"，张氏要表示他办事无须倚仗"中广"这块招牌，以后进了"中广"再办音乐会，可以杜悠悠众口。

"国内广播部"主任王大空也是才子。当年"中广"节目由邱楠先生掌舵，据说他手下有三张王牌，后来时移势易，一王独大。

王主任不是行政长才，深恐这个副主任"尾大不掉"，产生了"瑜亮情结"。"中广"同仁某某告诉他，"张继高是个温柔的野心家"，另一位同仁某某告诉他，"半年以后你恐怕不再是主任了！"这些言词加深了王的猜忌。张氏再三问我说这句话的是谁，说那句话的又是谁，我诚恳劝他不必探问，因为"半年之内，王主任自己会说出来源"。张对我的答复颇不满意。几个月后，果然，王大空以"古今多少事，尽付笑谈中"的口吻，"交代"这句话出自张三，那句话出自李四。

张、王两人有太多差异。张属于敛才型，王属于露才型。张似明湖，王似飞泉。张似策士，王似名士。张似棋，王似书。张似乳，王似酒。如果以瑜亮相比，张近亮，王近瑜。我觉得王大空的别名才应该叫"吴心柳"，他行事如无心插柳，不成行列。

王大空早年原是当行出色的广播记者，上世纪五十年代初期，他在"没有前例可以参考"的情形下单枪匹马到菲律宾采访亚运新闻，经由马尼拉广播公司向台湾播送节目，每天四个小时，一连十天。（那时没有通信卫星。）被"中广"总经理魏景蒙先生誉为"一个人办一座广播电台"。像王大空这样的人应该支领高薪，依那时的人事制度，要加薪水必须"升官"，以致王大空逐渐退居二线，对他对"中广"似乎都是损失。

张、王两人相向而坐，用大白话来说"鼻子碰鼻子"，张继高处之泰然，不辱辞色。李荆公听到了，告诫我们不可介入。不久，"中广"另设新闻部，调张继高为主任，使两人各治一方。那几年黎总经理雄心壮志，先后主办亚洲广播会议，广播语言研讨会，并筹设"中国电视公司"，张继高台前幕后，皆居要津，相形之下，王主任京华寂寞。两人仍时常在公私场合同时出现，我细心观察，张始终以平常心待王，不骄不吝，略无芥蒂，君子之交，全始全终。王大空退休后写作，出版散文集《笨鸟单飞》，张为文评介，颇多誉扬。王病重，张又写了一篇《请大空不要单飞》，温语殷殷。看来"必须赢的人"赢了整个牌局。

（七）

张继高长于人际沟通，这固然是由采访工作历练，更应该溯源于天生。当年办音乐会，节目要先送审，承办人一看，说芭蕾舞演员的裙子太短了，于法不合。海关说芭蕾舞演员的鞋子太多了，要征重税。当年台湾还有一项规定，所有的演出节目，其作曲人和演唱者必须思想纯正，否则由音乐会的主办者负政治责任，于是你得为巴赫、贝多芬、柴可夫斯基具结担保。从这个角度看，那时在台湾推广世界级的著名音乐真费力气，多少事需要开先例、打通关。张继高无不举重若轻，马到成功。

张先生深知"事以位成"，他迅速发展上层关系，"媚于奥"或"媚于灶"都于事无补，要紧的是你的祷告上达天听。波士顿交响乐团来台演奏，国民大会居然休会三天，让出中山堂场地。美国空中交响乐团来台演奏，治安当局居然在博爱特区管制交通，使汽车噪音不致传入三军球场。那时火车进入台北市区，行经中华路侧，距离三军球场不远，演奏当晚，火车司机鸣汽笛。台北当局如此"礼遇"音乐，举世都可以传为佳话。"吴心柳"神乎其技矣！

大约在张继高离开征信新闻之后，进入"中广"公司之前，他主办的音乐会里有这么一个场面：第一排正中坐着"副总统"、"教育部长"、"外交部次长"，英国、美国、德国使馆里的文化参赞，"吴心柳"用他一口流利的英语和他们有说有笑，"中广"总经理黎世芬远远坐在一排的边缘静待开幕。这回轮到黎先生以平常心对待张继高了，黎氏从未觉得张继高出了太大的风头，伤了他的尊严，两人"君臣"如初。常言道一等的老板用一等的人才，二等的老板只能用三等的人才，黎先生其为一流乎！

"中国电视公司"成立，张继高去做第一任新闻部主任，不久，我也借调到"中视"节目部办事。那时电视是热门，电视新闻是热门中的热门，他任使得人，只掌握方针，不涉细节，一副羽扇纶巾、运筹帷幄的神态，俨然电视大红尘里的仙子。见他好整以暇，我就常到他的办公室里谈天请教。某天韩国发生严重学潮，他的电话不断，"教育部长"每三十分钟一次打电话来问学潮的最新状况，这该是第一个最关心学潮的机构，惟恐台湾的学生受到鼓动。侨务委员会副委员长每小时一次，打电话问韩国华侨有没有受到损害，这该是第二个最关心学潮的机构。电话既然多起来，我连忙辞出，暗想：他到底认识多少人！

多年以后，他已是半退隐状态，我从报上看见一条消息说，台湾情报局汪局长请客，有陈启礼和吴心柳等在座。由此想起张先生善与人交，能同时照应台阁与江湖，保守与激进，本土与西化，诗社与股票行。天下何人不识君，那有多辛苦！

（八）

张继高先生不事王侯、高尚其志（有些悼念文章如是说）只是晚近的情况。细味他"早岁那知世事艰"的言行，从零零碎碎影影绰绰中可以窥知他亦有用世之志。本来嘛，"学成文武艺，卖与帝王家"，以便"致君尧舜上，能使风俗淳"是中国知识分子的古典抱负。他一衫一履，一饮一啄，一颦一笑，分明都经过严格的自我训练，准备以完美的形象做公共人物。

张氏崛起媒体，行走乐府，名动公卿，其人可以大用，应该大用，可是终无大用。就整个社会的构成来说，电视公司的新闻部主任算什么，竟以我们永不知道的原因，"忽然"不能安于其位。我们都视为一项变故，颇受震撼，以他结交层次之高，方面之广，犹难瓦全，可见我们经营的都是泡沫。他历经沧桑，都能不增不减或有增无减，这次受到真正的挫折。他累了！他对王大空说"人有追求快乐的权利"，为他的新人生观发表宣言。他像历史上另一位有名的张先生那样，"忽然"发现最重要的事乃是雇一条船，顺流而下吃莼菜鲈鱼。

自古以来，"才"和"用"两者有差距分歧，"果"和"报"也往往失之交臂。岂止"遍体罗绮者，不是养蚕人？"猫天生巧慧，能火中取栗，它背后不是站着狐狸吗？古人说不该用千里马驾车，今人说用千里马驾车才可以为财势添一佳话。"用"要有"遇"，"遇"是前世的缘、来生的债。"人定胜天"，张继高最推崇的那位中国宰相添了一句："另外还有一个更大的天。"张氏渐渐把他的块垒写在脸上，"丰神秀朗"那是遥想公瑾当年。

我想，张先生虽然多年来光芒四射，毕竟未尽其才。我总觉得他心中有未流的泉，未放的蕾，未化蝶的蛹。我总觉得他欲行又止，欲言又止，欲取欲予又止。古人说"君子放之则成川，聚之则成渊"，我总觉得张先生成川时少一分澎湃，成渊时少一分宁静。从上世纪四十年代走过来的人，每个人都是一则谜语，谜面有的可爱、有的美丽、有的滑稽、有的浅薄、有的使人急于破解……有的完全相反。总有些谜永远萦绕我们的梦魂。

新闻报道说张继高有"三不"：不教书、不出书、不上电视。教书出书是中国"士君子"不得志于当道的善后方案，孔子率先躬行，如果孔子是教主，这就是他立下的救赎，而张氏不主故常，断然拒绝，"退一步"的空间何在？据此推演，张先生还有"三不"，那就是"不经商、不竞选、不信教"。如此这般究竟是大彻悟还是大悲愤？思之泪下。幸而他终于在"九歌"出了三册文集（《必须赢的人》、《从精致到完美》、《乐府春秋》），使人稍解悲怀。

死后原知万事空，生前称他为"张先生"的，现在下笔悼念的是"继高兄"。张继高毕竟是高人，他死后不发讣闻，不开吊，器官移植，遗体解剖，骨灰入海。截至目前为止，"后现代"治丧的新观念都在这里。他一向出手高，"高大全"。大刚强生出大割舍，悬崖撒手，惊心动魄，我来不及擦干眼睛。

辑四　海上生明月

唐朝的吉琐和武则天有过一段对话：一桶水，一堆土，会发生冲突吗？不会。水加土和成一摊泥，泥中会发生冲突吗？也不会。若是把泥拿来做一尊佛、一尊玉皇大帝呢？那就要发生冲突。

宗教冲突是一个很复杂的问题，我们不做研究，没有学问，借着吉琐和武则天的这一段对话来引导思考，倒也化繁为简。世人尊崇宗教，本来是为了解决人类共同的问题，但是宗教以"具象"接引信众，重要的宗教都有自己独特的具象，信众进入具象以后，宗教家要你永久停留在里面，反而把人类分化了！这样也许能解决一家一姓的难题，不能解决（有时反而加重了）普天普世的难题。海外有人研究为何华侨不能团结，指出"宗教信仰"为原因之一。几乎可以说，有时候宗教已成为割裂人群、经营壁垒、妨碍大同的最后一个因素。

二〇〇一年九月十一日，纽约两栋摩天大厦轰然崩坍，造成三千多人伤亡和经济上的严重损失，也预告了宗教冲突的无穷后患。美国总统布什立刻邀请各宗教领袖聚集一堂，为和平祈祷。第二年开始，纽约市长彭博在每年最后一天举办早餐祈祷会，邀请各宗教领袖参加。他们似乎觉知天下事无法依赖"一神"降福，各宗教必须异中求同，始而互相包容，继而分工合作。

我想起一九七五年蒋介石先生在台北逝世，依基督教仪式营葬，主持葬礼的周联华牧师在祈祷之前加了一句"史无前例"的话："请全体同胞各自向你们信奉的神祷告，为蒋公祈福。"这句话在基督教内引起轩然大波，却也给了我许多启发。我佩服他的智慧和勇气，我开始觉知一教一派无法包办人类的救赎，每一家宗教都尺有所短，寸有所长。受众有机会做其他选择，任何一教一派无权剥夺此一权利。

我听说原始社会部落林立，各个部落都有自己的守护神，这个"神"只保佑自己一个部落，而且帮助这一个部落去消灭别的部落，那时候，各宗教之间当然互相敌视，互相咒诅。至今仍有一些宗教，只救某一个地方的人，或只救某一个种族的人，这是"部落的宗教"，信仰这种宗教的人是很可怕的。我猜社会进化宗教也进化，各宗教同在现代社会中相处，脱胎换骨，但原始经典里的部落色彩、狭隘的民族主义还残留在灵魂里，他们把经文中的部落与部落解释为今天的本国与外国，把经文中非我族类的外邦人解释为异教徒和没有信仰的人，以致杀机仍在，宿仇未解，有些教派仍然以有我无敌而后快，信教的人如果能回顾历史，就知道这种心态是世界和平人类幸福的障碍。

万事莫如和平重，我猜宗教对抗的时代应该结束了，我们需要宗教合作的时代。各宗教的经典文本和崇拜仪式不同，经典仪式之上的东西可能无异，大家各以自己的说法做法去做和别人一样的事情。以佛教和基督教为例，成佛好比是你考上了哈佛大学，应该还有很多很多大专院校让大家受高等教育，上天堂好比你住进了曼哈顿的高等公寓，应该还有很多很多住宅让更多的人安身。佛教基督教有共同的宏誓大愿，两路分兵进咸阳，西医治不好的病还有中医，火车到不了的地方还有汽车，不能坐飞机的人可以坐邮轮。人类有了佛陀又有了基督，我看是好的。

我甚至认为对佛陀的信仰可以深化对基督的信仰，对基督的信仰可以强化对佛陀的信仰。他们的信仰没有冲突，他们是一个信仰两种形式，形式为内容而存在，我们顺着形式求内容，我们不停留在形式上忘记内容。

当然，任何一个宗教领袖都要谋求本教的延长和扩大，他无可避免要和别的宗教竞争。依我们已有的知识，竞争要"夸张自己的优点，攻击对方的弱点"，任何一个传道说法的人都力称自己的信仰惟一正确，绝对有效。中医看病还会说"你得去看西医"，基督教传道人绝不能说"你去试试佛教"。这是他们的苦衷，我们可以理解，但是我认为这是可以改变的，他们吸引信众稳定信仰还可以有更好的方法，培养宗教人才的学院应该增加新的课程。

很可能最大的障碍仍在经典内容，历史在他们之间造成很深的鸿沟，各宗教的领袖都是往昔拒绝互相见面的人物，今天能够坐在一起吃饭祈祷，也能在低层次的技术性的事务上合作，例如救灾，这是很大的进展。但是经典中惟我独尊、排斥异类的文字犹在，目前只是存而不论，"半部论语治天下"。如果埋藏起来的种子未死，随时可能发穿破土，我担心他们尚未觉知，他们好比是钢琴手，提琴手，或者鼓手，谁也不该规定世界上只准学一种乐器，他们要合起来演奏交响乐。

圣严法师说过一句话：宗教经典中如有妨碍世界和平的文句，现在要重新做出诠释。他这个意见很重要，可惜没有得到重视。如所周知，基督教在《旧约》时代，上帝只救以色列人，"部落的宗教"色彩浓厚，但耶稣重新做出诠释，"世人都是上帝的儿女"，都是救赎的对象、天家的成员，基督教进入《新约》时代，这才成为人类的宗教。

我还记得，耶稣本来有反抗的精神，他提出好几个煽动性的口号，例如"那杀身体不能杀灵魂的，不要怕他"。他的道路很窄。后来使徒保罗重新做出诠释，他要教会"顺从掌权的，因为权柄是上帝赐予的"，天地就宽广了。宗教靠殉道者提高，靠妥协者推广，保罗给妥协者寻找经典支持，对基督教的发展很有帮助。

我还记得，当我少小在家之时，佛教对文学创作的看法完全是负面的，世上并没有贾宝玉其人，你居然捏造出一百万字来，这是妄语，这是口业，死后要下拔舌地狱。我从图画中看见拔舌地狱的景象，两个恶鬼像拔河，罪人的舌头拉得很长，根深蒂固，欲断还连，罪人痛苦的面孔和恶鬼狰狞的面孔长期对峙。据说施耐庵的子孙都是哑巴，因为他写小说。那时候写文章的人有罪恶感。现在"人间佛教"的说法不同了，文学家、音乐家、美术家，能创造出好作品，都是福德，人生在世欣赏好的文艺作品，也是福报。我们听了如逢大赦，如归故乡，觉得佛教很有亲和力。

如所周知，佛教一向认为做人和成佛两者方向不同，修行的人要割断尘缘，甚至脱离社会，佛门大开可是门槛甚高。等到佛教的发展在近代社会中遭到瓶颈，这才重新做出诠释，佛法在世间，人成即佛成，修行可以和世俗行业并行不悖，甚至相辅相成，大概除了开屠宰厂。以前佛门即是空门，灰身灭志，现在佛门是大企业，许多人才找到出路，信徒涌入，佛教乃有今日一时之盛。

在很大的程度上，信徒的信仰来自宗教家对经典的诠释，一个基督徒他信靠的并非是《圣经》，而是某一派神学，神学是对《圣经》有系统的解释。经典不能改，诠释可以变，佛门说"用佛法解释外道，外道也是佛法，用外道解释佛法，佛法也是外道"。大法官解释法律，有时等于立法。汉传佛教有十宗，基督教新教有两百多个教派，都是"诠释"造成的，诠释能造成分歧，也能造成融合，能造成战争，也能造成和平。

当然此事非同小可，恐怕要佛教再出一个释迦，基督教再出一个基督。目前可以先从内部研究着手，希望哪一个基金会将此列为工作重点，鼓励"学士僧"研究，鼓励神父研究，鼓励大学研究所读硕士博士的人研究，办一个专门的刊物，发表他们的论文。目前宗教领袖们只要不批驳，不歧视，"看草生长就好"。

宗教与人生

　　宇宙人生是"存在"，人生有内在、外在，宇宙有明在、暗在。我们常说的精神和物质关乎"内在"和"外在"，人间和天界关乎"明在"和"暗在"。大家在一起读书查经，这是明在，按照耶稣的应许，圣灵在我们中间运行，这是暗在。反对宗教的人有千言万语，也不过只承认明在，不承认暗在。

　　按照理想，人生最好兼顾这"四在"。孔孟规划人生，由外在求内在，精心安排人与人的关系：父子有亲，君臣有义，夫妇有别，长幼有序，朋友有信，称为伦常。伦，类也，人类也；常，当然也。人生在世应该这个样子，当然这个样子，外面的秩序建立起来，每个人的内心就不会有问题。

　　孔孟的眼睛盯住"明在"，他也承认有"暗在"，但是不肯探究。"未知生焉知死"，"敬鬼神而远之"，"子不语怪力乱神"，没有详细规划人与神的关系。"天不生仲尼，万古如长夜"，仲尼日月也，可是日月也有照不到的地方，那是儒家留下的空处。岳飞从小受儒家的教育，我们都知道他怎么死的，他受到不公平的审判，审判官捏造罪名，强迫他在口供上画押签字，他在签名的地方写下八个字："天日昭昭，天日昭昭"。这就是儒家穷，宗教出。诸葛亮"鞠躬尽瘁，死而后已"，是外在，"至于成败利钝，非臣之明所多能逆睹也"，是内在。李商隐说他"管乐有才原不忝"，指明在，"关张无命欲何如"，指暗在。一般来说，中国人幼而学、学儒家，壮而行、行法家，老而安、归于道家。后来佛教输入中国，中国的知识分子又欢迎佛家，都在孔孟以外寻求弥补。

佛家的基本主张，可以说是"借外在、求内在，舍明在、归暗在"，艰深难行，高远难至。借用冯友兰的说法，他是"极高明而不中庸"，虽说普度众生，实际上只能成就少数有因缘有慧命的人。近代佛教式微，出家人断层，高僧大师为了佛教的发展，也提出一些救济的办法：例如根据《维摩诘经》提高在家居士的地位，例如净土宗简化修行的过程，强调只要"一心专念阿弥陀佛"。现在又有人间佛教，主张佛法不离世间，从事各行各业都是修行，明在、暗在求个兼顾。

基督教认为内在外在都重要，"活出基督的样式来"；明在暗在都重要，"神的旨意行在地上，如同行在天上"。基督教不舍外在，不失内在，通过明在，参与暗在，做神的儿女，和基督一同作王。明在是暗在的先修班，明在也是暗在的影子，你看见基督徒就看见了基督。借用冯友兰的说法，这是"既高明又中庸"。看来人间佛教是参照基督教的样子改变的。

外在靠训练，内在靠修养；明在靠知识，暗在靠天启。宗教要解决"暗在"的问题，暗在和内在相应，所以宗教要由内在通往暗在。外在是内在的表象，明在是暗在的表象，因此宗教也得延伸解决或解释外在和明在的问题。在内、外、明、暗之间，宗教要有一个据点，这个据点就是人的心灵。正因为有暗在，人的心灵也就有一个外在和明都不能填满的"空处"，人也因此需要宗教，基督徒常常用歌声来表达这种诉求："求来主耶稣到我心，在我心有空处为你。"

人心有空处。某某富豪之子，要什么有什么，真是心想事成，可是心里不满足。后来他觉得没有东西可以再要，他不知道还可以再要什么，就天天喝酒，用酒精刺激自己也麻醉自己，他变成一个酗酒的人。小说家陈映真写过一个人物，他写一个青年人觉得人生没有什么意思，问人家人生在世到底做什么事情最快乐，有人指点他，男女性行为最快乐。他去试了一下，第二天就自杀了，他认为世上最快乐的事情也不过如此，还活着干什么。

人为万物之灵，需要灵性上的满足。灵性上最大的满足就是爱，爱神，爱人。《圣经》教我们"尽心、尽性、尽意"爱上帝，又要爱人如己，你看，心、性、意、爱四个字都在心字部，人与神的关系建筑在心灵上，心灵可以把内在、外在、明在、暗在联结贯通，这是人生非常完美的境界。

心灵满足是基督徒最难修习的一门功课，能使心灵满足的是"施"而非"受"，是"失"不是"得"，是减法不是加法。世上有无数行业教人如何获得，只有宗教、高级宗教教人如何失去。很多人信教是为了求福求寿，各宗教都有应许，我们相信，但是不倚赖。如果仅仅是这样，信教未免是下策，任何宗教都不能点石成金。宗教要发展，要招徕群众，先求量后求质，就降低层次，强调可以求富贵安乐，强调可以得现实利益。这只是一张入场券，只是一块踏脚石，我们不停留在那里，我们要向上向前。

我们来想一想彼得是怎样归主的，《马太福音》记载了主召唤彼得的详细经过。彼得是个渔夫，整夜撒网没打到鱼，耶稣来帮助他们，他们再下网，满网都是鱼。彼得并没有心满意足好好地打鱼，他并没想天天满网是鱼、天天满船是鱼，也好赚钱买条新船、盖间新房子。他鱼也不要了，网也不要了，船也不要了，他追随耶稣布道去了。他们布道的时候，一个人只有一套衣服，如果有两套，就要分给那没有衣服的。

其实主耶稣从来没说，他给我们现世的安乐富贵，他说：

> 若有人要跟从我，就当舍己，背起他的十字架来跟从我。
>
> 你若愿意做完全人，可去变卖你所有的分给穷人。
>
> 你要尽心尽性尽意爱上帝，其次要爱人如己。
>
> 要爱你的仇敌，为那逼迫你的人祷告。
>
> 你们愿意人怎样待你们，你们也怎样待人。
>
> 你们为了我的缘故，要遭到逮捕鞭打，甚至牺牲性命。

他为什么要这样教训世人？正因为心灵的提升和物质的累积是相反的，而且人生宇宙不停地变化，"明在"都是暂时的、是不能贪恋的。林肯说一个故事，有一个国王，常常要到各种场合讲话，常常为了讲什么话烦恼。他问一个有学问的人：你能不能替我找一句话，让我在任何场合都可以用？那位学者替国王找到一句话："这一切都会过去的！"中国从前有一个文人，他造了一幢房子，配上一座小花园，他给他的新建筑起了个名字叫"寄寄园"，第一个"寄"指盖房子的人，天地把这人暂时寄存在这里，第二个"寄"指新盖的房子，盖房子的人暂时把它寄放在这里，都是暂时的，都是要失去的。

神爱世人，他知道世人"得到"时很快乐，但是，只能得、不能失会有大灾难、大痛苦。他要免除世人的这种痛苦。国民政府的步兵不肯训练撤退，抗战发生了，京沪大撤退损失严重，非常悲惨。海军本来不肯训练弃船，后来海军在台湾海峡作战，有一艘军舰沉没了，全舰官兵不能弃船，只得一同淹死。国军这才改变了观念。上帝派了多少使者来，反复不断地帮助我们，教我们如何面对失去，甚至如何主动地勇于失去。失去是另一种形式的获得，上帝使信他的人"得"

也有福，"失"也有福。这的确是"福音"。

那么，是不是就不必获得了？不然，没有得，又哪来的失？依《圣经》的教训，我们仍然要努力去获得，去多得，我们是神的管家，主耶稣在世的时候已经用比喻告诉我们，神喜欢能干的管家。和一般世人不同，我们有原则，"先求神的国和他的义"，我们获得，但是不怕失去。甚至我们获得正是为了失去，照着神的旨意失去。

一个真正的基督徒，他确实觉得"外在"的失可以是"内在"的得，"明在"的失可以是"暗在"的得。他确实相信这是事实，他看得见也摸得着。他并未失去什么，不过是经过变化、换了地方存放。最大的苦难是失去生命，"失去生命的必得到生命"，那是回归天家。有一位殉道者留下两句名言："失去那原本不能保有的，得到那永远不能夺走的。"为什么不会再失去？因为那个世界、那个国度不再变化，也就是永恒。

宗教与战争

　　说到宗教与战争的关系，我想起《左传》上的一句话："国之大事，在祀与戎。"祀是祭祀祷告，是宗教信仰；戎是军队，是战争。由这句话可以看出来，宗教和战争的关系密切。

　　《左传》记载春秋时代的历史大事，它说的国家并非现代国家，大概是一些部落城邦。那时候，部落互相兼并，大的吃小的，强的吃弱的，心眼儿多的吃没心眼儿的，每一个部落城邦天天准备战争。历史书上说，春秋时代中国有一万个国，也就是一万个城邦部落，后来兼并成七个，就是战国七雄，可见生死存亡淘汰非常激烈。

　　古时候，每一个部落城邦都用宗教支持战争，也用战争保护宗教，保护宗教就是保护国家，就是保护共生体。那时候，每个部落有自己的神，每个神只保护他自己的部落，每个神都保证他这个部落打胜仗，都咒诅敌人失败灭亡。轩辕黄帝有轩辕黄帝的神，蚩尤有蚩尤的神，轩辕黄帝的军队和蚩尤的军队打仗，也就是轩辕黄帝的神和蚩尤的神打仗，部落打败了，灭亡了，那个部落的神也灭亡了，消失了。

那个样子的宗教叫部落的宗教，对世界和平没有帮助。后来有些宗教进化了，提升了，不再是某一个国家、某一个种族的宗教，神并不是只爱世界上某一部分人，神爱世界上所有的人，这叫作人类的宗教。

拿基督教做例子，基督教的前身是摩西领导的犹太教，犹太教的上帝只爱犹太人，只爱以色列人，只有以色列人能进天国，以色列人是上帝的选民。后来耶稣出来说，这样不行，这样不对，上帝爱世上所有的人，世界上所有的人都是上帝的儿女，他向全世界的人提供担保，只要信靠上帝，不管你是什么人，我都在天堂里为你预备地方。基督教这才上升成为人类的宗教，基督教这才传遍万邦。

虽说世人都是上帝的儿女，人仍然有贪有嗔，有分别执着，上帝创造的第一个家庭就手足相残，哥哥杀死了弟弟。在这世界上，战争是广义的手足相残，有人说，和平只是两个战争之间的一段时间，有人做研究、做统计，有史以来，战争的时间比和平的时间多。不过现代由宗教造成的战争的确是很少很少了，我是说高级宗教，也就是人类的宗教。

现代基督教和政治分开，有所谓政教分离的原则，政治领袖并非同时是宗教领袖，执政的人不能利用政治的热情当作战争的热情，不能把上战场打仗当作宗教仪式，不能拿宗教对天上和来世的应许奖赏战斗牺牲的人。这时候，宗教不再和战争结合，战争是国家大事，宗教是人类大事，两者并不必然结合在一起，而是偶然结合，并不永远结合在一起，而是临时结合，甚至永远维持距离，各奔前程。

依我猜想，宗教原为解决人类的问题而兴，战争是人类的一个大问题，宗教教人如何面对战争。一般来说，政治引起战争，所谓政略决定战略，战争是政治的延长。指挥越战的魏摩兰将军说过，政客把事情弄糟了，丢给军人去处理。

政治造成战争，宗教支持战争。战争除了有形的力量，如兵员武器，还有无形的力量，就是精神力量，宗教提供精神力量。战争要有周密的计划，所谓多算胜、少算不胜，但是战争有时候不能计算得太多，所谓策万全者无一全，战争又有许多偶然的变量，叫你算不准，多算未必胜，少算也未必输。这一部分好像很神秘，所以战争需要宗教背书。宗教也使你在战争中坚定、忍耐、勇敢，换一个新角度去看人生的得失。

既然如此，宗教是否能增加战争的胜算呢？我猜是的。能增加胜算的东西是否引起好战的动机呢？我猜也是可能的。这就使人想起哲学家叔本华说的一个比喻，他说，牛不是有了角才去抵斗，而是它想抵斗才生出角来。我猜牛生出角来以后，尤其是有了尖锐的角以后，也许更想去抵斗。人因为好战才去找战争工具，战争工具找到了以后，也许更好战。好战的人找到了宗教，宗教就成了他头上的角，宗教情操本来很高贵，他拿去浪费了，糟蹋了，我觉得非常悲哀。

佛教一开始就是人类的宗教，佛陀本是迦毗罗卫国净饭王太子，他创教不是为了给本国本族找一个保护神，他是为了众生。佛陀在世的时候，他的国家受到另一个国家的侵略，敌人来了一次大屠杀，几乎把释迦的族人灭绝了，释迦也没带领信众参加战争，他也没说，你们战死在沙场上，立刻可以涅槃成佛。佛教不属于一国一族，迦毗罗卫国亡了，佛教不亡，佛教传遍万邦。

人类对战争要交出两张考卷，一张是预防战争，另一张是万一战争发生了，怎样对付战争。佛教是预防战争的特效药，它从根本上把人的战争意识消灭了，用武侠小说的词汇，就是废去武功，用叔本华的比喻，就是牛根本没有角，也不想生出角来，这是无量的功德。但是世界上的人并没有都皈依佛法，佛教也许可以减少战争，但是不能完全禁绝战争，一旦战争来了，佛教徒这群没有角的牛，四周都是生了角的犀牛野牛，大家怎么办，恐怕是个难题。

佛陀和基督都反对报复，都主张博爱，都希望狮子和绵羊共同生活。我觉得佛陀和基督都有一个假设，他们假设普世奉行共同的价值标准，神的旨意行在地上，如同行在天上，我不做的你也不做，你不做的我也不做，双方都卖刀买犊，卖剑买牛，都把武器打造成犁耙镰刀。谁都愿意这样做，可是谁也不敢先做，万一我的刀枪剑戟都变成犁耙镰刀，你的犁耙镰刀都变成了刀枪剑戟呢，我的河山人民岂不都成了你的囊中之物、俎上之肉？我怎么对得起祖宗上帝？结果是大家都不肯认真去做，牛还是要生出角来，有角的牛还是要斗。

　　只有佛教，他说我先做，他赤手空拳给人看，他想感化别人，他相信别人终有一天也会这样做，他自己先缴械。他舍身饲虎，据说菩萨舍身饲虎以后，老虎就从此吃素了，善哉善哉！美哉美哉！可是老虎一定会从此吃素吗，基督徒很怀疑，他认为最好还是把老虎捉住，关在笼子里，好好养着它，但是要把它的牙齿拔掉。所以基督教留了一手，必要时他还可以战争，他保存《旧约》，发扬《新约》，它有平时面目和战时面目。就心灵信仰而言，佛教比较崇高，就人的需要而言，基督教比较实用，这头牛还有角，它还能斗。

二〇〇一年九月十一日早晨，国际恐怖分子劫持了四架民航客机，以飞机作武器，对美国作自杀式的攻击。他们撞向纽约世界贸易中心大楼，两座一百多层高的著名建筑燃烧爆炸，成为废墟；他们撞进国防部所在地五角大厦，这座军事中心崩坍了一半。这天早晨，他们使三千多人死亡及失踪，其中包含消防队员三百四十人，警察二十三人，四架客机上的乘员二百六十六人。

惨案发生后，美国总统布什到世贸大楼灾难现场视察，邀请葛里翰牧师同行。葛里翰继布什演说之后证道，他的开场白是：我曾经被人问过几百次，为什么会发生这样的事情？我对答案并不满意。

每个基督徒都要问为什么，葛里翰是国之大师，世界著名的布道家，信众指望他传道解惑，他知道不能回避，受基督教神学的局限，他也知道他没有圆满的答案。他说，上帝把罪恶看作是一种隐秘，他引用了《旧约·杰里迈亚书》一段话："人心比万物都诡诈，坏到极处，谁能识透呢？"他的意思好像是：没有答案，因为上帝没有启示。

人是需要答案的动物，不满意的答案也是答案，这就像我对治疗心脏病的药不满意，可是照样服用；我对计算机中文手写板的软件不满意，可是照样使用。不满意的答案是教堂里正在使用的答案。

据我所知，最标准的答案是：人有罪，神的臂膀并未缩短，神的听觉并未昏沉，只是因为世人犯罪，神就"掩面不听他们"。"九一一"事件发生后，有位布道家上电视，他大声疾呼，"九一一"是上帝对堕胎和同性恋发怒了。这个答案使许多人不满意，有人到电视台去找他，准备揍他一顿。

另一个答案是：神赐的，神有权收回。这句话见之于《旧约·乔布记》，经有明文，点画不废。读《乔布记》的人多半把这句话看作是个案，只用之于乔布一人，如果当作通则，那无异是说，几千位商界精英的性命，以及他们对美国经济的贡献，对千千万万美国人生活的增进，上帝可以随时取消，绝不手软。这到底是一位什么样的上帝呢？葛里翰牧师站在世贸大楼的废墟之旁，他纵有施洗约翰那么大的胆子，也不敢这样说。

还有一个说法：神提早召回他喜悦的人。中国人也说，好人不长命。针对个案使用这句话，比方说，针对一个英年早逝的信徒，可以安慰死者的家属；倘若推广成通则，也有困难。首先，依基督教义，得救的条件是信而受洗，世贸大楼不是大教堂，里面的成员三教九流，依基督教义，谁能说上帝都特别喜欢那些人？其次，教堂里台上台下，有的是童头豁齿老态龙钟之人，他们虔诚事奉，作光作盐，蹒跚斑马线上，不能说上帝都讨厌他们。

多年以前，我曾经接受一个说法：上帝创世救世是一套大运作，少数人的遭际是小运作，是大沙盘里的一粒沙。上帝有他的设计，总的来说，他爱我们，但我们毕竟要迁就他的大设计，不争自己一时的利害。电影导演为了工作方便或工作保密，可能发给演员局部的剧本，如果某一个演员需要出国，他也可以把这个演员的戏先拍出来，他要演员在公园里走来走去，演员未必知道为什么走来走去；他要演员送给女孩一把雨伞，演员未必知道为什么要送雨伞。我不能等到什么都知道才相信上帝，一如我不能等读完了医学院再治感冒。

当然，这也是别人未必满意的答案。

最近我出了一本书：《心灵与宗教信仰》，我说读《圣经》是读它的本体大要，不必计较枝枝节节，新旧约六十六卷一以贯之，讲的是"创造、犯罪、替死、忏悔、救赎"，这是大经大法，是宇宙人生的大道理大奥秘。"起初，神创造天地"，也创造了亚当夏娃，亚当夏娃犯罪，他们的后世也犯罪，于是耶稣基督来替死。耶稣并没有犯罪，无罪而死才可以刺激活着的人，启发活着的人，使活着的人反省悔改，大家希望没有人再因罪而死，这是寻找救赎。

在那本书里面，我举了好几个例子。往大处说，封建制度是创造，经过犯罪、替死、悔改，由资本主义救赎。资本主义是创造，经过犯罪、替死、悔改，由共产主义救赎。共产主义是创造，也出现了犯罪、替死，他们也在后悔以前所做的，也在寻找救赎。

我也举了一些比较小的事情做例子。发明汽车是一种创造，有汽车就有车祸，这是犯罪。许多人因车祸而死，大家良心不安，于是有了红绿灯，有了斑马线，有了驾驶执照，最后有保险公司赔钱，这也算是有了救赎。今天马路上有这么多汽车，也没把我们撞死压死，正因为当年有许多人撞死了压死了，他们是替我们死了。

基督徒可以把"九一一"的死难看成替死，替死者都是无辜的，不用说，耶稣没有罪，当年死于车祸的人又有什么罪？今天发生车祸，也许因为行人违反交通规则，当年汽车出世的时候，哪有这样的交通规则？汽车这个怪物，社会并没有准备接纳它，它不容分说闯进来。"九一一"的死难者也没有罪，即使他们有"原罪"，也因为替死而称义。

再把《圣经》翻到《路加福音》，仔细看看耶稣说过的话："从前，西罗亚楼倒塌了，压死十八个人。你们以为那些人比住在耶路撒冷的人更有罪吗？我告诉你们，不是的，你们若不悔改，也要如此灭亡。"

耶稣说的这几句话，我们可以从"替死"的角度了解接受。大楼倒塌，压死了人，并非因为死者有罪，耶稣并未强调他们的罪，只说他们并非更有罪；倘若死者有罪该死，意义反而有限，无罪而死，罪不至于死而死，给世人的思考就深刻了。后死者幡然觉醒，也未必因为自己罪不容诛，而是及早避免陷于"罪"、陷于"死"。

"九一一"死难者有重于泰山，它的启示，岂止仅仅是不要坐飞机？岂止仅仅是不要住高楼？岂止针对堕胎和同性恋？它应该唤起大醒悟、大决断，催生大救赎。乔治高先生有文章论"九一一"，他说："美国的历史使它不得不背负某些种族和文化的包袱，可是每经一次战患，包括这次的浩劫，它就多一次机会成长和蜕变，多一点世界观。"这番话就很接近"替死"。为了完成救赎，上帝对"替死"似乎不加干预，任其发展，我们不会忘记，挂在十字架上的耶稣，曾经呼喊："我的上帝！你为什么离弃我！"

想来想去，我问自己：为什么一定要找答案呢？找到了答案又怎样？善恶生死，我们有能力自己处理吗？还不是"仰望神、依靠神、交托给神"？不必向神探询为什么，心灵交通的最高层次是不用交通，主在我里面我在主里面，合而为一，没有问也没有答。

小时候，我见过一本书，叫《一千个为什么》，当时那本书很畅销。前几年逛书店，看见这一类书已经扩充成《十万个为什么》。现在知识爆炸，不久也许会有《一百万个为什么》出版，那时候我再买一套吧。可是继而一想，我为什么要知道那么多，知道了又怎么记得住，记得住又怎么用得上，又怎么负担得了。

我想，我们在上帝的大运作里面也是一样，在人生的道路上，我是一个夜行人，我连夜赶路回家，夜色漆黑，伸手不见五指，主的话语是我脚前的灯。只要有这一点点亮光，我就不会迷路，不会掉在坑里，路左边有公园，路右边有古迹，我看不清楚，没关系，我也不想看，我只要回家，脚前的灯指引我一路到家，我这就知足了。

宗教信仰与现代生活

　　以前我们都听到过一种说法，现代生活妨碍宗教的灵性，宗教的要求是脱离现代生活，也有人说，这些宗教都有悠久的历史，它们创立的时候，信仰和生活互相配合，到了现在，生活的变化太大，宗教的改变很小，它们适合古代人的生活，不适合现代生活。

　　果峻法师的演讲给我们很多启发，宗教的核心价值没变，生活的核心价值也没变，他们仍然相辅相成，相得益彰，高级宗教可以跟现代生活结合，现代生活需要跟宗教结合。

　　到了今天，现代生活出现许多缺陷，人变得冷酷、疏离、浮躁、脆弱、焦虑不安，宗教情操可以救济，这些情操靠高级宗教培养，宗教是培养宗教情操的学校。

　　什么是宗教情操？如果一条一条列举，可以列举一排条目，我现在不用条目表示，用故事表示，我写过这样一个故事：

　　有一个男孩子，他十岁那年，他的父母为了"究竟要不要他去学游泳"发生争执。他父亲相信技多不压身，游泳也是一门技术；他母亲却说"河里淹死会游泳的人，人学会了游泳就会欺侮水，玩弄水，轻看了水，水就会报复他"。

十八岁那年，他成为游泳比赛的选手。二十一岁那年，地方上发生很大的水灾，他全家躲在屋顶上，眼见尸体漂过去，家具漂过来，也看见在水中挣扎的人，露出了乞求的眼神。屋顶上的人只有他能游泳，他义不容辞地跳了下去，拨开水里漂浮的杂物，一夜之间救出十八个亲邻。后来，也许是他太累了，也许是他真的欺侮了水，他跳下去没能再游回来。水退了以后，那一带的年轻人兴起了一阵学习游泳的热潮。他们说，不错，"水里淹死的是会游泳的人"，可是那是在救活十八个人之后。

"水里淹死的是会游泳的人"，可是那是在救活十八个人之后。

这就是宗教情操。

有人说他是无神论，我说没有关系，无神论仍然可以进道场，进教堂，你不是去迎一幅画挂在家里，你是去培养宗教情操。有人说我是基督徒，反对佛教，我劝他，基督教佛教异曲同工，不同的宗教培养共同的宗教情操。有人说，古往今来，很多圣贤哲人都没信教，也都有很高的情操。没错，岳飞没进军校，华佗也没进医学院，李白杜甫也没进文学系，他们照样成为名将、名医、大文豪。可是今天，如果你的子女想做医生，你是送他进医学院，还是留在家里等他自动成为华佗？岳飞没军校，艾森豪威尔、麦克阿瑟要不要进军校？

比方说"舍己爱人"，这门功课，多半要到教堂或者道场里去学，我们在社会上很难学到。我进入社会以后，常常听见"人不为己、天诛地灭"，胳臂弯要往里拐，有人指给我看，妇产科婴儿都握紧了拳头，人死前最后一口气是往外呼，他死，是因为他已经不能往里吸气。行善是可怕的事情，或者是可耻的事情，行善是一个人的弱点，不是他的优点。这样能不能创造一个适合我们安身的环境呢？不能，但是你要反抗他们也不容易，宗教帮助我们，我们才可以心甘情愿去行善，理直气壮去行善，呼朋引类去行善。

上个月底，世界第二富豪宣布他把百分之八十五的财产捐出来行善，总数是美金三百七十亿元。我们马上想起来，那个世界第一富豪已经捐出两百几十亿美金支持慈善事业，他说他死后要把全部家产都捐出去，数目可能是五百亿，他只留下一千万元给家属作生活费。这是宗教情操，一个没有宗教的国家很难产生这样的人物。

今天果峻法师坐在这里演讲，他为众生说法，这也是舍己爱人的表现。文艺沙龙的会长夏夫人信仰天主，她超越宗教的界限，以她的声望人脉来做任何一种对小区有益的事情，这些都是宗教情操。

还有一种情操叫"悲天悯人"，它和宗教信仰的关系更密切，"悲天悯人"四个字把天、人、我三者的关系联结成一个三角形，三者原是一体，息息相关，人受苦的时候天也觉得痛苦，我同情人也同情天，我要分担他们的痛苦。

说到同情，有人会说，谁没有同情心？这有什么稀罕？宗教产生的同情心包括同情别人犯的错误，同情恶人，同情敌人，这就稀罕了。对恶人怎么可以同情呢，要知道同情不等于同意，同情恶人所受的苦并非同意他所作的恶，恶人作恶由于愚昧，"父啊！宽恕他们，因为他们所做的他们不知道。"他们不知道要承担多么严重的后果，当他作恶害人的时候，他同时成为一个受害人。

《水浒传》里面有个人物鲁智深，他走投无路的时候去当和尚，当了和尚又去喝酒吃肉，醉打山门，当家的师父只好把他开除了。有人为这件事情作了一首词："漫揾英雄泪，相离处士家，谢慈悲剃度在莲台下，没缘法转眼分离乍，赤条条来去无牵挂。那里讨烟蓑雪笠卷单行，一任俺芒鞋破钵随缘化！"这首词对鲁智深充满同情。

主办单位为这次演讲制作了很精致的海报，有一天我在大街上走，海报旁边有两个人指指点点，其中一个人指着海报的大标题说："这都是鸦片烟。"

我参加他们的谈话，我说两位是从革命的地方来的吧，革命家说宗教是人民的鸦片烟，这句话非常出名。我说革命要热血沸腾，要走极端，采激烈手段，宗教主张慈悲宽恕，妨害革命。基督教人爱仇敌，佛陀教人冤亲平等，哪里还有革命的对象？儒家温柔敦厚，道家"退一步海阔天空"，你怎么把革命进行到底？这些统统要不得，革命家要建立革命哲学，要配给我们革命的人生观。我说革命家的做法是一时权宜之计，它只在革命时有用，它不是百年大计，不能为生民立命，不能为万世开太平。我当时邀请这两位朋友今天来听果峻法师演讲，我说听了一定有收获，我老眼昏花，不知道两位来了没有。

现在中国早已告别革命，革命的人生观不适合现代生活。革命不是请客吃饭，我们现在要请客吃饭；革命不能温良恭俭让，我们现在要温良恭俭让；革命不是照着规则打球，我们现在照着规则打球；革命不是照着乐谱唱歌，我们现在照着乐谱唱歌。革命是黄河改道，不容分说，忽然来了，淹死千千万万人，黄河不负责任，现在我们要治河，要修水利，革命家丢掉的东西我们要捡回来。

扪心自问，宗教，我是说高级宗教没什么对不起我们的地方，纽约市的治安不大好，我们住在纽约十年二十年，没被偷，没被抢，没被打，第一当然靠法律，第二大概靠教育，第三应该是宗教。法律和教育够不着的地方，宗教补救。革命家当年告诉我们，法律是统治阶级压迫人民的工具，教育制造资产阶级的意识形态，那些话是去年前年的黄历，八月十六、八月十七的月饼。今天我们要想一想，如果没有佛教，没有基督教，这个社会是不是会更好？

人类社会有许多缺点需要改变，革命以最大的成本改变社会，宗教以最小的成本改变社会。龚天杰居士告诉我，一句话可以定国安邦，"心安即国安"，五字真言，最便宜的药方，根本不必天翻地覆千万颗人头落地，也不需要几十万人游行示威，几万人集合喊口号，几千人昼夜警戒维持秩序，几百人在立法院打架喷口水，只要每一个人修心改变自己，谁也不必进法院、进医院、进疯人院，国泰民安，夜不闭户。他精打细算，一本万利。

佛陀基督都没有保证百分之百成功，他们自己作表率，希望有更多的人跟上来，"矫枉者必过正"，所以他们有特立独行。法师效法佛陀给众生做榜样，他全部付出。

果峻法师智商很高，论世俗的学问也是专家。他的相貌有福气，如果做生意也能发财，他的仪表风度也是女孩子的白马王子，如果不出家早已结婚，而且可能不止一次。但是像法师这样的人，他认为不行，来不及了，没有时间了！用博山原未的说法，三界如同火宅，最要紧的是把人救出去，一步不能乱，一步不能停，只有不顾身命，不生别念，不依赖别人，往前直奔。别人不急，你为什么那样着急？正因为响应的人少，所以法师要一个当一百个，当一千个，世人不肯做的我来替他做，今生时间不够还有来世，说不定他的前生就这样开始了。

这样的大割大舍，大慈大悲，一定要有伟大的宗教做背景，他才可以有所作为，基督教为产生特蕾莎妈妈提供了各种条件，有佛教才可以有圣严法师。有人说你们信教有什么用？你们根本做不到。我说你我做不到，有人做得到；你我也不是完全做不到。别说特蕾莎修女只有一个，世界各地有千千万万小特蕾莎，他们也许是百分之六十的特蕾莎，百分之四十的特蕾莎，百分之二十的特蕾莎，都很好！你我至少也可以做百分之十的特蕾莎。有了圣严法师就会有果峻法师、麦凤娟居士、龚天杰居士、果华居士，有在座的许多位大德，你我至少也可以是百分之十，或者百分之二十的圣严法师。进了军校做不成岳飞，总可以做个连长营长，进了文学院做不成李白杜甫，总可以做个王鼎钧，进了医学院也治不好艾滋病，总可以治伤风感冒。我们不能把财产的百分之八十五都捐出来行善，我们可以捐百分之八，百分之五，百分之一。我们如果有宗教情操，不会一毛不拔，还讥笑那些捐钱的人，说他们笨、他们傻。

宗教情操有最低要求，有最高境界，好比一座金字塔，我们在塔的底层，很宽松，法师神父在上层，有一天他们会到塔顶，占的地方小，离天近，一望千里。大家分别努力，共同营造一个美好的社会，这就是高级宗教跟现代生活的关系，也就是宗教对现代人的意义。

澎湖冤案与基督替死

我在一九四九年五月到台北，十二月澎湖流亡学校师生冤案成立，张敏之校长是各校总代表，列为首犯，另有邹鉴校长及五名学生，一同被台湾"保安司令部"杀害。

我吓坏了。没想到国民党如此对付忠实的追随者，而且其军方杀人的手法如此粗糙。我觉得国民党失去大陆，仓皇渡海，上下已成惊弓之鸟，方寸大乱，以后会有更多的冤案发生，我的记录并不比张校长邹校长更可靠，内心惴惴不安。

我更忧虑这个样子的国民党守不住台湾。丘吉尔说，你可以用刺刀做许多事，但是不能坐在刺刀上。难道国民党要坐在刺刀上了？

张校长一生照顾流亡学生，在乱世为国家社会保全未来的人才，用《圣经》上的话来比喻，他是从炉灶里抽出木材来。这件事情不容易，他的精神可用摩顶放踵来形容，他的智慧可用排除万难来总结，他并不仅仅是一个死在乱世冤狱里的读书人而已，他的冤案太叫人惊心动魄，反而把他在非常时期对教育的非常贡献掩盖了。

现在对张校长的描述，《山东文献》有一些，《澎湖烟台联中师生蒙难纪要》有一些，大致轮廓有了，细节还很缺乏。希望能有一位优秀的作家为张校长写一本文学性的传记，为后世留下一个良师的典型，使"顽夫廉、懦夫有立志"。这是中国教育史上稀有的典型，非常宝贵。

冤案发生后，张师母的处境非常困难，受到社会全面的歧视，她独自承受这么大的压力，留下子女成长的空间，张府的公子和千金也都很优秀，都是人才。张师母是中国历史文化里伟大的贤母，即使欧母、岳母也比她容易做，她的生命历程绝不是她的一本回忆录能概括的。希望有优秀的作家重建她的奋斗史，为张师母写一本文学传记，留下一个典型，做中国人精神上的遗产，激励一代一代的贤母。

这是冤案，也是惨案，我们怎么看待这件事情呢？我们一定会有悲哀有痛恨，我们也一定知道单是悲哀痛恨找不到出路，平反赔偿仅有象征意义。好在大家都有宗教信仰，这个问题只能放在宗教里头解决。

根据《圣经》启示，历史的发展有一个脉络，就是创造、犯罪、替死、忏悔、救赎。国民党退至台湾，他想创造一个局面，犯了许多罪，使很多人受害受苦。后来国民党后悔了，寻求救赎，以后的人免于受苦受害，日子过得比从前好，前面受苦受害的人等于替后面的人担当了。

根据史家李敖统计，台湾在"白色恐怖"时代有两万七千多人涉案。再想一想，二二八事变又使多少人失去生命或自由？这些人都是无罪替死的小基督。我们可以很明显地看出来，蒋介石晚年后悔了，他的儿子蒋经国后来的所作所为，在很大的程度上是努力为国民党寻求救赎。谢天谢地，幸亏他们终于这样做了。

基督教义使我们对张校长的死难找到意义，也在天国发现了他的位置。张校长的学生后来都受到较多的照顾，好像澎湖冤案成了他们的一个很好的资历，对他们反而有利。当局显然认定澎湖一案的性质不同，张敏之校长和邹鉴校长的判决书，换成了对他后学的优待券。张校长是流亡学生的守护神，他是鞠躬尽瘁，死而不已。

以后，这样的冤案再也没有了！仁人志士的热血洗去了人间的污垢。上帝不能使已经发生的事情没有发生，但是可以使尚未发生的事情不再发生，因为有他的爱子道成肉身，流血舍命。他的爱子并非独生，除了耶稣，还有张敏之。

自然加上人为

可以说"人制造了神"，也可以说"神制造了人"，两者一直互相影响，循环不已。没有教士僧侣，宗教今日是何等面目？没有神佛，人类今日是何等面目？没有谁说得明白，但是可以设问：今天如果没有宗教，世界是否会变得更好一些？

如果把宗教当作文化现象看待，文化是"人为加自然"，宗教中有人为的成分，但并非百分之百。先贤说宗教是"神道设教"，一个"设"字道破了人为的秘密，但是"设"字底下这个"教"应是动词，即组织运作之类，至于"神道"，先贤拿来和"人道"并称，至少是"形而上"的，而"人制造了神"之说则是把"神"也物质化了。

即便是在"人制造了神"这个层次上谈论宗教，宗教仍有它的价值。计算机就是"人加上自然"，人制造了计算机，人也顺应了冥冥之中业已存在的原理，你我若要享用计算机之利，必须服从计算机的设计，换言之，你我要"信"它才行。计算机也正在"造人"，人的思想观念行为气质都起了变化。

高级宗教推出的不是神话或大教堂，而是对人类前途的一种设计。人制造了教会和"神学"，没错，宗教非为教会寺院而设，寺院教会系为宗教而设，宗教的功能在提高人的灵性，此种提高系通过自然或"超自然"获得，人要凭一个"信"字和他联结，然后"受造"。我们可以不喜欢这种设计，但是如果关心人类前途而又无能力为之设计，只有选择已有的设计，只有保存现有的设计供他人选择。

计算机可以解决许多问题，但是不能解决所有的问题，宗教也是如此。宗教家自己早已说了，佛陀有三不能，上帝有五不能。我祷告，所以我买的股票涨价；我祷告，所以我"九一一"那天从世贸大楼逃出来，这是可笑的。至于说只要祈祷，不要输血治疗，更是危险的。这些都是信仰的初级现象，宗教还有更多更高的现象，不在话下。宗教应该对那些初级现象负责，它的高级现象足可抵偿而有余。

有人说"我是无神论"，辞色之间十分自负。我说无神论也是一种设计，咱俩都被某种设计支配。比较一下：截至目前为止，有神论孕化出来的人事现象比较可爱，比较容易接受（还需要一一列举对比吗），换成你发言，也许说这些现象比较容易阻止、容易躲避。为天下苍生设想，我认为应该"两利相权取其重"，你是否也同意"两害相权取其轻"？

一个无神论者，千方百计摆脱无神论造成的环境，选择了有神论的社会，却又千方百计否定有神论，实在使人纳闷。我不认为他必须皈依有神论，我认为他既然托庇于这座大厦，最好称赞支持那些工匠和工程师。还是鼓励那些人继续努力吧，不妨回头看一眼祖国大地，无神论的花果树木正由有神论来参加耕耘灌溉，他们只问改善社会，人心有用无用，不管有神无神。

佛教对中国文学的影响非常大。佛教大概是汉明帝时代传进来的吧，到了唐宋，中国的文学作品起了很大的变化，观察这些变化的人指出来，到处可以发现佛教的成分。

胡适写《白话文学史》，他说中国文学一向是白话文学，从诗经开始就是白话文学，白话文学是中国文学的正统。我现在谈的是中国现代的白话文学，也就是文学革命、白话文学运动以后的文学，中国文学受了欧风美雨的影响，又起了一次很大的变化，这时候，佛教已经成为中国人思想观念的一部分，中国人生活方式的一部分，文学革命家没办法把它革掉，佛教也就成了新文学内容的一部分，有时候也是文学形式的一部分。

佛教对中国现代白话文学的影响，我至少可以举出三点来：

一、佛典使文学语言更丰富

增加词汇：如世界、演说、究竟、因果、律师、道具等。

增加成语：如单刀直入、一丝不挂、聚沙成塔、作茧自缚等。

二、增加作家的想象力

如轮回、无量世界、缘起不灭、真空妙有等。

三、增加文学作品的原型

古典的故事框架，供后世作家变奏或重新诠释。

先说语言，中文翻译的佛经给中文增加了很多新词，也增加了一些新的句法，我搜集了一部分，很多名词、很多成语，我们经常使用，也许认为这是中国的土产，现在一看，发现是取经取来的，是进口货。词汇增加、句法增加，也就增加了中文的表现力，增加了文学作品的文采。

我要赞叹佛经伟大的想象力，它说宇宙无限大，除了咱们大千世界，还有三千世界、无量世界。过去有无量劫，未来有无量劫，无始无终。它规划出地狱、西方乐土的具体面貌，有大量的细部描写。它的神话是那样的丰富壮丽！文学创作非常需要想象，中国作家阅读佛典，进一步释放了想象力，发展了想象力。

有一次，释迦牟尼和他的学生对话。老师问："恒河里的沙是不是很多？"学生说："是的，很多。"老师说："如果恒河里的每一粒沙都变成一条恒河，所有恒河里的沙加在一起，是不是很多？"学生说："是的，很多。"老师说："如果每一粒沙都变成一尊佛？……"那一段对话，听起来好像是文学创作的教室里对想象力的训练。

佛典以它非常的想象力重新设计万事万物之间的关系。咱们中国，儒家注意人与人的关系，忽略了人与自然的关系，道家似乎相反，注意人与自然的关系，忽略人与人的关系。不管人与人的关系也好，人与自然的关系也好，他们也都看得太简单。至于人与超自然的关系，儒家道家好像都没有认真面对，这对诗歌小说戏剧的创作都不利。

佛家强调因果，强调"法不孤起"、"缘起不灭"，他又设计了三世轮回，人跟人的关系突然紧密起来、复杂起来，人和人紧紧纠缠在一起，大家是拴在一根线上的蚂蚱。有人说，人生好比打麻将，这一桌麻将不是四个人打，是六十亿人一起打。如果没有佛教启发，中国人大概想不出这个比喻，依佛教的看法，这桌麻将不仅六十亿人在打，恒河、须弥山也加进来打，青青翠竹、郁郁黄花也加进来打，一张牌打出去，产生无穷的变量。

这个发现对作家的诱惑太大了，作家笔下的情节，也就有了无穷的变化。老天不下雨，一棵绛珠草快要枯萎了，一个男孩子来给它浇水，因生果、果又生因，居然发展出一部《红楼梦》来。一个农夫捉到一条蛇，一个男孩子买了这条蛇，带到野外放生，因生果、果又生因，居然发展出一部《白蛇传》来。牛郎织女眉来眼去，因果相生没完没了，居然做了七世夫妻。学者说，幸亏有白话文，小说才可以写得那么长，他的话很对，不过白话毕竟是工具，咱们还得加一句：幸亏有佛教，小说家才有那么多情节可以写。

文学有个术语叫"原型"。中国古代有一个神话，它说有一个人，一个巨人，一个大力士，他跟太阳赛跑，几乎追上太阳，可是终于追不上，他累死了，渴死了，他倒下去的时候，整个大地都震动，这是一个原型。后来作家描写英雄人物，写他本领很大，意志坚强，一定要怎样怎样，可是形势比人强，人不能胜天，后来还是惊天动地地失败了，这就是使用那个追太阳的原型。原型是非常重要的文学遗产。

佛经给中国作家提供了很多原型。释迦牟尼出来散步，看见人生的痛苦，他就出家了，这是一个原型；现在证严法师成立功德会，是因为看见一摊血；圣严法师出家，是因为看见天灾。可以说都出于这个原型。

"黄河之水天上来"，黄河就是天河，沿着黄河一直往上游走，找到黄河发源的地方，也就找到天国。有一个人去找天河源，他花了好几年的功夫，千辛万苦，最后到了河水的尽头，那地方天有多大地有多大，一眼看不到边际，但是一片荒凉，河道也不见了，到处是水。他迷了路，找来找去看见有个女孩子在洗衣服，他上去问路，洗衣服的女孩子不说话，举起洗衣服用的棒槌来，劈头给他一棒。他睁眼一看，已经回到家乡，回到原来出发的地方。这个故事的原型，应该是"当头棒喝"。

有一个女孩子对她的丈夫不满意，心里烦闷，到酒吧里去喝酒，正好碰见从前的男朋友也在那儿喝酒。女孩子向他诉苦，男人听了半天，叫酒保开香槟，香槟用冰镇过，很冷。男人拿整瓶香槟浇在女孩子头顶上，女孩子一动不动，两个人好像有默契。香槟酒从她头上流下来，流到脸上，流过脖子，流进衬衫里，她承受了这瓶香槟以后，脸上露出笑容，愁云惨雾一扫而空。这个情节的原型，应该就是"醍醐灌顶"。

释迦牟尼讲过一个故事：森林起了大火，飞禽走兽都逃走了，有一只鸟飞出来，找到一条小河，它用河水把羽毛弄湿了，飞回去，把身上的水抖落下来救火，它不停地这样做，要把大火扑灭。中国古代也有一个故事，有一只鸟，用它的小嘴衔一块小石子，丢进海里，它来回不停地这样做，立下志愿要把大海填平。到了现代，有一个作家说，他的痛苦像一座山，这座山是一粒米、一粒米堆成的，他埋在这座"米山"底下，他也努力把自己从痛苦中解救出来，他的努力不过像一只飞鸟从"米山"衔走一粒米。这三件作品彼此之间有没有什么因缘？我不能说先出现的是后出现的原型，我们谈论原型，可以把它们一起摆出来。

佛经里到底有多少原型？中国的白话文作家用过几个？不知道哪位学者做过研究？"舍身饲虎"、"我不入地狱谁入地狱"也都是原型，有人估计总数大约有一千个，中国作家用得着的很少。

神学家说，《圣经》是上帝的启示，但是并非全启示，而且已经启示完毕。也就是说，有些话他没告诉你，他认为你不需要知道。

我觉得人类思想的发展有个很重要的动机，想寻找上帝没说出来的那一部分，科学家在找，宗教家在找，文学家也在找。我觉得上帝秘而不宣的那一部分，可能在佛经里面找得到一些。

现在多少基督徒不敢读书，把自己的思想弄得很贫乏，以为贫乏就是虔诚。我认为信仰要从深刻的人生经验之中生长出来，以丰富的知识作养分，"六经皆我注脚"，诸子百家都是我的证人。

说到证人，基督徒喜欢把信仰孤立起来，自己证明自己就够了。还是佛门气派大，"天下一切善法都是佛法"，"以佛法解释外道，外道也是佛法"，除了自己证明自己，还有别人也可以证明自己。我能在佛堂道场演讲时提到耶稣的名字，不能在教堂做见证时提到释迦牟尼的名字，既然孔孟基督可以做佛陀的证人，释迦老庄为什么不可以请来做基督的证人？有人认为不需要，当然，中国人也曾经认为他不需要西医，朝鲜战争发生以前，麦克阿瑟认为他不需要孙子兵法。

我到佛教的经典里去找什么呢？我的野心很小，不想成佛成菩萨，只想做个更好的作家，佛法无边，在这方面我只要是"弱水三千，只取一瓢"。

我在佛家的经典里找到对人生更透彻更全面的诠释，文学创作和宗教都是诠释人生，在这方面作家需要宗教帮助。我是基督徒，《圣经》对人生也有过一些诠释，基督在世布道三年，留下的记录很少，许多地方语焉不详，点到为止，佛陀说法四十九年，他那里材料就多了！

我还不能好好谈一谈我的收获，先说一句话，佛教对人生的诠释，应该是最透彻最周全的了，用佛教的说法，就是"圆满究竟"，比较起来，孔孟圆满而不究竟，基督究竟而不圆满，儒耶之徒迷惑难决的地方，不妨到佛门一游。成佛成菩萨的事我不知道，佛教一定可以帮助你成为一个更好的作家。当然，你得立场站稳了，你是作家，你是来做更好的作家，不是出家，别像弘一大师，文学艺术都割舍了。

我向牧师解释：一个基督徒也许不可以读佛经，一个作家也许必须读佛经，佛经有文学价值，有哲学价值。（同样的道理，一个佛教徒，如果他是作家，他也势必要读一读《新约》和《旧约》。）一个"作家基督徒"，他必须把文章写好才可以荣耀神，犹如一个"将军基督徒"，他必须打胜仗才可以荣耀神。一个基督徒不必读兵法，如果他是将军，他一定得读兵法，他指挥作战不能听传道人的话，他和一般基督徒一定有许多差别，我们要包容这种差别，可是他和另一位将军，那人并非基督徒，他们两人也一定有许多差别，我们要赞美这差别。你把这一段话里的"将军"换成"作家"，再说一遍，也是一样。

有时候，我觉得佛经也可以帮助你成为更好的基督徒，当然，你得立场站稳了，你是基督徒。教会对教徒的保护过于周到，恨不得放进无菌温室，我问牧师：咱们不是独一无二全知全能的真神吗，只有他怕咱们，咱们为什么怕他呢？佛经并没有影响我的基督信仰，有些经文可以帮助你更容易接受《圣经》，基督教义里面某些简略含混的地方，佛经里面恰恰有雄辩的解析或高妙的启发，这时佛经就成了《圣经》的注脚。当然，我不能保证别人都和我一样。

我年轻的时候，老师告诉我一句话："只读一本书的人是可怕的。"我这一代有许多可怕的经验，就是只读一本书造成的。现在时代不同，这句话也许要改一下："只读一本书的人是愚笨的。"我劝某人信教，他信教后变呆了，极难沟通，极难相处，我失去了这位朋友，有点后悔。原因无他，他的教会只准他读一本书。

大屠杀和大地震有关系吗？

李居士传来从网上下载的文章，他在文前加上标题："不知这次大海啸与屠杀鲨鱼有否因果关系？"大海啸指日本在二〇一一年三月十一日因九级地震引起的天灾，海水把日本东北端六万居民的一个城市吞没了，这个城市以盛产鱼翅闻名，并以鲨鱼的内脏制成各种美味，每年要屠杀三万吨到六万吨鲨鱼。文章附有多幅照片，香港一位摄影记者深入屠场，拍下各种镜头，确实令人伤心惨目，不忍逼视，我删除画面才把全文读完。

杀生会招来天谴吗？如果一定要我回答，我觉得如果有关系，其间因果也不能实验证明，只能称之为不可知的关系。居士信佛，他有明确的答案，以问句表达，这是他客气。我不能像他那样有定有慧，只能说"有不可知的关系"，这是我的诚实。想当年上帝告诉初造的那一对夫妇："这些动物你都可以吃。"那小两口不过捉一只兔子、几只山雉罢了，谁能料到今天屠宰发展成了环球的现代工业？"这些动物你都可以吃"，怎么这个吃法？也许不管怎么吃都无妨，也许上帝今天已在诫命后面加上但书，谁知道呢？

佛家说"欲知世上刀兵劫，请听夜半屠门声"。也别把话说死了，如果要全人类都吃长斋，那又怎么办得到？如果吃肉就要遭到毁灭性的惩罚，那又是另一种残忍，依我猜想，佛也处于两难之间。报应之说普遍深入人心，三月大地震发生后，有个日本人这么说；二〇〇八年四川大地震发生后，有个美国人这么说。谈到报应我一向非常谨慎，天道难测，实在难以归纳出一个简单明了的定律来。蒋经国的三个儿子，一九八九年孝文去世，五十四岁；一九九一年孝武去世，四十六岁；一九九六年孝勇去世，四十八岁。有人告诉我这是报应。哎哎，别这么说，谁也摸不清老天爷的底牌。哎哎，谁也不知道自己的孩子将来会怎么样。有一个人出车祸，锯掉一条腿，另一个人说他受到报应，一个星期以后，这人也出了车祸，瞎了一只眼。

孔夫子也许是"不可知"理论的第一代大师，他老人家突然听见响雷也要脸色大变，难道他也做了亏心事，怕天打雷劈？如果他该死，咱们中国人谁还能活？可是谁又能保证他永不触电，人的德行并非避雷针或绝缘体。也许他忧虑的是老天爷到底想干什么，万一他又劈死了一个周文王怎么办？到底天下苍生怎样才有安全感？老夫子脸上的肌肉这才拉长了，绷紧了。

既然不可知，有些人就放肆了，敝乡有句俗话，只见活人受罪，没见死人带枷。眼前的现实利害分明，你应该知道怎样趋炎附势，怎样损人利己，怎样得陇望蜀，只要现实能过得去，也无妨伤天害理。这些行为像立竿见影一样，有明显的收益，为什么为了未知数不要已知数呢，为什么留下"0"涂掉"1"呢？你如果这样问我，我也难以回答。

另外有一种人，他也感觉生活在不可知的规律之中，可是他因此把自己约束得更紧了！黑暗中跨越一道门槛，也不知门槛究竟多高，就把自己的腿高高地抬起来，无妨超过需要。大屠杀和大地震的关系未可知，有人去开屠宰工场，有人干脆断了荤腥，连合法的正常的生活需要也戒掉了！真奇怪，同样的感受，产生完全相反的行为。

现在可以知道，孔夫子听见一声霹雳为什么有那样严肃的表情，对他而言，未可知的约束是最大最高的约束。我对人生哲学一向采泛爱主义，最后逼到墙角，我最爱的还是孔子。

自然和超自然

宗教的内容包含人生、自然、超自然，佛教和基督教是最明显的例子。十诫说"当孝敬父母"，佛教有《父母恩深难报经》，这是人生。耶稣说，天国好比一粒芥子，种下去长成大树；佛教说，青青翠竹、郁郁黄花都是佛法，这是自然。耶稣是童贞女所生，佛陀是从胁下出生，这是超自然。耶稣钉在十字架上不死，佛陀被肢解不死，这也是超自然。

这两大宗教的门徒常常讥笑对方的超自然，忘了彼此彼此。我曾对一位法师说：你能接受那个，我当然也可以接受这个。只有无神论可以批判咱们，咱们何必同室操戈？

人生，儒家说了很多，很少提到自然。自然，道家说了很多，很少提到超自然。他们对超自然都有不足。佛教传入中国，超自然大量输入，对中国文化输血，也迫使道家创立道教，建立了一套自己的超自然系统。然后是基督教来了，起初，他以"人道"与儒家契合，得以立足，但是不久他的"神道"与儒家冲突，无法发展，于是传教自由与贸易自由挂钩，写入中国和列强订立的不平等条约，使许多中国人至今犹说"耶稣是坐在炮弹上来的"。

超自然乃是宗教的头等大事，超自然才是宗教的特色，失去超自然，宗教就成了艺术，失去自然，宗教就是教条，反对超自然，就是取消宗教。这岂不成了迷信？不然，宗教的境界，宗教对教义的诠释，都借着超自然表现，超自然是宗教的载体，人心惟危，道心惟微，教育家说得不清楚，艺术家表现得不准确，宗教最后领你进入超自然的境界，让你自己面对上帝佛陀。

所以宗教强调"悟"，你在人生里头不能悟，在自然里头只能若有所悟，超自然摆脱了约定俗成，超出老生常谈，你失去了在家庭学校社会养成的固定反应、条件反射、逻辑思考，你才可能大彻大悟。悟了就不是迷信，不悟才是迷信。超自然成为迷信的时候，其中没有上帝也没有佛陀。

我们在超自然里感动觉悟，我们不在超自然里生活。《圣经》说，你凭着信心可以在海水上行走，你去跳海，结果淹死了。佛经说，房子失火的时候你打坐念阿弥陀佛，火自然熄灭，你不逃走，不打电话给消防队，结果烧死了。这不是信仰，这是考验上帝佛陀，要挟上帝佛陀，不管是佛陀还是上帝，他不接受你我的要挟。

宗教门派的碉堡也因超自然而筑成，他们在人生和自然的这一部分，原来也有共同目标，共同语言，有时降低层次，各教派也可以一同救灾或祈祷世界和平，那深沟高垒的，还是一意与人隔绝。有位学者指出美国华人之所以不能团结，原因之一在宗教信仰，其实何止华人？何止美国？

有人自以为活在超自然之中，可以用自己特殊的方法解决自己的问题，因而与其他人极不兼容。其实我们活在人生和自然之中，面对共同的问题，需要一致努力。有些宗教家说，我们在未生之前，已死之后，完全相同，今生今世才有重大的分歧；也许不然，我们生前死后彼此不同，一世为人，这才有了共同的命运。我们好比一个工作团队，日出而作，照着一张蓝图，日入而息，各有各的卧榻。

那在超自然里无法合作的，在人生和自然之中可以合作，也必须合作。我想起台湾在大逮捕的年代，治安当局把许多人拘禁在学校的大礼堂内，其中有许多基督徒，他们把胸前的十字架取下来，挂在东面的墙上，跪下祈祷，还有一些佛教徒，把胸前的佛像取下来，挂在西面的墙上，合十膜拜，这时他们背对背，各自皈依自己的信仰。然后他们转过脸来，各人在人丛中找各人的同事，找各人的亲友，共谋如何送出消息，取保释放，这时他们面对面，对付共同的困境。

有些宗教不是说天地一监牢、人生一囚徒吗，何不看看这个真实的故事？

一步两脚印

中国有一句格言："一步一脚印。"我在阳明先生传习录里看到过这句话。近读陈忠信教授在中国语文月刊发表的文章，他说"一步一脚印"不妥，应该是一步"两"脚印才好，他举甲骨文、金文和小篆为证，"步"字分明两只脚，一前一后。

陈教授有学问，"步"是"距离"，设定距离要有两个"点"，所以有两个脚印。如果"步"不是名词而是动词，如果"步"是走出去，并引申为延长、增长，那就要伸出去的那只脚落了地才算数，"一步一脚印"，指增加的那个脚印。

听施叔青居士和辜琮瑜博士联席讲述"创造与继承"，想到传统是一步两脚印，创新是一步一脚印。当这伸出去的一只脚增加了一个脚印以后，这一步已是两脚印，也就是说，创新已成为传统的一部分。传统是昨日之创造，今日之创造是明日之传统，创新是传统的延长，当然创新可能失败，但创新终必有人成功。

辜琮瑜博士的新著是《圣严法师的禅学思想》，书中有 623 条脚注，她以深厚的丰富的学问作基础，这是继承，写出圣严法师自成一家的禅学，也就是写出一本没人写过的书，这是创造。别人研究中国禅学，辜博士这本书一定会成为那人书中的脚注，别人研究圣严法师，大概要以这本书作新的起点，这是被别人继承。

这两位贵宾给我们作了很好的示范，他们都"一步一脚印"往前走。由作家的成长到文化的发展，都是沿着这样一条轨道：继承，创造，继承，创造……我是作家协会会员，今天有缘经过佛门，听到一言半语，我难免想到"继承"是创新的先修班，今天作家继承什么？要不要包括佛法，尤其是佛法里面的"禅"？看中国文学史，那么多中国作家受"禅"的影响，"禅"对中国文学起了那么大的作用，究竟对我们有什么意义？

我是基督徒，曾经一再为信仰做见证，今天我向诸位做另一种见证。我来到美国以后，丧失了创作的能力。有一天，我在一个小馆子里吃饭，柜台上有很多谈论佛法的小册子，信佛的人送来摆在那里，跟人结缘。我随手拿了一本，里面有圣严法师的文章，我看见他说"同体大悲"，忽然全身震动，好像空中打了个雷。我陆陆续续找他的书，他的文章写得好，能超越信仰的隔阂和众生对话。我读他的书，受到许多感动，得到很多启发，慢慢恢复了创作。

后来我直接读了几部佛经，发现佛经写得好，我是说文章写得好。佛陀想普度众生，设计了很多方便法门，他也一定考虑到怎样说最有效。他不能只靠"拈花微笑"，拈花微笑只能是一时的美谈，可一不可再，可以偶然，不能经常。当年那些前贤翻译佛经，又翻译得那么好！毫无问题是作家精进的范本。古人说半部《论语》安天下，我说半部《心经》学文章。把《心经》当作佛法的精义，我没有能力去探讨，如果把《心经》当作一篇文章，我还可以说上几句，那几年，我劝很多作家朋友读佛经，可惜他们不听我的话。

当然，佛经不仅仅是文章，它还有教义，也就是佛法。像我这样一个作家，只能看见佛法是对人生的诠释和批判，能增加生命的深度和高度。在理论上，作家生命的高度和深度，决定他作品的高度和深度，这就从根本上改进了或者改变了他的作品。我在这方面得到的利益还很少，别再仔细追问我。作家近佛，不是为了成佛，不是做弘一大师，弘一大师还写小说吗，还编剧本吗？我听说佛法在人间，文学也在人间，我希望佛法成全作家，不是消灭作家。

我亲近佛典，牧师是有意见的。我完全是为了文学，不是为了信仰，我的信仰没有改变。一个基督徒不可以读佛经，一个作家可以读佛经，一个神学家可以读佛经。佛家说，世界上一切东西都和佛法相通，他们这句话提醒了我，我发现世上一切都和文学相通，我的文学天地可能比别人广阔。这样对我的基督教信仰有妨碍吗？我觉得没有妨碍，它只有帮助我成为一个比较好的作家。

佛家有四弘誓愿：烦恼无尽誓愿断，众生无边誓愿度，法门无尽誓愿学，佛道无上誓愿成。我仿照四弘誓愿也写了四句话，算是文学四愿：文心无语誓愿通，文路无尽誓愿行，文境无上誓愿登，文运无常誓愿兴。

这些年，我一再告诉朋友们，我移民以后，一度丧失了文学创作的能力，幸亏佛教的教义启发我，我才突破瓶颈。我的回忆录第三册《关山夺路》，酝酿了十三年才动笔，有人问为什么要那么久，我说这十三年是我的"渐修"。朋友们对我的这一段历程有兴趣，一再要我说给大家听听。

文学作品是一种"艺"，它的基层是"技"，上层是"道"。且举周邦彦的一首《浣溪沙》做说明：

楼上晴天碧四垂，
楼前芳草接天涯。
劝君莫上最高梯。
新笋已成堂下竹，
落花都上燕巢泥。
忍听林表杜鹃啼。

先看技的部分：这首词每句七字，一共六句，分成两段，称为两阕或两片。

上片三句，每句七字，句法也相同，句句押韵十分畅顺流利，使读者不假思索接受诗人布置的幻景。

我们在生理上要求四句成一组，与我们的呼吸脉搏配合协调，我们期待第四句，但三句戛然而止，形成"顿挫"，避免顺流而下，一泻到底，挽救了"平滑"。你也可以说它有第四句，那是个休止符。

下片依然三句，读者有心理准备，期待接受三句成组、句句押韵。可是下片第一句突然不押同韵，意义也随着出现转折，这也是顿挫。于是"两片"重叠而不重复，有抑扬变化。

再看道的部分。在诗人笔下，"清平世界，朗朗乾坤"，能见度甚高，有稳定的秩序，自然人生，看似平静，其实因缘无常，随时都在变化。树林里的杜鹃鸟提醒我们"不如归去"，回哪里去？传统的解释是回家，也许我们还可以有更深一层的体会，吾人不要贪恋一时光景，流连忘返，要寻求心灵的归宿，安身立命的地方。

由"新笋已成堂下竹，落花都上燕巢泥"，联想古人的诗句"老僧已死成新塔，坏壁无由见旧题"。两者的"道"相同，但艺术技巧似乎有高下，可说道同而技不同。还有"晓日生残夜，江春入暮年"，也是用两件新事物代换两件旧事物表示演变，但日夜轮转，冬春轮转，其中有易经"阴极生阳、阳极生阴"的思想，可说技相似道不同。

还有"云霞出海曙，梅柳渡江春"描写繁盛景象，顶点不下降，是大户人家最喜欢的春联，也是技虽同而道不同。

艺术无技不成形体，无道没有高度，它的下层是科学，上层是玄学，上下融合，道成肉身。

作家不能创作，可能因为技穷，也可能因为道穷。我记得南宋有一位词人，宋亡之后不再写词，有人问他为什么，他说我"理屈词穷"。"词穷"一语双关，容易了解，"理屈"则耐人寻味。

世上为什么有文学，我认为那是因为人关心人，人对人有兴趣。人喜欢到人多的地方去，主要的目的是看人。在中国，正月十五元宵节到了，多少人上街看灯，他看人的时候多，看灯的时候少。在台北，阳明山的花季到了，一天有十万人上山，他看花的时间少，看人的时候多。他下山以后和朋友分享，谈花的时间少，谈人的时间多。"春风得意马蹄疾"，一天可以看遍长安花，一天看不完长安人，所以看花不能骑马。

因为人关心人，人对人有兴趣，所以才有文学家写人，表现人，才有人写《红楼梦》，才有人写《冰岛渔夫》，两位小说家说了，他写，是因为他忘不了那些人。因为人关心人，人对人有兴趣，所以我们才去读《红楼梦》、《冰岛渔夫》，我们愿意认识、愿意了解那些人。如果不是人关心人，人干吗要去看戏呢？戏剧这个行业怎么能存在呢？"演戏的是疯子，看戏的是傻子"，但是我们仍然去看。

我是一九七八年到美国的，那时候，我对人完全丧失了兴趣。我由旧金山入关，进关的时候，我对接飞机的朋友说，这是我的空门。我到纽约，站在唐人街看人来人往，几乎没有感觉，对我的同类不理解，不接受，我好像在太空舱里，处于无重力状态。我怎么还能有文学创作呢？这大概就是"理屈词穷"。我那时喜欢苏东坡两首诗，他说"与人无爱亦无憎"，他说"也无风雨也无晴"，我的心情差不多也是那个样子。东坡先生后来显然走出来了，他才有那么多好作品，怎么走出来，他没有告诉我。

这是"道"出了问题。为什么会出问题？"小孩没有娘，说来话长"，今天不说也罢。我曾经反复思索怎样"恢复"对人的关怀，后来我觉悟，我需要的不是恢复，而是升高，不是退回去，而是走出来。这就要郑重提到佛教对我的影响。

我不关怀别人，是因为我坚持某种是非标准，这个是非标准以自我为中心，我用它审判别人，否定别人。最后，在我心目中，人都没有价值，既然"人"没有价值，我自己又有什么价值？我也是一个人，一个没有价值的人，做什么都没有价值！这不仅是我写作的瓶颈，更是我生命的危机。

我终于发觉是非是有层次的，有绝对的是非，党同伐异，誓不两立。有相对的是非，公说公有理，婆说婆有理，此亦一是非，彼亦一是非。还有一个层次，没有是非，超越是非。老祖父看两小孙子争糖果，心中只有怜爱，只有关心，谁是谁非并不重要。文学的先进大师一直教我"入乎其中出乎其外"，把自己的心分裂成许多块，分给你笔下的每一个人，我听见了，不相信。佛法教人观照世界，居高临下，冤亲平等，原告也好，被告也好，赢家也好，输家也好，都是因果循环生死流转的众生，需要救赎。我听见了，相信了。作家和法师的分别是，法师"无住生心"，作家生心无住，一颠倒便是凡夫。我爱文学，我不做凡夫谁做凡夫。

我有了上面的领悟，一下子就和大作家大艺术家接轨，作家笔下的人物好比众生，作家就好比是佛菩萨，人物依照因果律纠缠沉迷，他们每一个人都有充分的理由那样做，他们都不得不那样做，他们害人，同时自己也是受害人。他们都对了，同时也都错了，他们都是在作业，都是在受苦。作家也像佛一样，他不能改变因果，但是可以安排救赎，救赎不为单方面设计，是为双方而设，为十方而设，同体大悲，他同情每一个人。萧伯纳说，他和莎士比亚都是没有灵魂的人，依我的理解，他是表示没有立场，超越是非。说个比喻，看两个人下围棋，他为黑子设想，也为白子设想，也就是耶稣说的：上帝降雨在好人的田里，也降雨在坏人的田里。萧伯纳还有一点立场，莎士比亚真没有，读莎剧常想佛教。我说错了没有？

我不能创作还有一个原因，对文学的前途悲观。

本来作家对文学充满了理想和信心，文章是经国之大业，不朽之盛事，落笔惊风雨，诗成泣鬼神，为了创作，作家可以付各种代价。

文无自信不立，作家宁可失之于自大，不可失之于自卑。

可是我这一代有很多战乱，乱世文章一张纸，百无一用是书生，秀才遇见兵，有理说不清。好容易熬到太平年，文学又商业化了，读书是娱乐，书是消费品，若说娱乐，它又远不如电影电视，文学徒然庸俗化了（不是通俗化）！社会上有许多人以不读书为光荣，大明星站在舞台上昂然宣告，他十年来没读过一本书，台下的"粉丝"鼓掌欢呼。作家也不读书，"我是写书给别人读的"，制美国香肠的人不吃香肠。作家赠书给朋友，朋友随手丢进垃圾箱，搬家的人难免要丢许多东西，第一批要丢的是书，到中国旅行难免要买许多东西，最后忘记买的大概也是书。

我经不起这种磨损，丧失了写作的动力，而佛教的教义保护了我对文学的信心。我听说佛家认为功不唐捐，我们一举一动，一言一行，都有无穷的作用和影响，像滚雪球越滚越大，满山的雪都崩坍下来。别小看了你一句话，正如别小看了一根手指头，指头碰上按钮，开动了一套精密复杂的机件，可以使火箭上天；一句话撞击了复杂的人心，引发一连串因果，可以使一个地区大乱。佛家强调业果，写文章是一种口业，人的口业造成后果，果的本身又是另一个因，因果因果因果，生生世世至于无穷。傻子说的话也不得了，"愚者言而智者择"。天下兴亡，匹夫有责，因为匹夫天天说话。

我看到有人介绍"蝴蝶效应"：亚马孙河旁边森林里一只蝴蝶，它的翅膀扇动空气，引起一连串效应，因果因果因果，在太平洋上形成飓风。一句"应无所住而生其心"，中国出现了一位高僧，开辟一个宗派。传教士一张传单交给洪秀全，出来一个太平天国。美国前总统艾森豪威尔说："国家为个人而存在，个人非为国家而存在。"这句话慢慢分解台湾当年的威权统治，像一滴醋分解牛奶。那些年，我在台北，三更半夜常常听见裂开的声音，就像住在河边的人家，到了春天，听见河里的冰裂开。难怪《圣经》上说，上帝用"话语"造世界，words，他说words与上帝同在，他甚至说words就是上帝。张爱玲创造了一个名词："琉璃瓦"，古人生了女儿叫"弄瓦"，张爱玲笔下有位太太，她生了好几个女儿，这位太太说，她家的女儿是琉璃瓦。这个名词多么可爱，它使所有的女孩都可爱，所有女孩的母亲都有尊严，她这一句话创造出一个小世界来。

朱子说过，"天底下有我朱晦庵，就多了些子，天底下没有朱晦庵，就少了些子"。我也可以说，天底下有我王鼎钧，就多了些子。杨国浩博士告诉我一个定理，半杯冷水加半杯开水，那会是一杯温水，不会是一半热水一半冷水。我想到如果我是一滴开水，社会是一杯冷水，这一滴开水加进一杯冷水里，这杯冷水就提高一点温度；如果我是一滴冷水，社会是一杯热水，我这一滴水加进一杯热水里，这杯热水就降低一点温度。那一大杯水没有办法拒绝我这一滴水，他不能像封锁病灶把我密封起来，他只有接受我，只有让我扩散。

小说家水晶后来成了学者，研究张爱玲很到家，当他是小说家的时候，我跟他很熟。他对我说，某人偷偷地袭用他的小说情节，某某人使用他的句子而不注明出处，他很生气。我告诉他，那些人是在向你敬礼，他们在扩大你的影响力。现在想想，如果为了这个生气，孔子释迦岂不气死？"前人地，后人收，还有后人在后头。"天下为公，一切我执都放下，你只要利益众生，不要想自己的名字。这些年我看报看书看电视，常常看见别人使用我以前写出来的东西，有时候还挂在大人物的嘴上，当然不会有我的名字。大人物说话，总有许多人呼应附和，报纸电视网络也纷纷报道，我看见我这只蝴蝶、我这一滴水发生了效应，虽然没人记得还有一只蝴蝶。有时候，最好没有人知道还有这只蝴蝶。

最后还有一个原因，自己在艺术上不能进步。文艺界有个笑话，某人称赞一位老作家，说他四十年前就是有名的作家，"创作四十年，始终维持原来的水平"。既然"始终维持原来的水平"，没有挑战，没有探险，如何还能不厌倦？

当我还是一个文艺青年的时候，曾经到台湾大学听印顺法师的一场演讲。散场的时候，我上前问他佛法和文学创作的关系，他说"百艺因佛法而精妙"，我一时听不明白，他就把这句话写在纸上给我看，那时候我不懂事，这张字条没有保存起来，可是也没丢掉，它一直在我心里。

那时候，我那般年纪的作者，多半受中国儒家和西方写实主义熏陶，强调求"精"，读小说读到巴尔扎克，自以为找到文学的尽头，我们知精而不知妙。

那时候，在我们中间流传一个故事，古代某位工匠用黄金雕成一片树叶子，整整花了三年功夫，他把这片金叶子献给国王，国王的批评是，如果上天三年才生出一片叶子，世人岂不都要饿死？三年成一叶，精益求精，国王竟只讲实用，不知艺术欣赏。现在回想，我们也是一知半解，三年成一叶，精则精矣，国王不应该问它有何用处，应该问到它到达妙境没有。

我终于知道，艺术造诣除了求精，还要求妙。依我体会，儒家能精不能妙，人一能之己十之，人十能之己百之，锲而不舍，金石可镂。太精，妙就不见了。道家能妙不能精，得鱼忘筌，不求甚解，但得琴中趣，何劳弦上声。太妙，精就顾不到了。只有佛法圆满究竟，可以不落空，也不落有，可以勇猛精进，也可以离相。靠他这一套理论指引鼓励，艺术家可以精中有妙，妙中有精，一个不可说的境界，等作家艺术家攀登。在这方面，我们需要有人继续探讨，继续实践。

下面分享我最重要的心得，希望各位方家思考批评。

精	妙
尽善	尽美
功力	悟性
大地	天空
1	0.9999999999999999
至矣尽矣	无穷无尽
相内	相外
可见	可信
色	空
法，法非法	法非法，非非法

　　凭努力可以精，不能妙。精可言传，妙不可言传。即使是佛像，精品多，妙相少，画家一心一意用"精"表现皈依的虔诚，就执着了。精在相中，妙在相外，精可见可信，妙不可见仍可信，因为信，不可见的也成为可见的了。独见不能共见，合众多独见成共见，如人饮水，冷暖自知，但是你知我知他也知，你他共饮长江水。

　　我也有四弘誓愿："文心无语誓愿通，文路无尽誓愿行，文境无上誓愿登，文运无常誓愿兴。"觉悟太晚，朝闻道夕写可矣！文学艺术也有个"妙高台上，不容商量"。只有佛法可以跟他商量，这个层次我想得出，做不到，才力不够。我只能文路无尽誓愿行，只能越走越近，不能越走越高。至于"文境无上誓愿登"，期望天才横溢的作家，因缘俱足的作家。我虽然做不到，仍要鼓吹宣传，朝闻道、夕讲可矣！

后 记

这几年，努力补读以前错过的好书，自己写得少，这本别集算是主要的成绩，也是我文学生涯中难得的因缘。

先是承香港《明报月刊》总编辑潘耀明先生邀约，参加《明月》十方小品的阵容。上世纪六十年代我在台北，《明月》还不能大量入境，我们千方百计从研究机构借出来阅读，情境宛如昨日，今接《明月》电话，顿时受宠若惊。不久，纽约《世界日报》周刊的常诚容主任要我负责一个专栏，《世界日报》是我移民后打工的主要职场，也是我等移民初期的生活指导和精神慰藉，奉命唯恐后人。得这两方的加持与督促，我又恢复了定时定量的作文。

与此同时，纽约的文艺组织和宗教团体偶尔找我演讲，我有使命感，但是缺乏演讲的才能，每一次我都事先写下完整的讲稿。我受过广播的专业训练，文稿听来清楚明白，读来简洁晓畅，讲完以后又蒙几位主编轮流采用：《联合报》副刊的瑜雯女士，《中华日报》副刊的羊忆玫女士，《世界日报》副刊的吴婉茹女士，《侨报周刊》的刘倩女士，还有《香港文学》月刊的陶然先生。

我在接受《联合报》记者陈宛茜女士访问的时候说，老年杂文乃写作之降弧，文采减退，执着增强。说得好这是"繁华落尽见真淳"，可是文学创作怎可繁华落尽？它的真淳应该就在繁华里，繁华乃真淳之表相，真淳乃繁华之解读。我深知作家早期不可只有繁华，晚年不可徒恃真淳，现在作文，事先深思熟虑，落笔字斟句酌，尽心尽性，先求诸己，相信无愧一斋四壁平生所好，不负读者诸君青眼一看。

《别集》由台北尔雅出版繁体字本，北京商务印书馆出版简体字本，由"一国两制"衍生的"一书两体"，应是今世作家的殊遇。《别集》能跻身"商务"殿堂，也使我这个当初从王云五百科全书启蒙的孩子，又和失去的童年遥遥相望，多谢知名散文家五月女士玉成。

张辉诚先生是我的忘年之交，文名昭著，他对我的散文有长期的观察。他为《别集》繁体字本写了一篇评介，其中溢美之词属于区区在下，那些分析、介绍、背景说明属于国内的诸位读友，可以作大家欣赏或批评这些文章的重要参考，央得辉诚先生同意，移作本书的序文。

王鼎钧